関帝廟
関帝廟
関帝廟
関帝廟
関帝廟
関帝廟
関帝廟
関帝廟
伏魔庵
御马圈
玉虚观
法华寺
无量庵
葛洪庵
真武庙
土地庙
成寿寺
天主堂
忠孝祠
玉清庵
三觉庵
万善寺
观音庵
大悲庵
佛庆庵
东华门
文华殿
东库
太庙
武备院
光禄寺
缎库
东安门
东安门大街
贤良寺
信郡王府
皇史宬
理藩院衙门
东长安门
北御河桥
中御河桥
南御河桥
宗人府衙门
兵部衙门
吏部衙门
工部衙门
户部衙门
礼部衙门
鸿胪寺衙门
钦天监衙门
太医院衙门
銮驾库
翰林院衙门
骚达子馆
天主堂
詹事府衙门
真武庙
三圣庵
辅国公盛昌
裕亲王府
万寿庵
化成寺
经板库
怡贤亲王祠
高墙
太仆寺衙门

明清のおみくじと社会

関帝霊籤の全訳

小川陽一著

研　文　出　版

明清のおみくじと社会

関帝霊籤の全訳

まえがき

本書は前篇と後篇の二部構成です。前篇は『関帝霊籤』（関羽のおみくじ）を、背景となった明清の社会における流行状況、歴史的経緯、形態体裁、思想内容などを紹介することで、当時の人々の心の有りようと暮らしぶりを概観しようとしました。後篇は『関帝霊籤』の現代語訳がない現状を考慮して、全百籤（本）を現代語に訳すことに努めました。

私はこれまで中国の明清小説―とりわけ人情小説とか世情小説とかと称される小説、具体的にいうと『金瓶梅』や『紅楼夢』など―の考察に従事してきました。この小説は、日常的な家庭生活の中の人情・世態を描くもので、今日風にいえば、生活史・社会史などの視点から構築した虚構の物語世界です。題材的には、金銭・男女・飲食・娯楽・占卜（占い）・術数（呪法）などに関心を寄せて、人間の生き様を描くところに特色があります。従って、この種の小説を、数百年後の今日の外国人が読解・考察するには、難しいところが多くて、当時の日常生活の手引き書とでもいうべき書物の助けがほしくなります。明清時代の日用類書（生活百科事典）・善書（勧善懲悪の書）・占卜術数の書などがそれです。

　このような資料を利用した読解・考察の作業は、すでに先学によってなされ、成果も挙げられており、小生も驥尾に付してきました。占卜・術数それ自体の研究は、多方面にわたって推し進められ、多様な成果が、個人的にも組織的にも、挙げられておりますが、明清小説との関わりで見ますと、有機的な相互関係の中で推し進められているとは言いがたい状況にあります。その原因は、明清小説と占卜・術数との相互関係における読解・考察には、それぞれに専門的な知識が求められるために、容易には踏み込み難いからだろうと思われます。

　そんな状況の中で、数年来、占卜・術数の一翼を担う霊籤（おみくじ）―とりわけ『関帝霊籤』―を明清小説の読解に利用できないか、との思いにとらわれてきました。だがそのための先行研究がなくて、やむなく、まずは自分で『関帝霊籤』を訳出することから始めました。本書はこの方面に不案内な小生が辛うじてたどり着いた、『関帝霊籤』と明清社会の考察の一里塚にすぎません。今後に期待される部分だけが多く残る結果になっています。ですがさらに努力をしようにも、老い先短いこの身には、エンドレスになることが案じられて、一応の締めくくりとしました。

明清のおみくじと社会　関帝霊籤の全訳

目次

前篇　『関帝霊籤』とその世界

第一章　関帝廟と『関帝霊籤』

一　関帝廟の繁栄

旧時代の中国では各地に多様な神仏や鬼神が祭られていた。

明末の一六〇〇年ころに、金陵（南京）の富春堂から刊行された『新刻増補捜神記大全』には、一六〇柱ほどの神仏鬼神の図像と説明が収められている。また近人の宗力・劉群の著になる『中国民間諸神』（河北人民出版社）には、一一二種の文献から集めた一六〇柱ほどの資料が収められている。

冨春堂は南京にあった出版社だが、これらの神仏鬼神を祭った寺観や堂宇の名を、清の乾隆《けんりゅう》年間（一七三六―一七九五）前半の北京を描いた徐苹芳の編著による『明清北京城図』（二〇一二年、上海古籍出版社）所収の地図「清乾隆北京城図」の中にも多く見出すことが出来る。その中でも、関羽を神として祭った関帝廟と伏魔庵の名がとりわけ目に付く。

関羽は小説『三国志』―正しくは『三国志演義』―で活躍する三国時代の蜀の英雄として知られる

が、西暦二一九年に志半ばで亡くなった。その死後しばらくは、とりわけて強い追慕の気風はなかったが、唐代に入ると尊崇の念が強まり、中国最高の詩人といわれる杜甫は熱烈な崇拝者だった。宋代になると義勇武安王の位が追贈されて、神として崇拝されるようになった。明代には三界伏魔大帝神威遠震天尊関聖帝君を、清代には仁勇威顕護国保民精誠綏靖羽賛宣徳忠義神武関聖大帝を追贈されるに到った。その神となった関羽を祭った祠を、関帝廟・関王廟・伏魔庵などと称した。以下本書では基本的に関帝廟と称する。

明の焦竑《しょうこう》（一五四二―一六二〇）の「正陽門関帝廟碑記」（『関帝文献匯編』第一冊所収『関聖帝君聖蹟図誌全集』巻四に収める）によれば、北京城の正門の右側にある正陽門廟は、漢の前将軍関侯を祭るために建てられたものである。関侯の廟は天下到るところにあるが、これだけが正陽門廟と呼ばれるわけは、都を守護するために建てられたものだからである。私は広く各地を旅行したが、蜀の国が亡んで千三百年後の今では、ゆかりの物はまれである。だが関侯の祠だけは、どんな辺鄙な田舎にもあって、農夫牧童や婦女子供まで、人に後れを取るまいと、熱心にお参りをしているのには驚かされた、と記している。焦竑よりやや後の清の順治（一六四四―一六六一）のころの何采の「関廟碑記」（『関帝文献匯編』第三冊所収『関聖帝君徴信編』巻八に収める）にも、いま天下の郡・洲・県には、どこにも関帝廟があって、何万という数にのぼる、都の北京だけでも何百もあるが、正陽門脇の廟だけが特別扱いされるのは、ここが南面して執政する枢要の地だからである、と記している。関帝廟が北京をはじめ、広く全国にあったことが窺われる。

関帝廟が全国に何万もあり、北京だけでも何百もあるというのは、いささか誇大表現の気がする。だが上記の「清乾隆北京城図」によれば、地名索引に関帝廟・伏魔庵・伏魔廟が九十四座が記されており、地図で確認することが出来る。何百というのは大げさだとしても、私がかつて目にした中国の田舎町の街角や、村中の小屋に、関帝が祭られていたことを思い起こせば、納得もいく。〔図1〕は「清乾隆北京城図」の中で、とりわけ関帝廟が密集していた紫禁城の東部地区の地図（分図7・8）によるものである。至る所に関帝廟があったことが知られる。

二　『関帝霊籤』の人気

関帝廟にお参りする人は、おみくじ『関帝霊籤』を引くことが多かった。神前ではひざまづいて籤筒（おみくじの竹べらが入った筒）を振って神に祈る者、頭を垂れて祈る者など常時数人いて、その傍らにも数人が順番を待ち、更にその背後には数十人居て、一日中途切れることがなかった（明末、劉侗・于奕正共著『帝京景物略』巻三「関帝廟」）。〔図2〕は、一九〇九年の上海の廟でおみくじを引く図で、関帝廟とは限らないのだが、こんな情景を想像すればいいのだろう。旧中国の環球社刊行の『図画日報』（一九九九年五月、上海古籍出版社影印複製本）第一冊に収められている。

明末の葉紹袁（一五八九―一六四八）は三十七歳の時に科挙の試験で上京し、正月十五日に関帝廟で合格を祈願しておみくじを引いたら、第九十六籤上吉「結婚・子息が晩いと恨むな、心を込めて神仏

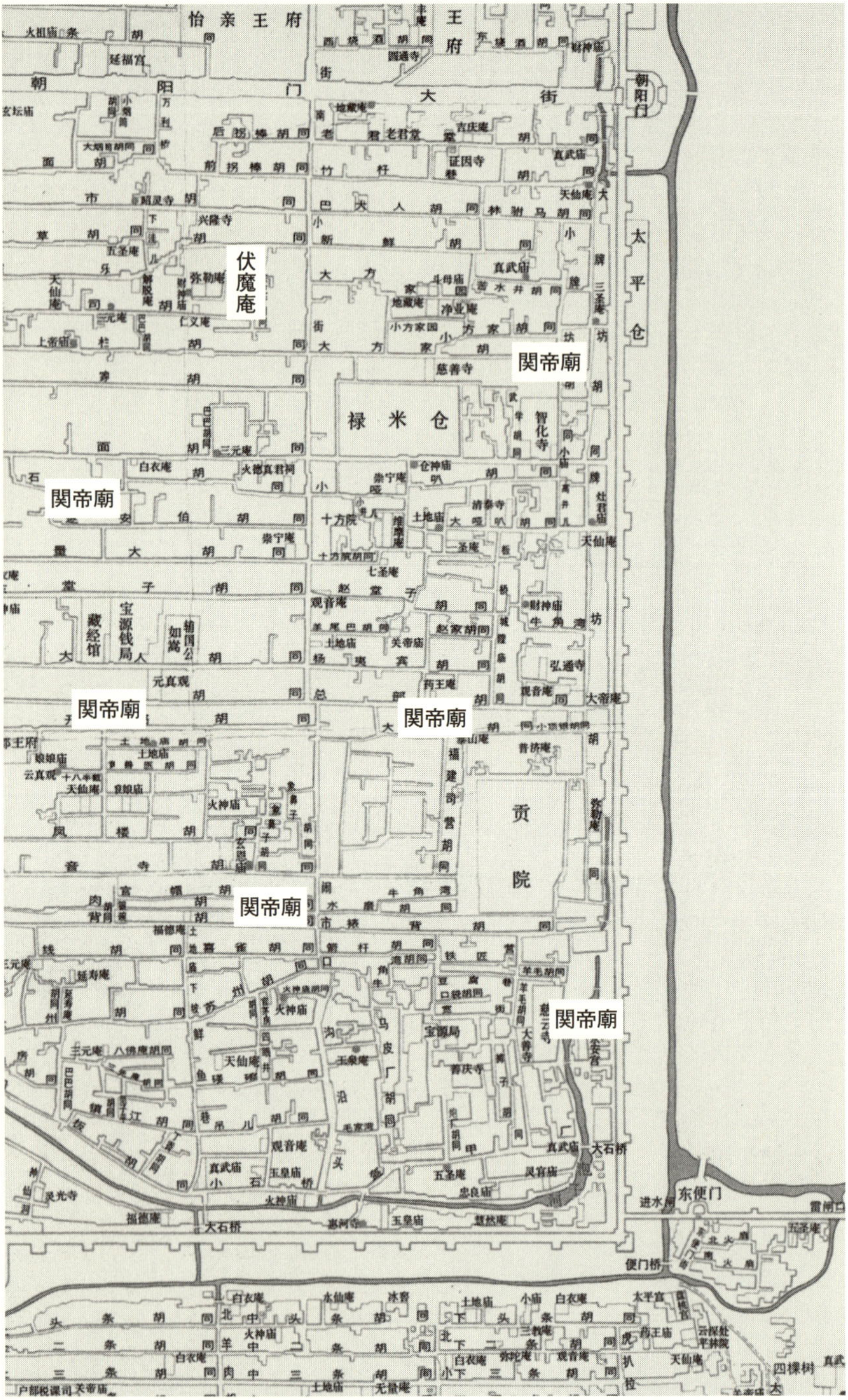

〔図1〕

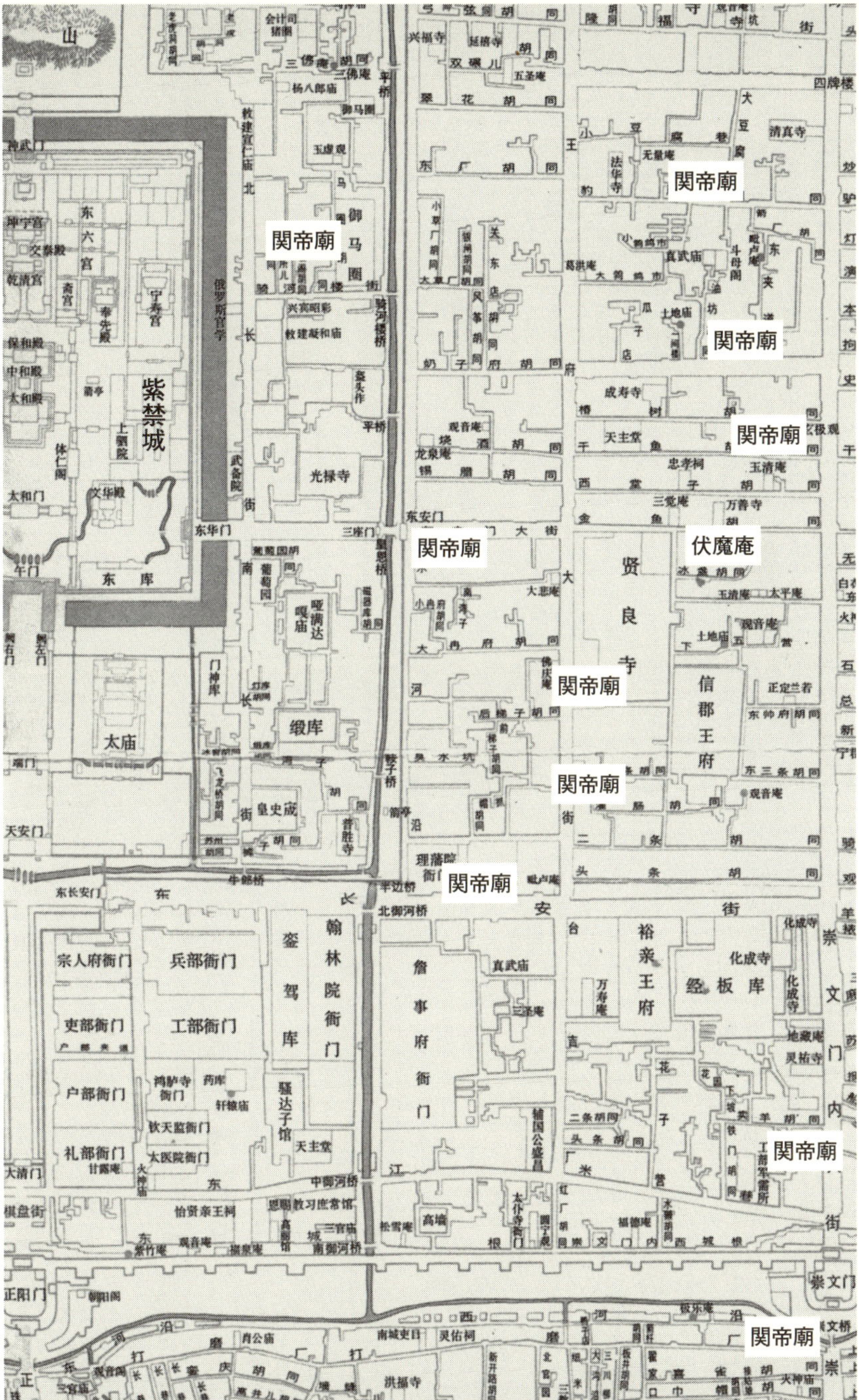

関帝廟
関帝廟
関帝廟
関帝廟
関帝廟
伏魔庵
関帝廟
関帝廟
関帝廟
関帝廟
関帝廟
紫禁城
太庙
东华门
午门
天安门
东长安门
正阳门
崇文门
文华殿
宁寿宫
乾清宫
保和殿
中和殿
太和殿
太和门
体仁阁
上驷院
东库
神武门
坤宁宫
交泰殿
奉先殿
俄罗斯官学
武备院
门神库
缎库
皇史宬
光禄寺
玉虚观
御马圈
兴宾昭彰
牧建凝和庙
三座门
东安门
贤良寺
信郡王府
裕亲王府
缎板库
化成寺
真武庙
詹事府衙门
翰林院衙门
銮驾库
宗人府衙门
兵部衙门
吏部衙门
工部衙门
户部衙门
礼部衙门
鸿胪寺衙门
钦天监衙门
太医院衙门
骚达子馆
天主堂
大清门
棋盘街
中御河桥
南御河桥
北御河桥
牛郎桥
东安门大街
成寿寺
天主堂
忠孝祠
玉清庵
万善寺
三觉庵
观音庵
土地庙
正定兰若
东帅府胡同
东三条胡同
观音庵
大悲庵
小鹊市
真武庙
斗母阁
清真寺
法华寺
无量庵
四牌楼
兴福寺
双碾儿胡同
五圣庵
三佛庵
杨八郎庙
御马圈
灵佑寺
地藏庵
化成寺
火神庙
洪福寺
南城吏目
灵佑祠
肖公庙
板桥庵
崇文门

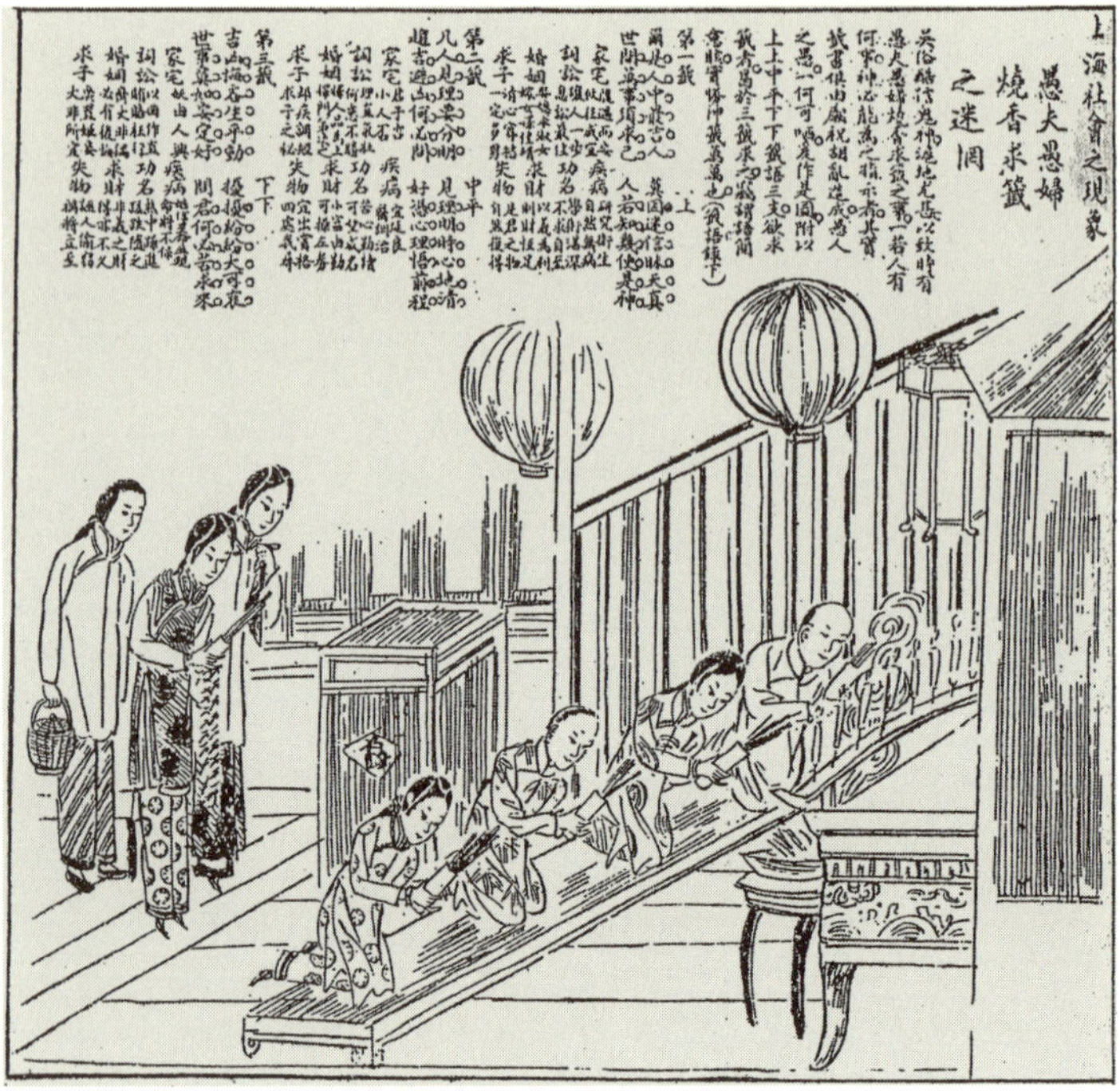

〔図2〕

頼れ。四十年前の積善で、功成り行満ち令息授かる」が出て、聖意は「功名・利益・訴訟とも、吉が来るのは遅い」だった。試験の結果は合格だった。葉紹袁の父が科挙の試験に合格したのが四十年前のことで不思議な一致だった。このとき一緒に受験した同郷の友人の季若が引き当てた籤は、第六十六籤上上「他郷に利益を求めるよりも、故郷で耕耘するがよい。今年は運気が良好で、門に瑞気が満ちている」で、聖意は「科挙は上位合格」だった。試験の結果もやはり合格だった。この二人のことは、葉紹袁の自選年譜（『午夢堂集』付録一）に記されている。

科挙の受験生の知識人たちは、試験がらみの情報の入手や合格祈願が目的だったが、科挙とは無縁の一般大衆もまた、それぞれの悩みや願望を様々に抱いて、おみくじを引いたことが知られている。清の紀昀《きいん》（一七二四―一七〇八）の『閲微草堂筆記』巻六「灤陽《らんよう》消夏録」（六）に、

〔古代から亀甲占いや、筮竹《ぜいちく》による易占いなど、多様な占いが行われてきたが、みな手間のかかるものだった。だが〕神祠のおみくじは、一本引くだけですぐに占いができて簡単である。おみくじはどの神祠にも備付けられているが、関帝のおみくじが一番霊験あらたかである。なかでも北京城正陽門わきの『関帝霊籤』がとりわけ霊験がある。ほぼ一年中、元旦から除夜にかけて、朝暗いうちから夕方まで、籤筒を振る音がからからと響いている。籤筒は一組では足りなくて、数組も備付けられているが、それでも混雑して、押し合いへし合いで、籤詩を検討する暇もなければ、じっくり考え込んでいる暇もない。万能の神様でも、忙しくて対応できないのではないかと思われる。それなのに引いたおみくじが、面談しているかのごとく霊験があるのはなぜだろうか。

これとほぼ同時代の一八〇〇年の前半に刊行された楊静亭編纂の旅行記『都門紀略』三集雑咏の詩にも、

関帝廟─北京の前門に在り、おみくじを引く者が甚だ多い─
来往する人みな参拝し、
一日と十五日には普段の倍の線香が上げられる。
関帝さまは何万人もおいでになるのに、
この廟にだけ集中しておみくじを引く。

と詠じられている。「関帝さまは何万人もおいでになる」とは、関羽を祭った廟が多いということである。

三　『関帝霊籤』の流布

関帝信仰やそのおみくじの人気を示すものに、『関聖帝君覚世真経』や『関帝霊籤』のおみくじ本を出版し、無料配布する喜捨の風習があった。仏教や道教の教えを印刷・配布することで、功徳とされる信仰活動の一環である。今日に伝わる明清期の『関帝霊籤』などのテキストの中に、出版の目的・動機・部数・経費・氏名などが具体的に記されている場合が少なくない。前掲の『都門機略』三集雑咏に、

捨善書─毎月一日と十五日に各廟には

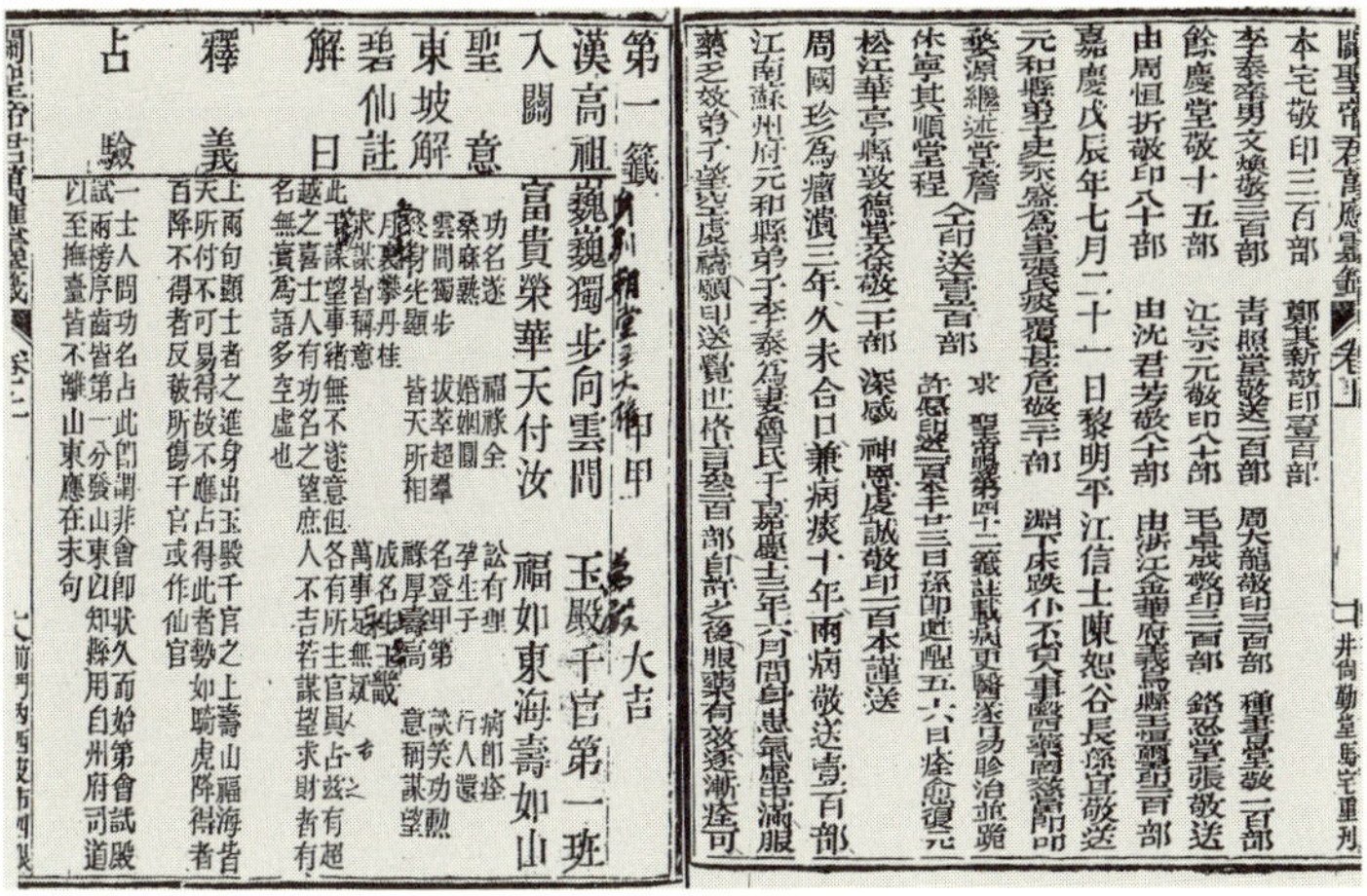
第一籤　大吉
漢高祖入闕
巍巍獨歩向雲間　玉殿千官第一班
富貴榮華天付汝　福如東海壽如山
聖意
東坡解
碧仙註
解曰
釋義
占驗

〔図3〕

善書が多数喜捨されるが、前門の関帝
　廟だけは特に多い―
散財して吉祥を関帝に祈るのに、
紙を無駄遣いするとは何事だ。
身内朋友の病気も忘れて、
印刷屋へ無駄金を運ぶとは。

これは、この本の著者の楊静亭が、おみくじ本や善書を喜捨する風習の流行を、苦々しく思って詠じたものである。そんな批判が生じるほどに、喜捨の風習が強かった。〔図3〕はそうした喜捨によって印刷配布された『関帝霊籤』三種を収載するテキストで、北京の前門にあった尚勤堂が、道光六年（一八二六）に刊行した『関聖帝君万応霊籤』である。東京大学東洋文化研究所に所蔵されている。その中に印刷費用負担者の氏名や部数が記されている。その図〔図3〕の右ページには、

○元和県の信者史永盛は、妻張氏の痰症が再発して危険なので、〔関聖帝君万応霊籤を〕三十部敬呈いたします。
○淵がベッドから降りる時にころんで、人事不省になり医薬も効なく、関聖帝君にお尋ねしたら、第四十二籤を賜りました。その注に〝医師を代えよ〟とあり、それに従ったら治りましたので、〔関聖帝君万応霊籤を〕百部印刷して送付いたします。二十三日に孫が蘇生し、五～六日で治癒回復しましたので、神恩に深謝し、百部印刷して謹送いたします。
○周国珍は、潰瘍が三年も治らず、痰が十年も続いていますので、両病の平癒を祈り、百部敬贈いたします。

などと読み取れる記述がある。こうした喜捨は誕生日や病気の時などになされることが多く、現存する文献資料の中にその痕跡を留めている。『関帝霊籤』のおみくじ本も、そんな風潮の中で広まっていった。

第二章　明清小説の中の『関帝霊籤』

旧中国の社会で、おみくじはどのような役割や意義をもっていたか。人々はおみくじに何を問いかけ、おみくじはどのように答えたか。それを知るには、当時の小説や詩歌に、手がかりを求めるのが手っ取り早い。

小説が虚構であるとは常識ではあるが、旧中国では、事実の記録でなく、正史（国家編纂の王朝史）ではないものの、野史とか稗史《はいし》（民間編纂の歴史書）として資料価値が認められてきた。明の鄭暁（一五二三年科挙合格）は、『今言』巻四に「近頃の時事を記した小説書数十種には、信用すべき事が多い」といい、清の梁章鉅《きょ》（一八〇二年科挙合格）は、『帰田瑣記』に「古人の著述には大抵基づくところがあって、小説家の記述も考証の役に立つ」（中華書局『清代史料筆記叢刊』所収本解題）と記している。

一　明清の小説と『関帝霊籤』

明清時代は多様な小説が刊行された。中国小説の特色として、社会性が強く日常生活を題材にすることが多かったから、生活の中のおみくじの有りようを探るのにも便利である。

清末の李光庭は、北京の東隣に位置する天津の宝坻《てい》県出身で、北京の風俗に詳しい人だった。その著『郷言解頤《い》』（道光二十九年＝一八四九序）の巻三「人事」卜に、昔から今に至るまで多種多様な占卜が行われてきたが、「正陽門の関帝廟ほど霊籤の霊験があらたかなものはない。その例は小説の中に見られるが、いちいち指摘しきれないほど多い」といい、李光庭自身が体験した『関帝霊籤』第八十三籤と、二人の息子が体験した第八籤の二例を挙げている。私（筆者―小川）は、李先生ほど博識ではないので、『関帝霊籤』の籤《くじ》番号まで付されて用いられている作品例は、限られた数しか指摘できないが、それでも三十例指摘することが出来る（後掲四七頁一覧表参照）。この数は第何籤であるか分かるような形で『関帝霊籤』が引用されている小説の場合で、単に『関帝霊籤』を引いたとか、関帝廟でおみくじを引いたという程度の記述の場合は含めていない。これによっても、『関帝霊籤』がどのように、どれくらい明清の小説の中で存在感をもっていたかを、推測する手がかりにはなるだろう。

一口に明清小説といっても、その種類は多様だが、使用される文体によって、大きく二種類に区別される。文章語の性格が強い文語によるものと、口頭語の性格が強い白話《はくわ》によるものとがある。それぞれ文言小説、白話小説と呼ばれている。『剪燈新話』『聊斎志異《りょうさいしい》』は文言小説で、『水滸伝』『紅楼夢』は白話小説という具合である。どちらにも長編と短編があるが、どちらかと言えば、文言小説には短編が多く、白話小説には長編が多い。著者や読者にも相違があって、文言小説の著者や読者には、より高級な知識人や官僚階層が多く、白話小説の著者・読者には、より大衆的な知識人や多様な職業・階層の人が多い。後掲の「明清小説の中の『関帝霊籤』一覧表」を見ていただくと知られるように、著者の生卒年が文言小説の場合は、ほとんどみな明らかであるのに対して、白話小説の場合はほとんど不明である。つまり白話小説の著者は、社会的知名度が低かったり、名を知られたくなかったりしたからである。そのことは作品の内容や題材の相違をも生み出した。高級な知識人・官僚たちの関心事は立身出世と側室であり、白話小説の読者である広汎な庶民・大衆の関心事は金もうけと色事であった。明清小説の中の『関帝霊籤』の有りようにも、文言小説の場合と白話小説の場合とでは、このことがはっきり現れている。

二　文言小説の場合

1　陸粲の『庚巳篇』

『関帝霊籤』は明の半ばころにはまだ『江東籤《こうとうせん》』とか『江東王霊籤』とかと称されていたが、そのころの陸粲《さん》（一四九四―一五五一）の『庚巳編《こうしへん》』巻七「江東籤」に、「わが蘇州の江東神の廟は練兵場の傍らにあった。そこの『江東籤』は百本の籤で吉凶を占うものだが、すこぶる霊験があらたかだった。わたしの記憶にある数件を記そう」といい、五人の逸話を収めている。次の五話はその訳文である。

〔第一話〕長州（今の江蘇省呉県）の老学者趙同魯が八十一歳のとき病気になり、霊籤を引いたら第六十三籤「前三三与後三三」（前三三と後三三）だった。その年に亡くなったが、九月九日だったとも、八十一歳だったとも言われる。

〔第二話〕県橋に住む許氏は里長をしていたが、湖広の五開衛（今の貴州省黎平県）へ輸送の役を命じられ、遠くへ行くのがいやで、免除を祈願して霊籤を引いたら、第三十六籤「万里鵬程君有分」だった。到着した役所には、「万里鵬程」（おおとりの如く万里に羽ばたく）の額が掲げられていた。

〔第三話〕長洲の学生の周景良は凡俗で不勉強だった。秋の試験に当たり成績（原文では「科名」）を問うと、第一籤「巍巍独歩向雲間」（高々と独り抜きんで出世する）だったので、これは目出度いと喜んだが、面接で松江府（今の上海市松江県）の胥吏に落された。この「雲間」は〔青雲の上（高位・高官）の意ではなくて〕「松江」の古い郡名だった。

〔第四話〕府学の学生の陶麟は、科挙の試験を何度受けても合格出来なくて、霊籤で進退を決めようとしたところ、第二十三籤「到頭万事総成空」（ついに万事が空となる）だったので、結局は駄目かと思い込んだ。だがその後の試験で座席が「空」字番（第二二七番。「空」は『千字文』の第二二七番目の文字—著者）で、太学の試験に合格した。正徳二年（一五〇八）の進士の試験では、審査用答案に「空」字番が付けられた。最終試験も同様で、ついに進士に合格した。

（第五話）私（陸粲）の師だった毛欽《きん》先生は、若いころに妓女から結婚を求められ、その費用にと妓女から金のかんざしを贈られたが、決断できなかったので、霊籤を引いたら、第七十三籤「憶昔蘭房分半釵」（かんざし分けて誓いあったが）が出た。その最後の句に、「到底誰知事不諧」（叶わぬ事と知れたるものを）とあったので、驚いてかんざしを返し辞退した。

この五話の登場人物のうち、第二話を除く四人はいわゆる士大夫で、官僚ないしその予備軍に属する知識人である。そしてその人々が霊籤を抽いた動機は、病気・科挙・結婚などへの不安や関心からであった。文言小説の中の『関帝霊籤』を引く人の職業・階層および『関帝霊籤』を引く動機は、ほぼここに集約的に現れている。以下、このことを見ていきたい。

2　科挙と『関帝霊籤』

清の銭泳（一七五九—一八四〇）『履園叢話』巻三「求籤」に、科挙受験生と霊籤にまつわるエピソードが五話収められている。そのうちの第一話は大乗菴の霊籤、第四話は韋駄神の霊籤がらみで、これを除く三話が『関帝霊籤』がらみである。次の引用はそのうちの二話の訳文である。

〔第二話〕私と同郷の王雲錦は、康熙二十九年（一六九〇）の江南の郷試（科挙の地方試験）に合格した。康熙四十五年（一七〇六）、五十歳のとき進士の試験結果を尋ねて、関帝廟で霊籤を引いたところ、第九十七籤「五十になって功名心が失せたのに、思いがけなく富貴を授かる」が出た。そこで上京して、ついに会試（科挙の最終試験）に状元（第一位）で合格した。

〔第三話〕関聖帝君の第六十三籤に「前三三と後三三」の句があるが、鄷雲倬《ほううんたく》が学生だったときに、お祈りをして引いたらこれが出て、乾隆三十六年（一七七一）の郷試で第三位で合格した。その十年後、乾隆四十六年の会試には第九位で合格した。毛繡虎も嘉慶二十四年（一八一九）の郷試にお祈りをして引いたらこれが出て、第三十三位で合格した。道光二年（一八二二）の会試に合格したのも、第三十三位で、その後間もなく北京の屋敷で亡くなったが、年は三十三だった。またある受験生もお祈りして引いたらこれが出て、第六十六位で合格した。


このほか、明清の文言小説の中でも、物語性や娯楽性よりも、個人の行状を記すことが多い雑俎《そ》類とか志人類といわれる記録性に重点を置く随筆風の作品に、この種の記載が多く見られる。このことは、当時の知識人にとって、科挙合格が名誉と財産に直結する道であったことを思えば、容易に理解できる現象であった。

3　任官・発令及び政争と『関帝霊籤』

上記は官僚になる前の科挙の試験という最大の難関に立ち向かうときの知識人の姿勢だが、やがて合格すれば、任官・赴任となる。試験ほどの困難はないが、やっとの思いで合格した官僚予定者には、任地と職種もまた重大な関心事だった。そして着任すれば人間関係の渦に巻き込まれ、政争に苦しめられることも避けがたかった。

清の王士禎（一六三九―一七一一）の『池北偶談』巻二十二「籤験」に、

都の前門の関帝廟の霊籤は霊験あらたかなことで有名だった。私は順治十六年（一六五九）に任官のための面接に先立って、祈願して霊籤を引いた。最初は第十三籤「この年月は運がよくない、しばらく川辺で釣りをせよ。卯の年月に出世し、多くの人の上に立つ」（今君庚甲未亨通、且向江頭作釣翁。玉兎重生応発跡、万人頭上逞英雄）で、次が「卯の時が重ねてきたら出世し、枯れ木が再度春に遭うよう」（兎重生当得意、恰如枯木再度逢春）だった（注―宋朝体の箇所にテキストの乱れがある。『関帝霊籤』にはこの二句の籤詩はない）。そのときにはこの籤の意味がわからなかったが、同年の十月に揚州の推官（裁判業務を担当）に発令され、翌年春に着任し五年間勤務して、康熙三年（一六六四）十月に本省の礼部の主事に転任した。籤詩で「庚甲」とあったのは、任期が五年間ということだったわけである。任地の揚州は長江のほとりにあるから、「江頭」（長江のほとり）というわけであった。（以下省略）

王士禎は後に国子祭酒（国立大学学長）に出世するのだが、揚州在任の五年間を「長江のほとりで魚を釣」って過ごしたとは、古代の呂尚（太公望）が、不遇時代に渭水で魚を釣って過ごしたのを念頭においたものだが、王士禎ほどになると、文化・経済の中心地であった揚州勤務でも、不遇時代と思っていたのだろう。王士禎のこの文章は、清の趙翼（一七二七―一八一四）『簷曝《えんばく》雑記』巻五にも、『居易録』から引いて載せられている。

明の呉敬所の『国色天香』（万暦五年＝一五七七刊、謝友可序本）巻一「歳異変志」に、万暦初期の辣《らつ》腕《わん》宰相だった張居正が、父の死に際して「奪情」（服喪中に休職せず公務にあること）を天子に求めて実行したことによる事件が描かれている。活字本で七頁に及ぶやや長い話である。以下はその要旨である。

万暦五年（一五七七）十月に宰相の張居正は、父が亡くなると、権力を乱用して「奪情」の特例を手に入れ、喪に服することなく、宰相の地位に居座り続けた。これは儒教の教えに背く親不孝の最たるものであったから、多くの非難を生んだが、その報復を恐れて、高官たちも、公然と批判することは出来なかった。そんななかで、呉中行と趙用賢の二人だけは、天子に上書して公然と非難した。そのために張居正の怒りを買い、逮捕されて杖刑を受け、瀕死の重傷を負ったが、一命だけは辛うじて取り留めた。

この二人が上書する前後に、関帝廟に赴いて祈願し、霊籤を引いてことの成り行きを占った。呉中行は上書する前に自分で、張用賢は事後に同僚で友人の王公錫《しゃく》が、それぞれ霊籤を引いた。呉中行の場合は第二十籤「心を語る友もない、難所の君に教えよう。大勢すでに過ぎ去って、功名・富貴もはやない」で、趙用賢の場合は第七十六籤「刑書には罪条三千文字八千あるが、判決は事前に知らされぬ。善でも悪でも身から出るもの、禍福の本はみなここにある」だった。その三四日後に二人は連行されたが、その直前に二人の息子がそれぞれ再度関帝廟で霊籤を引いたところ、引き当てたのは、いずれも前回と同一の籤だった。

これは実際にあった事件を基にしたもので、張居正については『明史』巻二一三、呉中行と趙用賢については同巻二二九に伝記があり、それぞれ具体的な記述がある。この三人以外の高官についても、事件についての関与を、『明史』に見出すことが出来る。しかしながら、関帝廟で霊籤を引く場面は全く出てこない。これは小説家の創作によるものであろう。霊籤をそれぞれ二回ずつ引いて、どちらも前回と同一籤であったというのは異様である。だが同一籤が二回とか三回出たというのは、小説の中では、後掲の例で見られるように、希なことではなかった。

4　側室の病気・死別と『関帝霊籤』

明清の官僚・文人の著述の中には、側室との将来を『関帝霊籤』で占う場面が目に付く。その代表格は冒襄《ぼうじょう》（一六一一―一六九三）の『影梅庵憶語《えいばいあんおくご》』であろう。次の引用は愛妾・董小宛《とうしょうえん》との死別を記した箇所の訳文である。

私は元旦に、その年のことを関聖帝君の霊籤で占うのが習わしだった。崇禎十五年（一六四二）には、功名心が強くて、お祈りをして籤を引いたら、「憶」の字で始まり、「かんざし分けて誓いあったが、今ではぷっつり音信絶えた。永久《とわ》の夫婦《めおと》を望むは愚か、叶わぬことと知れたるものを」（第七十三籤）とあったような気がする。そのときには籤詩の意味がよく分からなかったが、試験に合格するというものでもないようだった。

董小宛と会い、四月末に金山（江蘇省鎮口の名所）で別れるときに、彼女は精進料理を食べ、虎丘（蘇州の名所）の関帝廟で、私に身を任せたいと祈って引き当てたのがこの籤だった。その秋秦淮《しんわい》（南京の名所、当時の歓楽街）に立寄ったとき、話題になり、願いが叶えられないのではないかと心配していた。私はそれを聞いて、元旦の籤と一致していたのが不思議だった。

そのとき同席していた友人が、「お二人のために、西華門で霊籤を引いてやったよ」と言い、出したのもこれだった。彼女はいよいよ怖がり、私がこの籤の「解釈」＊を見て憂慮していると、不安そうな顔をしたが、でも願望は叶えられた。

だが「かんざしを分ける」とか、「永久の夫婦を望むは愚か」（原文は「痴心指望成連理」）とかは、みな夫婦の間柄の言葉で、結局それが叶えられないことだったのが今明かになった。ああ、私に残された人生は、追憶の日々となった。おみくじの「憶」の字は、かくも霊験あらたかである。

＊第七十三籤の「釈義」に「〝痴心指望〟は見込みのない縁談をまとめようとし、当てのない事業を成し遂げようとすることで、無駄なこと」とある。

この三人が『関帝霊籤』を引いて、同一の第七十三籤を得たのは崇禎十五年（一六四二）のことで、その年の十月に董小宛は冒襄に嫁し、順治八年（一六五一）の正月に亡くなった。時に冒襄は四十一歳、九年間の同居だった。

清の紀昀《いん》（一七二四—一八〇五）の『閲微草堂筆記』巻十二槐西《かいせい》雑記（二）にも、紀昀が西域出張中に側室の郭氏が肺結核を病んだとの知らせで、関帝廟で霊籤を引いたら、第七十一籤「軒先でかささぎ鳴いていい知らせ、千里かなたの帰心が分かる。とばりの陰で夫婦《めおと》の帯を結ぶのは、木の葉が枯れる年の末ごろ」が出た。間もなく再会を果たし、病気は快方に向かったが、三か月後に亡くなった。この籤の前半二句は目出度いお告げだが、後半二句には凶兆がひそんでいたというわけである。

清の陳裴之《はいし》（一七九四—一八二六）は冒襄の崇拝者で、『影梅庵憶語』にならって、『香畹《えん》楼憶語』を著し、娶って三年で道光四年（一八二四）に早世した側室畹君《えんくん》を悼んだ。畹君の病状が悪化したので、実家で療養させたら好転するのではないかと、裴之の母に勧められて近くの関帝廟で霊籤を引き、道中の安全を占なった。第九十九籤「貴人に水雲郷で遭遇し、上辺は淡泊なれど滋味がある。貴人が組閣し招聘するとき、名馬を走らせ都へ上る」が出た。裴之の母が籤詩に「驊騮《かりゅう》」（名馬）とか「康荘」（交通の要衝、繁華な都市）とあるから、道中は安全だろうと判断して出発させたのだが、三か月後に畹君は亡くなった。

三　白話小説の場合

上述の文言小説の著者には、一流の官僚や文人学者が多かったが、白話小説の作者の場合は事情が異なっていた。高級官僚になった人はいなかった。文学的には優れた才能の人も多かったが、権力に批判的な傾向の人が少なくなかった。小説の題材も日常生活への関心が強く、衣食・金銭・男女のことが多かった。文言小説は官僚社会や伝統文化に関心が強く、事実の考証や記録を尊重し、短編で随筆風のものが多かったが、白話小説は短編長編とも、日常生活の上に虚構の物語世界を構築して、娯楽性を追求した。用語も白話で口語性が強かった。だから初歩的な読み書きの能力を身に着けた程度の、広汎な大衆を念頭においた娯楽読み物だったということである。

1　陰徳の果報―顧芳の出世―

そんな白話小説の著者のひとり凌濛初《りようもうしよ》（一五八〇―一六四四）は、官には就いたが、上海の副知事どまりだった。『初刻拍案驚奇』『二刻拍案驚奇』、併せて『二拍』と略称される優れた短編小説集を著した。その『二刻拍案驚奇』巻十五「韓副大臣の側室が正室に直され、顧芳が主事に昇進したこと」（韓侍郎婢作夫人、顧提控掾居郎署）の物語展開の要所に、『関帝霊籤』が利用されている。この作品は、活字本で十八頁（冒頭の枕の部分が三頁あるので、本文部分は十五頁、約四千字）あり、日本語に翻訳したら、その二倍になる長さのものである。その梗概と『関帝霊籤』利用箇所の訳文を掲げる。

①　明の弘治年間（一四八八—一五〇五）のこと。太倉州（今の江蘇省太倉県）の郊外で餅屋を営む江《こう》溶《よう》が、冤罪で捕らえられた。店の客で役所の胥吏をしていた顧芳が努力の末に、江溶の無罪釈放を実現した。江溶はその恩に報いようとして、娘の愛娘を顧芳の側室にと送り届けたが、顧芳は指一本触れることなく、送り返した。その後、江溶は暮しに困り、愛娘を徽州（今の安徽省の南部地方）の大商人の側室に売った。

②　商人は愛娘を娶ったが、近づこうとするたびに、激しい頭痛に襲われて、肌を合わせることが出来なかった。商人はかねて信奉していた携帯用の『関帝霊籤』を引いて、愛娘とは結ばれる縁がないことを悟り、養女として遇することにした。その後、愛娘は韓副大臣の側室に迎えられたが、以前から病気だった副大臣の正室が死去すると、正室に直された。

③　一方、顧芳は胥吏の任期が満ちて上京し、韓副大臣の元で臨時の仕事をしていたとき、韓副大臣の正室となった愛娘に再会した。愛娘が以前に顧芳から受けた恩義を伝えると、副大臣は顧芳の徳行に感動して、天子に上奏したところ、顧芳は礼部（文部省）の儀礼担当主事として、正規の官職を与えられた。

次の引用は、その物語の中で、『関帝霊籤』が用いられている場面の訳文である。

さて結婚式の日になると、徽州の人々には新婚夫婦をからかう習慣があり、親戚・知人・友人が聞きつけて、酒をもってお祝いに訪れた。お祝いとはいうものの、半分はからかうのが楽しみだったから、新郎に飲ませてつぶした。商人は泥酔して、初夜の営みもどこへやらで、新婦の脇で翌朝まで眠りこんでしまった。すると夢の中で金色のよろいを着た神様が現れて、鎚で頭を殴り、蹴飛ばして起こし、

「このお方は、高官の奥方になられるお方で、凡俗の者の連れ合いではない。軽々しいことをしてはならぬ。わしの言うことを聞かぬと、罰が当たるぞ」

商人が驚いて目を覚ますと、ひどく頭が痛み、やっとのことで起きあがった。不思議な夢だと思いながら不安になり、いつも関羽のおみくじを厚く信仰していたので、顔を洗うと携帯用の小物箱から銭を十枚取り出して、虚空に向かってお祈りをし、この女との縁を占った。出たのは第十五籤中平だった。

両家は格が釣合うも、縁がなければ無理するな。

春風吹くころいい知らせ、楽を奏でて結ばれる。

この意味をいろいろ考えて、「縁がなければ」とか、「春風吹くころ」「楽を奏でて」とかとあるのを見ると、目先のものは止めて、時期を待てという意味だろうかと、心中いよいよ分からなくなり、再度占うと第七十三籤下下だった。

かんざし分けて誓いあったが、今ではぷっつり音信絶えた。

永久《とわ》の夫婦《めおと》を望むは愚か、叶わぬ事と知れたるものを。
この籤を得て、結局は叶えられない縁だと悟った。夢の中で、「高官の奥方になられるお方」と言われたのは、別の人に嫁ぐという意味ではないだろうかと、またお祈りをして占うと、第二十七籤中平だった。

物にはすべて主がある、一粒一本勝手に取るな。
天から生まれた英雄も、なす事はみな規則に従え。

商人はこれを見ると、おみくじの意味はこれではっきりした。きっと別の相手がいるに違いない。これで決心がついた、と心の中でつぶやいた。
とはいっても、昼間女の美しさを見ると、気持が揺らぐのだったが、そのたびに頭が痛くなった。夜になって女のベッドに近づくと、ぼーっとなり、頭痛がひどくて堪えられないほどだった。どうもおかしい。夢のお告げは確からしい。占いの文句もはっきりしているし、もしあの女を汚したら、神様のおとがめがあるに違いないと、邪念を捨てて、義理の娘として嫁がせてやったら、後で富貴になるかもしれない、と考えるのだった。

『関帝霊籤』では、第十五籤の「聖意」に「結婚はまとまらない」、第七十三籤の「聖意」に「結婚は二度する」、第二十七籤の「聖意」に「婚婚は決まらない」とあり、いずれもこの度の結婚が不首尾に終わる意味のお告げとなっている。

この顧芳の江溶救出の善行と愛娘辞退の陰徳による出世の物語は、明の陸延枝（嘉靖年間＝一五二二―一五六六の人）『説聴』巻下（『説庫』所収本）、劉宗周（一五七八―一六四三）『人譜類記』増訂五第二十七、陳智錫『勧戒善書』（一六四一年序本）巻七などにも収められている。さらに後の清の康熙三十三年（一六九四）刊『太上感応篇図説』（国立公文書館内閣文庫蔵）「施恩不求報」にも引かれている。だが『人譜類記』と『勧戒全書』所収の話には愛娘が商人に売られる記述がないから、当然『関帝霊籤』を引用する場面はない。『説聴』と『太上感応篇図説』所収には、江溶が困窮して愛娘を商人に売ったとの記述はある。そして『説聴』と『太上感応篇図説』では愛娘のことばとして、「商人のお陰で娘として養われ、お殿様の側室に迎えられて、後に正室に直された」とあり、しばらくの間、商人の家で養女として遇されたらしい叙述にはなっているが、なぜ養子扱いされたのか理由は示されないし、『関帝霊籤』の条もない。したがって、『関帝霊籤』の挿入のくだりは、凌濛初の筆によるものであろう。

この顧芳の陰徳出世の物語は、当時ありふれた因果応報を説く善書（勧善徴悪の書）好みの話で、物語構造としては〈因―果〉の単純な構造であった。①の冤罪証明の裁きでの場面では、おとり捜査をするなどかなり手の込んだ物語設定をしてはいるのだが、日常生活に即しながら、同時に偶然の積み重ねと紆余曲折が続くが、ある程度の長さが好まれた白話小説としては、原話の二段構造だけでは単純過ぎて物足りなかった。そこで増量剤としてもう一段の挿入が必要になった。その上に、もともと原話では、商人に買われて数年間生活をともにした愛娘が、超一流の高官の側室に迎えられ、やがて正室に直されるにふさわしい人物としての根拠の設定が、きちんとなされていなかった。数年間、商人と同居しながら処女性を保持したことの不自然さをどう処理するか、その必要があった。そこで用いられたのが、『関帝霊籤』の条の挿入だったということであろう。そうすれば読者が納得するからである。関帝の威光は小説の構成にまで力を発揮したということになる。

2　夫婦の離別と再会―日宜園《にちぎ》で九月に牡丹が咲いて―

明末崇禎年間（一六二八―一六四四）の刊行と見られる西湖漁隠の序を有する『歓喜冤家』（別名『歓喜奇観』『貪歓報』『艶鏡』などとも）の第五回「日宜園で九月に牡丹が咲いて」（日宜園九月牡丹花開）に、『関帝霊籤』が物語中に四籤使用されて、物語構成に効果を上げている。まずその梗概と、霊籤利用箇所の訳文を掲げる。次は梗概である。

河南の彰徳府安陽県（今の河南省安陽県）の秀才（科挙の受験生）の劉玉の花園＝日宜園で、季節外れの九月に牡丹が咲いて、多くの人が観賞に訪れた。そのときに、たまたま河南の南陽府鎮平県（今の河南省鎮平県）へ帰る途中の太学生の蔣青も訪れて、偶然見かけた劉玉の妻の元娘の美貌に心を奪われた。蔣青は親譲りの大金持ちで、多くの従者を伴っていたが、その中に三才という強盗上がりの男がいて、この采配で元娘を略奪し船で逃げた。夫の劉玉は翌日城内を探したが手がかりがなく、関帝廟で霊籤を引いてお告げを乞うた。

一方、このとき元娘は懐妊中で、劉玉の血筋を絶やすのを恐れ、自尽の道を選ばず、蔣青の強要に従って妻になった。その後、蔣青が三才の妻の文歓に手を出して三才に殺され、三才も主人殺害の罪の重さを恐れて自害すると、元娘は「遺児」―劉玉種の子ではあるが表向きは蔣青の子―を守って、蔣家をきりもりした。

その後、蔣家を訪れた旅の占い師が、以前に元娘を占ったことのある旧知の人だったので、手紙を託されて劉玉に届け、二人の再会が実現した。やがて「遺児」が成長すると、元娘は蔣家の莫大な財産を持って、劉玉のもとに戻った。二人は落ちぶれていた劉家を再興し、老朽化していた関帝廟を補修して願ほどきをした。

次の引用は『関帝霊籤』が用いられた場面の訳文である。

〔元娘が一団の人々に奪い去られると、〕その夜劉玉は使用人に探させ、翌朝街中に尋ね人の張り紙を数十枚出したが、手がかりは得られなかった。劉玉はかねて関帝を信仰していたので、斎戒沐浴して廟へ行き、心中を縷々訴え、再会出来るなら上上が出るようにと祈って霊籤を引いたら、第七十一籤中吉が出た。

①軒先でかささぎ鳴いていい知らせ、千里かなたの帰心が分かる。
とばりの陰で夫婦《めおと》の帯を結ぶのは、木の葉が枯れる年の末ごろ。

これを見ると、再会できそうな気がしたが、確認のためにもう一本引いたら、第十五籤中平だった。

②両家は格が釣り合うも、縁がなければ無理するな。
　春風吹くころいい知らせ、楽を奏でて結ばれる。

これでもいよいよ釈然とせず、両家だの家格だのというのが、よく分からない。神前に跪いて、「私は愚か者でおみくじの意味が分かません。もし妻が帰って来ることが出来るなら、おみくじの詩の中に〝回（帰る）〟の字を入れて下さい」と祈って籤筒を揺すぶると二本出た。第四十三籤中吉と第七十四籤上吉だった。第四十三籤は、

③役所が文書で火急の催促、小舟を襲う激流・雷鳴のよう。
　今は危険が多いけど、神のご加護で往来自由。
（第四句は、原文では「保安平安去復面」に誤る。『関帝霊籤』では「保安平安去復回」に作る。）

と〝回〟の字があったので安心した。もう一本の第七十四籤には、

④険阻な道が続いても、平地のように行ったり来たり。
　その身は悟り心は澄んで、富貴の道に春が来る。
（第四句は、原文では「長安一道放春回」に作る。）

二本とも〝回〟の字があり、〝去復回〟（行って戻って来る）まであるのだから間違いはないと、礼拝して、「夫婦が再会出来ましたら、そろってお礼参りに来て、お堂を新築し、お像の金箔を塗り直します」と願掛けをして、廟を後にした。

この四本の霊籤を、籤紙の「解曰」に就いて見ると、それぞれ以下のようになっている。

①第七十一籤には、「離別の後に再会、出かけた後で戻って来る」

②第十五籤には、「婚姻は前世の定めで、自然にまとまる。時さえ来れば、叶えられる」

③第四十三籤には、「この籤は先凶後吉（後でよくなる）で、神のご加護に頼れば吉が得られる」

④第七十四籤には、「危険と困難が横たわっているが、神明が助けてくれる。安全だ」

この四本のお告げは、劉玉・元娘夫婦の現状と未来の予測で、

①は、「元娘の心に変わりはない、時間はかかるが夫婦の団円はできるぞ」

②は、「悪人が略奪しても縁がないから長続きしない。元娘は戻って来るから妄動するな」

③は、「元娘は今は危険でも、神のご加護があるから、後でよくなる」

④は、「元娘はひどい目に遭ったが、神のご加護で、危険は避けられ、安全だ」

と解することが出来よう。

そして二人は、七年後に再会し、夫婦父子の団円を果たすことになる。

物語は『関帝霊籤』の抽籤で始まり、そのお告げ通りに展開し、関帝廟の修復で終わる。まさしく『関帝霊籤』のお告げを枠組みとして構築された小説であった。元娘の被略奪後の運命は、紆余曲折を経て劉玉の元に戻ることが、おみくじによって予想されていた。読者には、このおみくじの場面で、すでに二人の再会団円が予想される仕掛になっていた。おみくじを引く場面は、単なる題材として設定されたものではなく、物語構成の枠組みとしての役割を果たしていたのだった。

この作品の良家の夫人強奪という設定は、今日の我々には漫画的である。所詮小説は作り話だから、といってしまえばそれまでだが、実は婦女・人妻の略奪・誘拐は、この時期では実際によくあったことで、深刻な社会問題だった。そのことを考えると、『関帝霊籤』のもつ社会性と並んで、あるいはそれ以上に、現実性を帯びていた。

前掲の、清の銭泳の『履園叢話』巻十七に収める話（訳文）に、

清の乾隆《けんりゅう》年間（一七三六―一七九六）のこと、呉門（今の江蘇省蘇州市一帯）の悪徳ボスの某は、威張り散らして、人々を困らせていたが、誰にもどうしようもなかった。

ある日ピクニックに出かけて美貌の婦人を見かけ、取り巻きと相談をし略奪を企て訪ねて行ってみたら、田舎町の姻戚筋の家の女だったので、がっかりして戻った。だが後で思い出して、女を忘れられなかったので、取り巻きに相談すると、「簡単に略奪出来ますよ」とのことだったので、手はずを整えた。

数日後その家に、たいまつをもって仮面をかぶった一団の盗賊が押し寄せ、その女を縛って強姦した。だが金品は何も盗まなかったので、家の者は不思議に思った。ひそかに盗賊のあとを追った者がいて、盗賊たちが船に乗ると仮面をはずしたのを見て、悪徳ボスの某の仕業と判明した。女の家で役所に訴えたので、逮捕されすぐに処刑された。人々はみな喜んだ。

明の張瀚（一四一四—一五九三）の『松窗夢語』巻一にも、霍丘《かくきゅう》（今の安徽省霍丘県）の退職官僚の胡明善が、暴虐の限りを尽くして住民を困らせた。人の妻女を強奪して自分の妾にしたり、隣人を奴隷としてこき使ったり、無実の平民を泥棒として私刑に処したり、一家三人の父子を殴殺させたりしたなどの罪で、張瀚が凌遅《りようち》の極刑判決を下した話を収めている。

明末の日用類書（日常生活百科事典）—『三台万用正宗』巻八律例門や『万書淵海』巻十七状式門などには、権勢家や豪族などによる婦女の強姦・略奪に対する訴状作成のための文例が載せられていて、当時の社会で日常化した犯罪であったことを物語っている。婦女強奪は、文言・白話を問わず、小説にはよく用いられる題材だった。「日宜園九月牡丹開」の元娘略奪も、『関帝霊籤』の抽籤と同様に、日常生活に即した、身近な題材であった。

3　悪業の末路—霊籤のお告げに背いた魏忠賢—

『警世陰陽夢』は明末の宦官・魏忠賢（?—一六二七）を描いた小説である。この末尾に崇禎元年（一六二八）に長安道人国泰が著したと記されているが、この人物については詳しいことは分からない。影印本が『古本小説集成』（上海古籍出版社）に収められている。

物語は魏忠賢の生前を描いた「陽夢」と、死後を描いた「陰夢」の二部からなる。全体の大枠は、相士（人相見）の陶玄が魏進忠—後の魏忠賢—の出世を予見して、無頼の若者に大金を与え尽忠報国に励むよう諭すところから始まる。だが魏進忠は出世はしたものの私利私欲、専横独裁の限りを尽くしたあげくに、庇護者の天啓帝が崩御すると自殺に追い込まれ（以上「陽夢」）、地獄に落とされ閻魔大王の裁きを受けるのを陶玄が見届ける（以上「陰夢」）、という形になっている。その点では『金瓶梅』と同様に、相法（人相術）が物語構成の大枠となっているのだが、『警世陰陽夢』の場合は、陶玄の相法による見立てに先立って、魏進忠が北京の前門（正陽門）脇の関帝廟でおみくじを引く場面が設定されていて、構成の補強となっている。

無頼あがりで放蕩者の魏進忠は、都の北京に出て、高官の下僕になったが、殺人事件のもみ消しで一千両の賄賂を得ると、飲む打つ買うの派手な暮しで身を持ち崩し、罰せられ北京を追放されることになった。困り果てて関帝廟でおみくじを引いた。次の引用は巻二第五回の場面の訳文である。

さて魏進中は役所沙汰は片付きましたが、もともと気位の高い男でしたので、落ちぶれて役所には出入り出来ず、都には住んでいられなくなり、困ったあげく、前門の関帝廟の霊験にすがりました。

第一籤では、これからの行く末のことを尋ねたら、第七十二籤中平が出ました。

河川道路に危険があって、遠路に日暮れの嘆きあり。
たとい栄華の良き時あるも、申酉《さるとり》過ぎて戌《いぬ》の年待て。

＊筆者注―籤詩の原文で、後編の訳文編に私用したテキストとの間に、ごくわずかな相違があるが、繁雑を避けて、指摘を省略した。以下同。

関帝のお告げは、後日どの句もみな的中いたしました。魏忠賢は河間府（今の河北省河間市）の出身で、多くの挫折を経て、五十三歳、万暦四十八年（一六二〇）、庚申《かのえさる》の時に、泰昌帝が昇天され、天啓帝が即位されると、運が開けました。その天啓元年は辛酉《かのととり》の歳に当たり、狐兎が金鶏に変わった時であります。

第二籤では、都にいてこれまで通りでよいか尋ねたら、第三十七籤中吉が出ました。

お香を焚いて何祈るのか、善でも悪でも公平なるぞ。

心の不正を取除いたら、どこへ行くにも道が通じる。

この籤は関帝が明瞭に、魏進忠に善人になれと教えたものであります。東坡解に「善事をなせば吉が来て、悪事を成せば凶が来る。お祈りするより、よく考えよ。良心保ち、善をなせ。前途は遠大、かつ安泰が保たれる」とあります。

第三籤は、都で旗揚げすることを尋ねたら、第九十七籤上上が出ました。

五十になって功名心が失せたのに、思いがけなく富貴を授かる。

更にいっそう心を大事に善行積めば、寿命は長く地位も高まる。

だが魏進忠（魏忠賢）は、関帝の教え―忠義に努めよ・善行を行え―を意に介することは全くなかった。若いころの放蕩のために性病になり、自宮《じきゅう》（自発的に去勢し、宦官予備軍になること）して九死に一生を得て、天啓帝が即位する（一二六一年）と、抜擢されて魏忠賢の名を賜り、宮中に迎え入れられ、信任・寵愛を得た。その後は私利私欲にふけり、宮中内外で違法・専横を極め国政を乱した。七年後に天啓帝が崩御すると、群臣の弾劾を受け流刑に処せられ、鳳陽（今の安徽省鳳陽市）へ護送の途上に、旅館で首を吊って自殺した。

この小説の作者は、魏忠賢を悪因悪果の見本のような人物として設定したが、その際に、大衆の信仰を集めていた『関帝霊籤』を恰好の手掛りとしたのだった。

付　明清小説の中の『関帝霊籤』一覧表

おみくじは引いた人の運命を予告するから、人間の運命を描くことを任務とする小説には、好んで用いられた題材だった。前述の三例以外にも、明清時代の小説や詩歌には、多くの例を指摘することが出来る。以下に『関帝霊籤』が小説の物語り展開に用いられている場合について指摘した。

◆文言小説（筆記・随筆を含む）の中の『関帝霊籤』

（書名巻数の後のアラビア数字は『関帝霊籤』の籤序＝籤番号）

A明・陸粲（一四九六―一五五二）『庚巳編』巻七「江東籤」63　36　1　23　73

B明・呉敬所（万暦一五＝一五八七謝友可序本）『国色天香』巻一「珠淵玉圃」災異変志20　76

C明・葉紹袁（一五八九―一六四八）『午夢堂集』付録一「葉天寥自選年譜」71　87

D　明・鄭仲夔『耳新』巻四「神応」57　2　94　83
E　明・銭希言（万暦四一＝一六一三自序）『獪園』第十一「関漢寿三」91
F　明清・冒襄（一六一一―一六九三）『影梅庵憶語』崇禎壬午　73
G　明清・方亨咸（順治進士）「記老神仙記事」（『虞初新志』巻二）82
H　清・王士禎（一六四三―一七一一）『池北偶談』「自選年譜」13　25
I　清・金埴（一六六三）『不可帯編』巻五（『巾箱説』にも）13
J　清・袁枚（一七一六―一七一六）『子不語』巻十五　3　巻二十一　20　47
K　清・紀昀（一七二四―一八〇五）『閲微草堂筆記』巻六灤陽消夏録（六）87　巻十二槐西雑誌（二）71
L　清・趙翼（一七二七―一八一四）『簷曝雑記』巻五京師前門関帝廟籤　13
M　清・銭泳（一七五九―一八四四）『履園叢話』巻十三「科第」求籤　97　63　41
N　清・楽鈞（一七六六―？）『耳食録』一「方比部」46
O　清・陳裴之（一七九四―一八二六）『香畹楼憶語』四月下澣五日　99
P　清・張培仁『妙香室叢話』「査翁暴富」68
Q　清・李光庭（道光二九＝一八四九自序）『郷言解頤』巻三「卜」83　8
R　清・戴璐『藤陰雑記』巻五　47　87　46
S　清・匯淙（道光年間）『関聖帝君霊籤占験輯略』（『関帝文献匯編』第九冊所収）1…100
（『清稗類鈔』第十冊迷信類にも指摘があるが、出典が示されていないので、取上げなかった。）

◆白話小説（口語小説）の中の『関帝霊籤』

（書名巻数の後のアラビア数字は『関帝霊籤』の籤序＝籤番号）

A明・馮夢龍（一五二九―一六四八）『醒世恒言』巻七「銭秀才錯占鳳凰儔」73

B明・凌濛初（一五八〇―一六四四）『二刻拍案驚奇』巻十五「韓侍郎婢作夫人、顧提控掾居郎署」15 73 27

C明・西湖漁隠（崇禎）（序）『歓喜冤家』第五回 71 15 74 43 第続第十一回 63

D明・長安道人国清『警世陰陽夢』「陽夢」巻七 72 37 27「陰夢」巻九 76

E明・古呉金木散人『鼓掌絶塵』第八回 22

F明・穆氏『関帝歴代顕聖誌伝』巻二「燕南丹救賈一鶚父母」63 巻三「沮張相奸謀高閣老」67 巻四「西昌告郭中丞平播」40

G清・樵雲山人（順治～康熙）『飛花艶想』第六回・十一回 97 の前半二句と 71 の後半二句

H清・天花才子（康熙）『快心編』第三集第八回 7 71

I清・西周生（清初）『醒世姻縁伝』第五十二回 73

J清・烟水散人（清初？）『合浦珠』第十三回 68 74

K清・無名氏『善悪図全伝』第十四回 1

補　『関聖帝君霊籤占験輯略』の中の霊験譚

清の魯愚等編『関帝文献匯編』（一九九五年八月、国際文化出版公司刊）第九冊所収の『関聖帝君経訓・霊籤・霊籤占験』（光緒三十年李孝先刊）に、『関聖帝君霊籤占験輯略』なる書が収められている。これは道光年間（一八二一―一八五一）に、匯淙が『関帝霊籤』の霊験を顕彰するために編纂したもので、前掲の一覧表の明清小説の場合とは『関帝霊籤』の扱いが異なるが、中には出典を同じくする場合があるので、ここに取り上げた。

前掲の一覧表では、〈どの小説がどの霊籤を利用しているか（小説に利用された霊籤）〉を指摘したが、こちらは〈どの霊籤がどの霊験譚に顕彰されているか（霊籤を顕彰した霊験譚）〉を指摘した。

（漢数字は『関帝霊籤』の籤番号、ダッシュマークの下は霊験譚所収の書名。表記は原本に倣った）**巻上**○一・一百・七十六―盛謙陰隲文新編・漢聖宝訓図説霊籤跋・漢聖霊籤占験○二―同上○七―霊籤占験○八―霊籤占験○九―諸華香筆記十邉大授寅口余生記・柳崖外編・霊籤占験○十二―同上○十三・九十八―池北偶談・霊籤占験・陳錦儲刊伝明聖経付籤占験○十五・七―徴信編○十六―霊籤占験○十七・八十―武安集○十八―無名氏作善指南続編叙略○十九―功過格徴事○二十・七十六―星変志・高子遺書・新斉諧○二十一―霊籤譜○二十二―霊籤占験○二十三―秋灯叢話・霊籤占験○二十四―同上○二十五―同上○二十七新郷県誌・霊籤占験○二十八―同上○三十―霊籤譜○三十二―霊籤占験○三十三―同上○三十六―花間笑語・霊籤譜○三十九―霊籤占験○四十―同上・神武伝○四十一―敬信編○四十二―沈瓚（?）近事叢残・宝訓図説○四十三―嘯虹筆記・神籤偶録○四十四―

霊籤譜○四十五―同上○四十六―識小録・耳食録○四十七―霊籤譜・新齊諧○四十八―霊籤譜○五十同上　巻下五十一―霊籤占験○五十二―同上○五十三神籤偶録○五十四熙朝新語○五十七・二―霊籤譜―鄭仲夔耳新○六十・六・三十一―識小録・熙朝新語○六十二―霊籤譜・冒起宗摹勒聖像碑記・張九法夢徴自記○六十三・九十六―乾坤生気録、参猗氏廟記・霊籤戦記・広新聞・周広業関帝事跡徴信録○六十六・三十五―敬信編・霊籤占験○六十七―徴信編・霊籤占験○六十九―霊籤譜○七十―霊籤占験○七十一―槐西雑志○七十四―真経顕応序○七十五―霊験占験○七十六―広新聞・宝訓図説霊籤跋○七十八―霊籤譜○七十九・五十九―方濬頤夢園叢説・霊籤占験○八十―霊籤譜・霊籤占験○八十一―霊籤譜○八十二―同上○八十二―同上○八十三―霊籤占験○八十四霊籤譜○八十五―霊籤占験○八十六霊籤譜○八十七―灤陽消夏録・神籤偶録・霊籤譜○八十八―同上○八十九―霊籤譜・神籤偶録○九十一―獪園・霊籤占験○九十二・三十五―神籤偶録・霊籤占験○九十三―同上○九十四―同上○九十五―霊籤譜・秋坪新語。神録偶録○九十六―霊籤占験○九十七―神籤偶録○九十八―敬信編・霊籤占験○九十九―識小録・占験霊籤○一百―霊籤占験　**補遺**○二十一―陳氏刻校正籤詩序○五十六・参十二―夢園叢説　**補遺**○十六―匯淙霊籤占験記○十八・六十一―無名氏作善指南○二十五―霊籤占験記○三十九―徐瑃訓家瑣言

第三章　『関帝霊籤』の歴史

一　霊籤各種

中国における霊籤の歴史は古く、現存するものとしては、宋代まで遡ることが出来る。

それは一九三〇年ころに鄭振鐸が北京の九経堂という古書店で入手した『天竺霊籤』で、鄭振鐸の推定によれば、南宋の嘉定年間（一二〇八―一二二四）の刊行であろうという。前後が欠けていて、残存部分にも破損があるが、第五籤から第九十二籤までが残されている。上図下文形式の木版印刷本〔図4〕である。

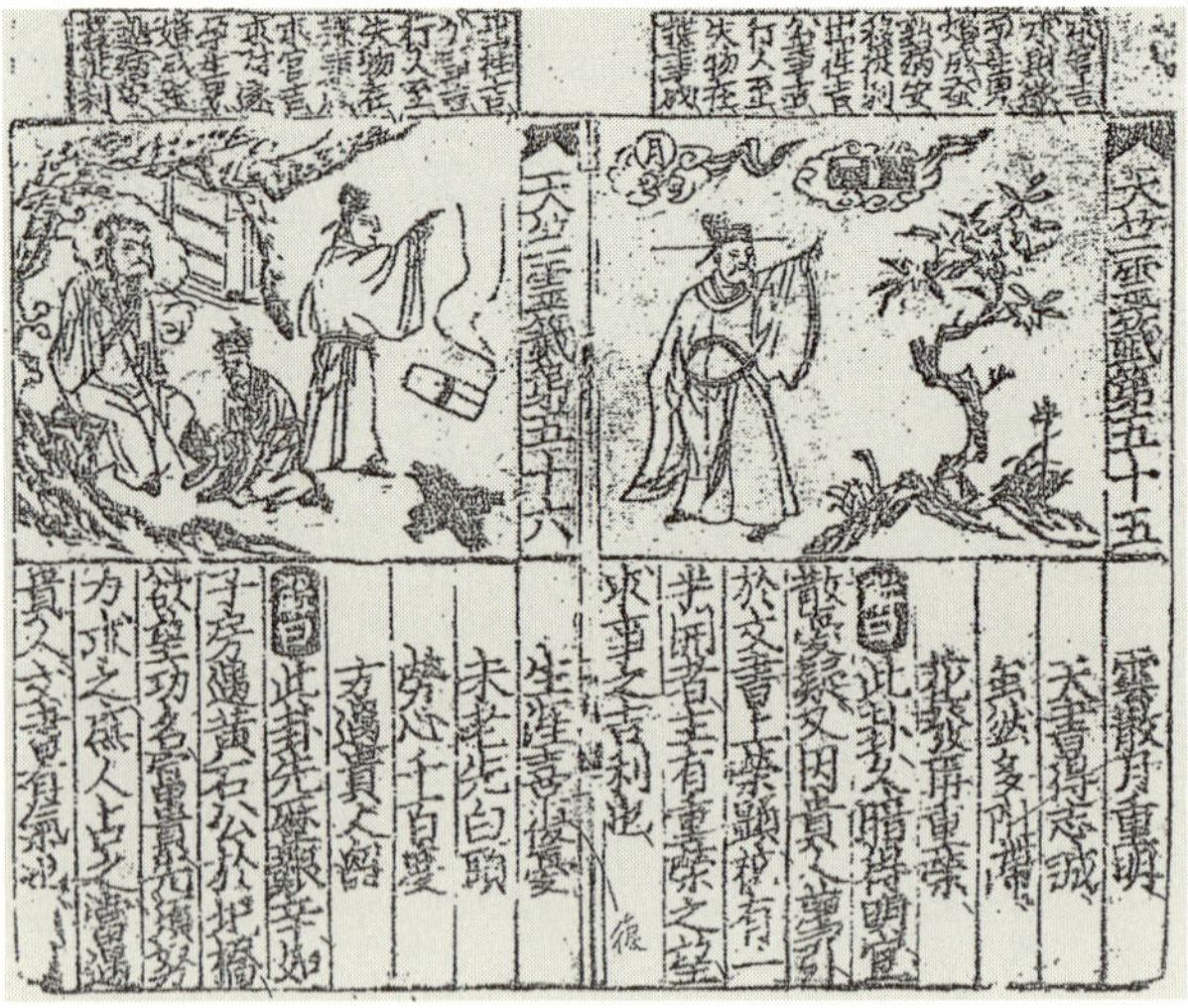

〔図4〕

図があるので、おみくじ独特の用語の理解にも役立ち貴重である。『中国古代版画叢刊』（一九八八年、上海古籍出版社）第一冊に収められている。これ以後、図が付された籤紙を持つ霊籤は知られていない。日本では江戸時代に流行した元三大師の霊籤には図があって注目に値する。

これ以後の霊籤の刊行については、明代の中頃に刊行された道経典籍の一大叢書である『正統道蔵』（一四四五年刊）には、八種類の霊籤が収められていて、多様な形式や内容を見ることが出来る。

◇『正統道蔵』（一四四五年刊）正一部所収の霊籤

『四聖新君霊籤』四十九籤
『玄真霊応宝籤』三六五籤
『大慈好生九天衛房聖母元君霊応宝籤』九十九籤
『洪恩霊済眞君霊籤』五十三籤
『霊済真君注生堂霊籤』六十四籤
『扶天広聖如意霊籤』一二〇籤
『護国嘉済江東王霊籤』一〇〇籤

◇『万暦続道蔵』（一六〇七年刊）所収の霊籤

『洪恩霊済眞君霊籤』五十三籤
『霊済真君注生堂霊籤』六十四籤

『玄天上帝百字聖号（玄帝感応霊籤）』四十九籤

この中には、重複が二種（宋朝体箇所）あるので、それを除くと八種になる。いずれも宋～明間の成立とされる。（酒井忠夫・今井宇三郎・吉本昭治『中国の霊籤・薬籤集成』〈一九九二年・風響社〉所収の酒井忠夫「中国の籤と薬籤」と、林国平《《道蔵》中的籤譜考釈》〈《福建論壇・人文社会科学版》二〇〇五年第十二期〉に解説がある。）

このほかにも酒井等編『中国の霊籤・薬籤集成』付載の「霊籤・薬籤一覧表」に、現存する中国の霊籤と薬籤二一五種について、籤詩の第一句、霊籤名、本数、流布地域、寺院等所蔵者などの収録書に関する情報の一覧表がある。この中でとくに同一霊籤の数が多いのは、『関帝霊籤』『観音霊籤』『聖母霊籤』『観音聖母霊籤』であるが、『関帝霊籤』がとりわけ多く、人気の高さが知られる。

二　明清小説の中の霊籤

上述の如く明清小説の中には『関帝霊籤』を引く場面が少なくないが、その他の霊籤で神仏の名と籤序（籤の番号）ないし籤詩（または籤詩の一部分）の分かるものを、管見によって掲げると以下のようである。

（表記方法：霊籤名、籤序、第一句、収載小説名、収載箇所、—印は該当項目が欠けている意。）
観音霊籤、第十八籤、「天生与汝有姻縁」、『醒世恒言』、巻三十九
観音霊籤、第五十九籤、「去住心無定」、『警世選言』、巻二
観音霊籤、第三十三籤、「枯木再逢春」、『警世選言』、巻二
観音大士霊籤、第十六籤、「銀塘昨夜双鴛穏」、『驚人奇案』、第六起
諸葛武侯廟中の祈籤、—、「逢崖切莫宿」、『輪廻醒世』巻九
諸葛武侯廟中の祈籤、—、「逢崖切莫宿」、『龍図公案』、巻四
諸葛武侯廟中の祈籤、—、「逢崖切莫宿」、『百家公案』、巻二第八回
諸葛武侯廟中の祈籤、—、「逢崖切莫宿」、『海剛峯先生居官公案伝』巻二
常州烈帝廟の籤、—、「陸地安然水面凶」、『警世通言』巻十一
青城山の老君廟の霊籤、第三十二籤、「百道清泉入大江」、『醒世恒言』、巻二十六
毘盧観の土地神の霊籤、第十八籤、—、『石点頭』巻九
東街霊祭廟の籤、「星辰多不順」、『百家公案』、巻七第六十二回
大乗菴土神の籤、—、「今日杏園沈酔後、声声報道状元帰」清・銭泳『履園叢話』巻十三
韋駄天神の霊籤、—、「懐妊生男已有期、後来金榜掛名時」清・銭泳『履園叢話』巻十三

三　『関帝霊籤』の出現

現在比較的容易に見られる『関帝霊籤』のテキストは左記の通りである。同一類内のテキスト間に、文字の相違は見られるが、基本的には同内容である。

（表記方法・霊籤名、籤詩数、籤詩第一句、所在〈収載書・刊行書肆・所蔵機関など〉）

第Ⅰ類　『江東王霊籤』系

①『護国嘉済江東王霊籤』、一〇〇、「巍巍独歩向雲間」、『正統道蔵』第五十四冊正一部所収

②『関帝霊籤』、一〇〇、「巍巍独歩向雲間」、魯愚等編『関帝文献匯編』（国際文化出版社）第七冊咸豊八年（一八五八）黄啓曙輯光緒十五年（一八八九）再版『関帝全書』巻三十五所収

③『関帝霊籤』、一〇〇、「巍巍独歩向雲間」、『関帝文献匯編』第九冊李孝先編刊『関聖帝君経訓・霊籤・霊籤占験』（光緒三十年＝一九〇四李孝先識語）所収

④『関帝霊籤』、一〇〇、「巍巍独歩向雲間」、『蔵外道書』第四冊光緒二年（一八七六）鄭景陶校刊並刊行本『関帝明聖経全集』（宏大善書局石印）所収

⑤『関聖帝君・城隍爺公　正百首籤解』、一〇〇、「巍巍独歩向雲間」、台湾竹林書局刊

⑥『関聖帝君万応霊籤』、一〇〇、「巍巍独歩向雲間」、道光六年（一八二六）鐫、馬氏尚勤堂重刊龍雲

斎蔵板、東京大学東洋文化研究所蔵

⑦『新鐫関聖帝君霊千金譜』、一〇〇、「巍巍独歩向雲間」、光緒十五年（一八八九）永奥退士序刊、東京大学東洋文化研究所蔵

⑧『関帝霊籤』、一〇〇、「巍巍独歩向雲間」、享保十年（一七二五）書林天王寺屋市郎兵衛刊和刻本、京都大学図書館蔵

第Ⅱ類　非『江東王霊籤』系

⑨『限籤卦籤』、六十四、「亘古生成第一忠」、所在は⑥に同じ。

⑩『武帝霊籤』、一〇五、「撃壌高歌作息時」、所在は⑥に同じ。武帝とは武安王のことで、関羽は宋の徽宗の大観二年（一一〇八）に武安王に加封された。

⑪『聖籤』、一〇〇、「撃壌高歌作息時」、『関帝文献匯編』第一冊『関聖帝君聖蹟図誌全集』巻三収。（酒井等編『中国の霊籤・薬籤集成』付録に転載）。⑩と同内容だが、第一〇二籤から第一〇五籤までの四籤を欠く。

⑫『夢授籤』、一〇一、「撃壌高歌作息時」、『関帝文献匯編』第七冊『関帝全書』巻三十四収。⑩と同内容だが、第一〇二籤から第一〇五籤までの四籤を欠く。⑪と同内容。

四　『江東王霊籤』から『関帝霊籤』へ

現在見られる『江東王霊籤』と称するテキストや籤詩（おみくじの主文・お告げ）は、明の正統十年（一四四五）刊の『正統道蔵』所収の『護国嘉済江東王霊籤』（略称『江東王霊籤』『江東霊籤』）全百籤と、明の陸粲《さん》（一四九六―一五五二）の随筆『庚巳《こうし》編』巻七「江東籤」所収の五籤だけである。これを後の『関帝霊籤』と比較してみると、文字の相違が少しは見られるものの、基本的には同じである。だから『江東王霊籤』が内容的に変化して『関帝霊籤』と称されるようになったのではなく、呼称を変えたにすぎないことが知られる。本文はそのままにして、表紙を付け替えただけなのである。

このことについて、清の翟灝《てきこう》（一七三六―一七八八）の『通俗編』巻十九に、陸粲の『庚巳編』巻七「江東籤」に五首の霊籤を引いているが、「これは今の関帝の霊籤と同じものである。陸粲はこれを石固という神の霊籤だと述べているから、もとは関帝の霊籤でなかったことになる。移行時期については未詳」と記している。

なぜこのようなことが行われたのか。清の初期、康熙（一六六二―一六九四）のころの褚《ちょ》稼軒の『堅《けん》瓠《こ》六集』巻四の「江東籤」に、次の記事（訳文）を載せている。

明の太祖が出兵して長江を渡ろうとしたとき、たまたま帆柱が折れた。江東神の廟（原注―石固は秦の人〕に、ちょうどいい木があったので伐ろうとしたら、道士が「江東王霊籤にはすこぶる霊験があるので、お尋ね下さい」と言ったので、霊籤を引いたところ、「物にはすべて主がある。一粒一本勝手に取るな。天から生まれた英雄も、なす事はみな規則に従え」（小川注―『江東王霊籤』第二十七籤）と出た。『明朝小史』に、「太祖は拒否されたのを怒り、訣本（おみくじ本）を奪い取って関帝廟に与え管理させた。それ以来、関帝廟の江東籤は本来の霊籤より一層霊験があらたかになった」とある。

この話は、明の郎瑛（一四八七―？）の『七修類稿』巻七「江東籤語」や、『関帝文献匯編』第九冊所収の『関帝霊籤』第二十七籤の「占験」にも引かれているが、『明朝小史』の記事の部分はなく、この籤が出たので、太祖は「霊験に感嘆して、木を伐るのは取り止めた」と、物わかりのいい人物になっている。この『明朝小史』の記事によって、表紙の張り替えの背後には、権力者の恣意が想像されて面白い。呂毖《ひ》の『明朝小史』巻一には次の二話が並記されている。

〔歳祀船檣〕太祖が初めて長江を渡ろうとしたときのことである。お召し船が危険に瀕したが、帆柱が手に入って助かった。すぐにこれを帆柱にして船に立て、祭祀をし、以後これを常制として、廟を京城の清涼門外に建て、役人に毎年祭祀を行わせ、世々兵士を一人専従の守衛として船に派遣した。（末尾の一句十字難解のため省略。）

〔関帝籤原本〕太祖の出世前、義兵を起こしたときのことである。挙兵を石固神に祈って、「元の徳はすでに衰え、全土は乱れ、生民は苦難の中にある。我は義兵を起こして民草を救わんと欲す。否なるか」と尋ねて霊籤を引いたところ、「物にはすべて主がある。一粒一本勝手に取るな。天から生まれた英雄も、為すことはみな規則に従え」だった。太祖は許されなかったので、その訣本（おみくじ本）を奪い取って、関雲長の掌に付与した。それ以後は今に至るまで、関帝霊籤の訣本はみな石固神の原本を用いている。石固神とは江東王のことである。

郎瑛は明の中頃の人だから太祖への批判的な言辞は、はばかられたことであろうが、それ以後の『明朝小史』の著者の呂毖は明も末期の人と目される（『四庫全書総目提要』史部十三『明宮史』）し、褚稼軒は清初の人だから、太祖への批判的なことを言っても不都合なことはなかっただろう。『関帝文献匯編』第九冊所収の『関帝霊籤』の占験（霊験）は成立時期が不明なので、この点に関しては取り上げない。

石固については、明の金陵唐氏富春堂刊『刻出像増補捜神記大全』（『増補捜神記』ともいう）巻五の「江東霊籤」〔図5〕に、明の宋濂（一三一〇―一三八一）の記事によるとして、秦の時の贛県《かん》（今の江西省贛市）の人で、死後に神となり、霊験があった。人々が百首の籤詩を作り、『江東王籤』と名付け贛州城外の廟に供えられ有名になったとある。

籤神（霊籤の神）は、姓は石、名は固といい、秦の時の贛県の人である。没して神に祭られた。

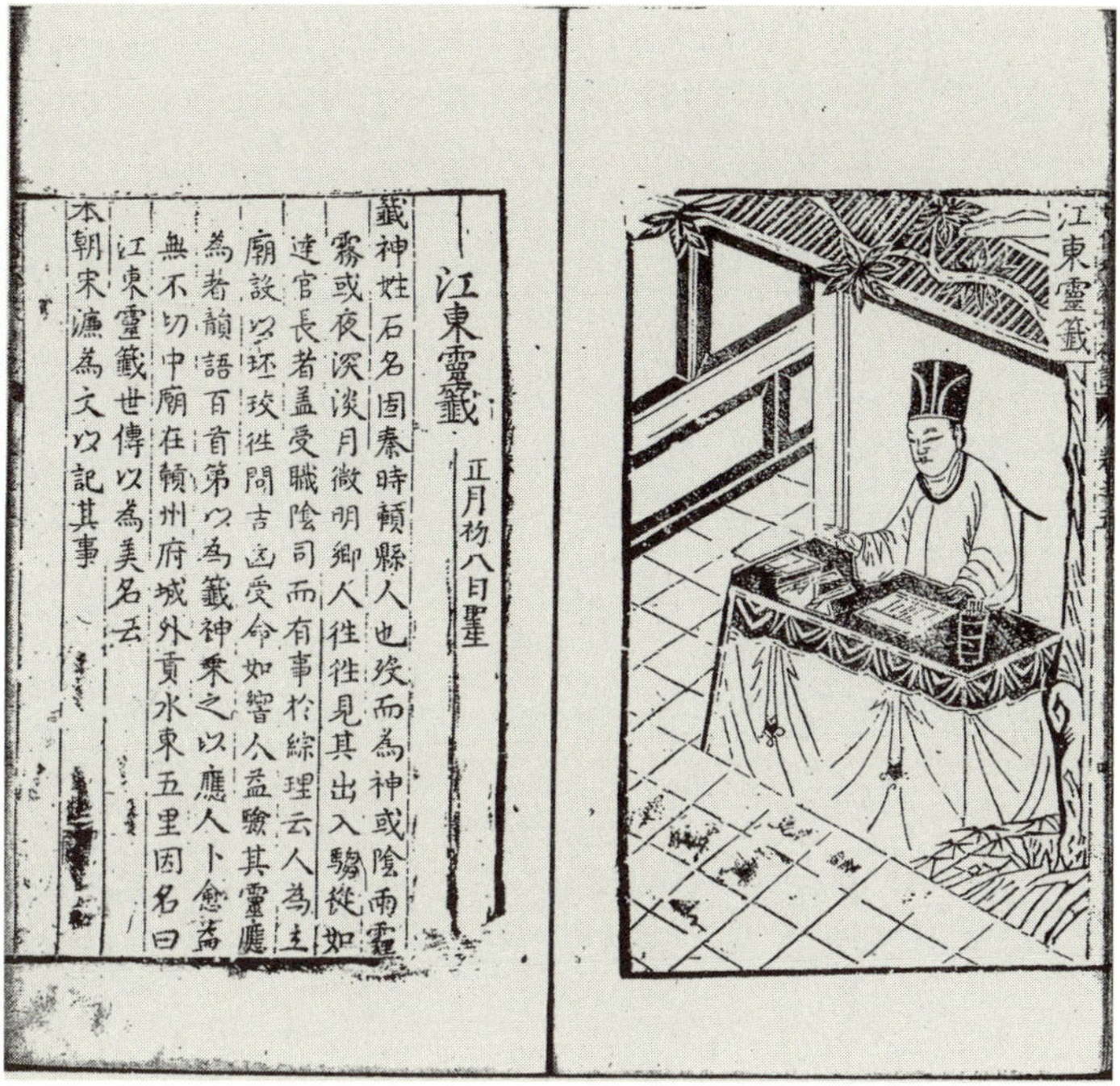

江東靈籤　正月初八日聖

籤神姓石名固秦時贛縣人也歿而為神或陰雨霾霧或夜深淡月微明郷人往往見其出入騶從如達官長者蓋受職陰司而有事於綜理云人為立廟設以杯珓往問吉凶受命如響人益驗其靈應為著韻語百首第以為籤神乘之以應人卜愈為無不切中廟在贛州府城外貢水東五里因名曰江東靈籤世傳以為美名云

本朝宋濂為文以記其事

〔図 5〕

陰雨が降り土ぼこりがたつ日や、月淡く暗い夜に、土地の人々はしばしば石固神の出没を見かけたが、その従者は高位の貴人のようだった。石固は冥界で職を得て、なにかあると、その仕事を統括しているようだった。人々は廟を建てて祭り、杯《はい》珓《こう》（占いの道具）を備えた。吉凶を占うと、必ずお告げがあった。次第に霊験があらたかになったので、百首の詩を作り、番号を施して霊籤とした。石固神がそれに乗移って、人々の問いに応えると、ますますよく当たるようになった。その廟が贛州府の郊外の貢水の東五里にあったので江東霊籤と名付けられた。世間に広く伝えられて有名になった。本朝の宋濂にそれを記した文章がある。

これは明末の羅懋《ぼう》登の序文がある『刻出像増補捜神記大全』（『増補捜神記』ともいう）巻五に収められている記事である。

この本の作者は不明だが、羅懋登は萬暦年間の小説家として知られている。杜信孚《ふ》の『明清板刻綜録』によれば、この本は萬暦元年（一五七三）の刊行とされる。

この記事は文末に「本朝の宋濂にそれを記した文章がある」というように、「贛《かん》州聖済廟霊跡碑」を要領よくまとめたものである。宋濂のその文章は、本章の末尾に訳文を付載してあるので参照されたい。

いつごろから『江東王霊籤』と呼ばれるようになったのかは定かでないが、南宋の頃から始まり、『正統道蔵』や『庚巳編』の刊行時期、つまり明の半ば過ぎにはまだ『江東王霊籤』と呼ばれていたが、次第に『関帝霊籤』の名に取って代わられたものと見られる。上述の翟灝（一七三六―一七八八）をして、「この籤はもとは関帝の霊籤でなかったのか」と驚かせたように、清の半ばころには『関帝霊籤』の名が定着していた。

五　非『江東王霊籤』系の『関帝霊籤』

今日の『関帝霊籤』が、もとは『江東霊籤』とか『江東王霊籤』と呼ばれていたことは上述の通りである。これとは別に関羽のお告げによって作られたとされる霊籤が、現在少なくとも二種類ある。上掲の非『江東王霊籤』系霊籤の⑨と⑩⑪⑫がそれである。

⑨『限籤卦籤』

『関聖帝君霊籤占験輯略』（『関帝文献匯編』第九冊所収）巻下の第六十二籤の条に引く張九法『夢徴自記』に、張九法が夢で関羽の指示によって、『関帝霊籤』の籤詩の簡便な理解方法を作成したことが記されている。

『関帝霊籤』の各籤の主文に当たる「籤詩」は七言四句二十八字の韻文で、多義的な文体だから、細部まで理解しようとすれば、ある程度の読解力が必要となった。そこで、さほど学力がなくても多少文字が読める程度の老百姓（大衆）でも、一目で吉凶が分かる便法が作り出された。

この張九法の記事の後に、『籤譜弁語』なる書からの引用があって、解説が加えられている。それによると、夢に現れた関帝が張九法に、『聖帝生平忠義事実』に基づいて、六十四首の籤詩（卦籤と称する）を作成せよ。そしてそれとは別に百五本の籤（限籤と称する）を作り、それぞれに「卦籤の第〇句の第〇字を見よ」（たとえば「第一句の第二字を見よ」）などと記し、それをその籤のお告げとするものである。これだと、わずか一〜三字程度ですむことになる。その卦籤と限籤は久しく失われていたが、康熙三十八年（一六八九）に孫肇基《ちょうき》が、戴玉成の遺稿の中から発見して広まったという。

その『籤譜弁語』の後に、『関聖帝君霊籤占験輯略』の編者の按語があって、その『限籤・卦籤』および、伝統的な百首の籤詩（つまり『江東王霊籤』）が、「京師前門内西皮市四眼井尚勤堂馬宅から一書にまとめられて、『関聖帝君万応霊籤、付覚世経図説一巻』全二巻として刊行されている。その板木が瑠璃廠東門内龍雲斎に伝えられている」とある。このテキストが、いま東京大学東洋文化研究所に一セット所蔵されている。封面に「道光丙戌（六年＝一八二六）年鐫／関聖帝君万応霊籤」とある。書名や内容から推測すれば、関羽の生涯にわたる忠義の活躍を、おみくじに取り込んだもののようだが、『聖帝生平忠義事実』なる書については知るところがない。この簡便理解方式が、実際にどれほど役に立ったかは定かでない。

限籤も卦籤も、聞き慣れない言葉だが、右の記述からすると、「限籤」は籤詩の四句二十八字を一〜三字程度に限定して見るように指示したので「限籤」、「卦籤」は『易経』の六十四卦にちなんで作った籤詩六十四首なので「卦籤」、と称したもののようである。

⑩『武帝霊籤』

⑪『聖籤』

⑫『夢授籤』

この三籤は、内容は同一であるが、『江東王霊籤』系とは全く異なっている。この霊籤の出現のいわれについては、『関聖帝君聖跡図誌』（『関帝文献匯編』第一冊収）巻三の『聖籤』付の末尾に、清初の盧湛《ろたん》の言葉として記されているものがある。次はその訳文である。

この籤詩は、山中在住の隠者が述べるところでは、関帝が順治八年（一六五一）に、浙江の寧波《にんぽー》府の延慶寺の僧に授けて広めさせたもので、江東王の籤詩より霊験があらたかである。僧の隆勝は因果の理を深く悟り、常々関帝と深い交際があった。邱長官がそのことに感動して、面会の斡旋を求めた。隆勝がその旨を関帝に申し上げると、

「邱は凡俗の人物であるから、会うことはできない。二度と斡旋を引き受けてはならぬ。だがこのたびは、そなたが引き受けたのだから、会ってやろう」

邱長官が関帝に会い、茶が終わると、

「玄徳殿は今どこにおいでですか」

と尋ねたところ、関帝が怒って、

「そなたは自分を何様だと思って、みだりにわが主君の御名を口にするのか」

邱は驚いて、土下座してわびた。

関羽はその後また、

「わしが邱に会いたくなかったのは、陰陽の秘密を漏らされるのを恐れたためである。今後はそなたと会えなくなったから、百一首の籤詩を授けるので、世間に広めてもらいたい」

と隆勝に告げた。

わたし盧湛はそれを聞いて驚き、入手したくて隆勝のもとを訪ねたが、果たせなかった。そのころ、福建の黄子楽先生の弟の黄鏞《よう》が心を寄せ、船を雇って赴き、四明（今の福建省羅源県の南）の延慶寺で石刻の籤詩を百一首入手した。寺でいきさつを尋ねたところ、隆勝は巳酉の年に帰国したが、その前に世間に広く伝えたこと、隠者の言葉どおりであった。……


盧湛については、『関帝文献匯編』第一冊所収の『関聖帝君聖跡図誌全集』巻三聖籤付に、「康熙三十一年歳次壬申季秋上浣穀旦淮陰古桃園後学盧湛盥水敬撰」の序文があり、同書巻首の総目末尾に、「彙輯・盧湛、字滄深、江南桃源県人、廩監考補史館」とあるから、清初の江蘇省泗陽県（今の江蘇省泗陽県）の人であったことが知られる。

この盧湛の言葉の中に、『夢授籤』は「江東王の霊籤よりも霊験があらたかである」とある。『限籤卦籤』についても、『夢徵自記』のなかで、関帝が「石将軍とわが平生の信念を混同させないために」新たな霊籤を作らせたという。つまりこの二種（⑨と⑩⑪⑫）の非江東王系霊籤は、表紙を貼り替えただけの江東王系『関帝霊籤』に反発して、これこそ名実ともに関帝のお告げによる由緒正しい霊籤であると、正統性を主張した者たちが作成したものであった。『関聖帝君聖蹟図誌全集』（『関帝文献匯編』第三冊収）巻三礼部目録の聖籤考には、「この籤⑫『夢授籤』）は『江東籤詩』とは違って、帝君がご自分で作成されたものである」と付記している。だがこの後発の霊籤は、流行らなかった。流行ったのは、『江東王霊籤』の表紙を付け替えただけの『関帝霊籤』だった。

付　贛州聖済廟霊跡碑

（訳者注・原文はもとは碑文だったので、その体裁に従って、改行・段落なしで記されている。訳文では、読者の便を考慮して、改行・段落を施した。テキストには『正統道蔵』第五十四冊正一部所収を用いた。）

聖済廟は贛《かん》（広西省の別名。贛県・贛州は今の広西省贛州市）から始まり、次第に各地に広まった。各県にこの神が多く祭られている。この神は姓を石、名を固といい、贛の人であった。生まれたのは秦代で、没してから霊験が多かった。

漢の高祖の六年（紀元前二〇一）に、潁《えい》陰侯灌嬰を派遣して、江南を攻略し贛に至らしめた。そのころ贛は豫章郡に属していて、南粤《えつ》と接しており、尉佗《た》が侵略して来たので灌嬰が反撃した。その時に石固神が絶頂峰に降下して、灌嬰の勝利する日を予告した。その後にも功績があったので、石固神を崇福寺に祭った。村人たちは石固王廟と呼んだ。

唐の大中元年（八四七）に、里民の聞諒が酒に酔い妖怪に化かされて、崖から落ちた。符爽が行商に出かけ、船が転覆しかけてお祈りをした。聞諒は間もなく家に戻り、符爽は石固神が助けに来たのが目に入った。そこで二人は鄱江の東の雷岡に新しい廟を建て、石で像を造って祭った。言い伝えによると、廟が落成したときに天地が暗くなり、工事主任の呉君と記録係の蕭君の二人が、康と黄の二人に様子を見に行かせたところ、立ったまま死んでいた。呉君も蕭君も相次いで死んで、今に至るまで石固神の脇士として祭られている。

その後も石固神がしばしば霊験を現した。贛州の東北に藍澱と乾渡の二州があり、毎年六月になると水が涸れて川が浅くなり、舟航が出来なくなるのだった。宋の嘉裕八年（一〇六三）に、趙抃が政務報告の帰途この水路にさしかかった。急ぎ石固神に霊験を求めたら、みるみるうちに水位が上がった。元祐元年（一〇八六）の夏五月に雨が降らず、広く各地の山川に祈ったが効き目がなく、郡主の孔平仲が石固神を鬱孤台に勧請すると、すぐに慈雨が注ぐように降り注いだ。同四年（一〇八九）に東城で火災が発生し、強風で火勢が激しくなり、役所の倉庫に延焼しそうになった。庾林の顔正が郡の徽章を付けて、急ぎ石固神を呼び、「わが住民を哀れみたまえ」と叫ぶと、風向きが変わり火が消えた。同六年にまた火災が起き、老人子供が雷岡を眺め真昼のような月明を拝していると、たちまち黒雲が集まってきて、大雨が降り注ぎ猛火が消えた。建炎三年（一一二九）に隆祐太后の孟氏が贛に行啓されたとき、金人が深く侵入してきて贛水にまで至ったが、石固神が陰兵（冥界の兵士）を多数従えているのが見えて退却した。紹興十九年（一一四九）に、鄱陽の許中が郡に石固神の新祠を建てようとして、有力者を二十人呼んで伝えた。張鋭と郭文振が計画のリーダーにふさわしいと推薦されたが、二人は辞退して引き受けなかった。そこで一枚の紙を人数分に切り分け、そのうちの二枚に、正と副の文字を記して取り混ぜて、一枚ずつ選ばせたところ、当たったのは張と郭だった。人々は神と心が通じ合っていると考えて、新祠は間もなく完成した。同二十七年（一一五七）に、近衛兵が賊兵を呼び入れて反乱を起した。婦女・財貨・お召し車などが尽く奪われた。高宗が近衛隊長の李耕に反乱者の殲滅を命じた。そのとき土ぼこりが激しく舞い上がって、兵を進めることが出来なくなった。そこで李耕が石固神に祈ったところ、すぐに風が止み空が晴れ上がり、一気に都（臨安）を平定することが出来た。これ以後は、天子の軍隊が南征するときには、必ずお供え物をして石固神を祭り、陰兵の援助を乞うこととなった。淳熙十六年（一一八九）科挙の試験で、贛州の受験生劉文粲が、石固神に夢のお告げを求めたとき、三十人の男たちが長い竹竿を手にし立っていたので、名を筌と改めたら、地方試験に合格した。（筌は竹で編んだ漁具。合格を勝ち取る意味か―小川）嘉定十年（一二一七）夏に、ひどい長雨で贛江がはん濫し、城内は高台の他はみな水没した。住民が恐れ泣いて祈ったところ、間もなく水が引いて助かった。紹定三年（一二三〇）に、罪人上がりの兵卒朱先が、手下の陳達・周進・蔡發らを率いて反乱を起こした。勅命で荊襄の将軍陳塏《がい》が総大将となって江西に赴き、諸将を率い討伐に当たった。夜廬陵に駐屯したとき、夢で石固神のお告げがあって、まず竄番禺爾（読み方不明）から先に片付けよ、とのこと。陳塏《がい》はひそかに胡巌と李強に命じて贛州に至らしめ、三要塞の兵を集めて敵を滅ぼさせた。淳祐七年（一二四七）に、湖南の異民族□（一字不明）旨粛（読み方不明）が騒乱を起こし、乱声が江西にも届き、州の使者鄭逢辰が王舜に攻撃を命じたときに、石固神が青空に出現したかのように見えて、凶徒は慌てふためき、すぐに全滅した。同九年に、安遠の崔文広が乱を起こし、岩壁に穴を掘って立てこもった。潼川の姚希得が来て勅命を受けて進駐して守ったが、容易に平定できなかった。やがて雲の中に旗が翻っているのが見えると、悪党の首領たちは肝をつぶし捕らえられた。景定三年（一二六二）に、郡で黎氏の疑獄が起きた。下役人が賄賂をもらって、良民を脅かし、文書係の呉革が怪しいと証言させた。そのとき石固神が、呉革には瑞兆があると告げたところ、収賄した下役人は、呉革の無実を白状した。元の至元十七年（一二八〇）に、閩（今の福建）の兵士張彦真が石固王廟に入ったときのこと。舌が数寸も口から出て、足が空中浮かび、何か隠し事を調べられ尋問されているかのようだった。

思うに石固神の霊験は数百例に止まらず、干ばつ・洪水・疾病・疫病の霊験譚などは、とりわけ多かったことであろう。私（宋濂）は書物に記されていないものの中から、例となるものだけを挙げたに過ぎない。

宋の宝慶年間（一二二五―一二二七）に、莆田《ほでん》（今の福建省莆田市）の傅烨《ふよう》が贛県の東尉（尉は治安担当官）になると、石固の霊験を称えて、繇辞（占いのことば）百章にまとめて、占いに使わせたところ、霊験の吉凶は、神が直接応対しているかのようだった。これもまた石固神のご加護の一端であった。

五代の呉国（九〇二―九三七）の楊溥《ふ》のときに、石固神が災害・患難を防いだので合祀を行い昭烈王を追贈、宋では崇恵・顕慶・昭烈・忠祐の四王の爵位を追贈し、廟に嘉濟の額を賜った。元では護国普仁・崇恵霊応・聖烈忠祐の三王の爵位を追贈され、その上に廟額を現在のものに改められ、石固神への賛美は至れり尽くせりであった。南宋の高宗から賜った衣裳・玉帯と、南唐の李煜からの五龍硯は、今もなお廟中に保存されていると言われる。聖賢の書物によると、凶荒があれば石固神に救いを求めて祭りを行い、疾病があれば家庭内の五神に助けを祈った。古代の王たちは神々が頼れると信じたので、祭祀の制度を立てたのであった。このほど神官の韋中が、私（宋濂）が石固神の霊跡を唐宋の文献の中で熱心に探しているのを知って、いとこの法凱《がい》を介してその概説を求めてきたので、引き受けて、碑文を作り刻字することにした。

漢の高祖は粤《えつ》（今の広西省・広東省のあたり）を征伐したことはなく、陸賈に印綬を授けて派遣し、尉佗（趙佗）を南粤王に任命しただけだった、という人がいる。だが私が伝記を調べたところ、嬰斉が豫章を攻略したのは高祖の六年（前二〇一）のことで、まだ漢に降る前では、粤が侵攻してきたので灌嬰が撃退したことがなかったとは言いきれない。恐らく昔の歴史家が微細なことだったので記さなかっただけのことだろう。敢えて付記する次第である。

（訳者注：以下に七言四十二句の詩、全二九四字あるが、訳出は省略した。）

洪武辛亥（四年＝一三七一）春正月　国子司業　金華の宋濂　撰

第四章 『関帝霊籤』流行の背景

上述のように、多様な霊籤があったのに、なぜ『関帝霊籤』が特に流行ったのか。理由は種々あったろうが、何よりも背後に広い関帝信仰があったことが大きかったであろう。

一 関帝神崇拝の高まり

1 死後に帝王となる

建安二十四年（二一九）に、関羽は魏《ぎ》の樊城《はんじょう》（今の湖北省襄樊城市内の漢水北岸にあった）の攻略に取りかかるが、呉の呂蒙の急襲を受けて大敗し、捕らえられて斬られた。死後に壮繆侯《そうぼく》という諡《おくりな》を与えられた。その後、南北朝時代の陳の光大年間（五六七—五六八）に、湖北省当陽県（今の湖北省当陽市）の玉泉寺に関公廟が建てられた（唐・董挺「貞元重建廟記」〈『解梁関帝誌』巻三〉）。その後はこのような関羽追贈の動きはあまり見られなかったが、宋代から関羽に対する封号（死後に贈られる爵位）・

廟宇・祭祀が次第に盛んになった。清の趙翼（一七二七—一八一四）の『陔《がい》餘叢考』巻三十五「関壮繆」に次のようにある。

鬼神が受ける信仰の盛衰長短には、それぞれ運があって、人には推し量れないもののようである。人が没後に神になると、たいてい数百年は霊験があらたかだが、やがて次第に衰えるものだ。ところが関壮繆だけは、三国六朝唐宋にはまだ祭祀がなかった。

といい、関帝信仰は宋以後に高まったとする。その証拠としての宋以後の歴代王朝による封号を、おおよそ次のように指摘している。

宋　徽宗大観二年（一一〇二）　武安王
　　高宗建炎二年（一一二八）　壮繆武安王
　　孝宗淳熙十四年（一一八七）　英済王
元　文宗天歴元年（一三二八）　顕霊威勇武安英済王
明　神宗万暦四十二年（一六一四）三界伏魔大帝神威遠鎮天尊関聖帝君
　　九霊懿徳武粛英皇后（関羽の夫人）
　　竭忠王（関羽の息子・平）
清　世祖順治九年（一六五二）　忠義神武関聖大帝

生前の関羽は一将軍に過ぎなかったが、死後に侯・王・帝の位を授けられたわけである。その後も加封が続けられ、清末には綏靖精誠護国保民威顕仁勇忠義神武霊佑関聖大帝にまで至った。このような例は、長い中国の歴史の中でも、他に見られないとされる。

この封号とは別に、明末には関夫子と呼ばれたが、これは孔夫子に対応する呼称で、孔子と対等の扱いを受けることになった。清の後期の宮廷で上演される演劇に関羽が登場すると、皇帝や后妃は起立して敬意を表したと伝えられる。関羽への尊崇はかくも高かった。（丘振声『三国演義縦横談』「関羽為什麼成神」）死後の関羽への崇拝は、ついには卓越した武将の域を越えて、国家鎮護の守護神となっていた。その崇拝者は広く官僚・庶民に及び、儒教徒・道教徒・仏教徒を問うことがなかった。仏教寺院では伽藍神（守護神）としても崇められていた。

以上は国家レベルにみられる関羽神崇拝の一端であるが、民間レベルではどのようであったか。

2　業界の守護神となる

関帝廟が大都市にも地方の寒村にも建てられて、多くの参詣者で賑わったことは上述した。この一般大衆とはやや異なった職能集団から、守護神としてもとりわけ厚く信仰されていた。関羽の出身地の山西省の解州は塩の一大産地で塩商人が多く、明清時代には山西商人と称される大勢力を築き上げたが、その業界の守護神として関帝神が熱い信仰を集めた。このような特定職種の守護神は、中国語で行業神と称され、職種・業界ごとに特定されていた。しかし、一業界に一行業神とは限らず、同一業界に複数の行業神がいたり、同一神が複数の業界を兼務したりすることもあった。李喬の『中国行業神崇拝』（中国華僑出版公司）によれば、関帝神は次の業界の行業神であったという。

描金業（金泥塗装業）　皮箱業（トランク製造業）　皮革業　烟業（たばこ組合）　香燭業（線香蠟燭組合）　綢緞商（絹織物商）　成衣業（仕立屋）　厨業（調理師・飲食業）　塩業　醬園（味噌醬油業）　豆腐業　屠宰業（屠殺業）　肉舗（肉屋）　糕点業（餅菓子屋）　乾果業（乾し果物屋）　理髪業　銀銭業（金融業）　典当業（質屋）　軍人　武師（武芸者）　教育業　命相（占い師）

同一神が複数の業界の行業神を兼務する場合があったとは言っても、二十二業界を兼務するほどの働き者は、関帝神以外には見られない。『中国行業神崇拝』の「神名索引」（行業神担当業界一覧）によれば、兼務業界数で関帝神に次いで多いのが、黄帝と麻姑の各十五業界、伏羲《ふっき》の十二業界だが、それ以外はすべて十業界以下で、多くは一行業神一業界である。関羽神が、万能の神として広い信仰を集めていたことを物語る。これ以外にも、関帝神は遊郭の行業神とされたが、さすがにこれは遊郭業組合でも気がひけたらしく、白眉神と言い換えてごまかしていた。明の沈徳符『万暦野獲編』補遺巻四「神仙」や李卓吾編・屠隆参閲と称する『開巻一笑集』巻二「妓家祝献文」に見える話である。これが関羽神に知られたら、関係者は青竜刀で首をはねられたことであろう。

二　善書の流行

1　善書の思想

善書とは勧善書とも呼ばれる勧善懲悪のための書で、宋代から広く行われ、今日に至っている。作成者は中・下流の知識人が多く、想定された勧戒の対象は中・下流の知識人など士農工商の四民にわたる、広汎な階層・職業の人々であった。

善書には日常生活の中で勧戒される善悪の行為が、箇条書きで提示され、さらにその行為が点数化された形式の書も現れた。ともに善書といわれるが、後者はとくに功過格と呼ばれた。功過格では人の行為を功と過（又は善と過）に二大別し、さらその行為に点数（ポイント）を付与している。たとえば『太微仙君功過格』や『自知録』では、人命救助は百功（プラス百ポイント）、殺人は百過（マイナス百ポイント）、野ざらしの遺骸を埋葬すると一体ごとに五〇功（『自知録』では一〇善）、空腹者に食事を与えると一食ごとに一功（『太微仙君功過格』）、急雨で困っている人に雨具を与えると一人ごとに一善（『自知録』）、という具合である。

そしてさらに、功過格には、一年三六〇日分のカレンダー式の表（格図）が付され、就寝前にその日の功と過の点数を記入し、月末・年末に差し引き合計して、功過の量を確認する仕組になっていた。

このように、善書の善悪は、抽象的なものでなくて、日常的で具体的なもので、かつ点数化されたところに、大きな特色があった。このポイントの量によって、科挙の試験に合格したり、子宝を授けられたりという具合に、運勢が決められるとされた。

善書の思想的特色として、まずその因果応報の考え方に、積善による果報―先祖の積善が現今の子孫に及び、現今の積善が後世の子孫に及ぶ、と及ぶ強調する点にあるだろう。これは古く『易経』の坤の卦に付載される文言に「積善の家には余慶あり。積不善の家には余殃あり」を受けて、さらにその上に立って儒仏道の三教合一の立場から、運命は本人の意志的な努力の結果（功過）に基づいて天が決定するものだという点にあった。『太上感応篇』の冒頭に「太上曰、禍福無門、唯人自召」（禍福に門なく、ただ人自ら招く―人の禍福には特定のルートがあるのではなく、すべて本人が自分で招き寄せるものだ）という。誤解を恐れずにいえば、運命前提の宿命論を排除して、自分の運命は自分が築くという運命の自己創造を主張した。善書、とくに功過格に列挙されている善悪の項目の遵守が条件となる限られた範囲内の自己創造でしかなかったが、専制政治体制の下では、このことのもつ意義は小さくなかったであろう。

2　善書の歴史

善書の最も早いものは、南宋初期、十二世紀の李石（号は昌齢）の作とされる『太上感応篇』である。これは東晋の葛洪《かっこう》の『抱朴子』を下敷きにしているので、善書の淵源は遠く遡ることになる。これ以後、元・明・清時代に種々の善書が作られ、さらにその善書を集成したものが、これまた多様に作られるようになり、全盛期を迎える。善書は儒仏道の三教に関わる勧善の書と定義されるが、善書と非善書の境界が曖昧なので、その数は多種多様になる。その中で『太上感応篇』と『文昌帝君陰騭《いんしつ》文』『関聖帝君覚世真経』の三種が、よく似た内容で、三聖経とか三省篇と称され、とくに尊重された。『関聖帝君覚世真経』（略称＝覚世真経・覚世経）は関聖帝君（関羽）のお告げの体裁をとったもので、作者は不明。明代に『太上感応篇』を基に作られた。このほか、金の又幻子『太微仙君功過格』、明の袁了凡の『陰騭録』、明の袾宏の『自知録』などとともに、善書の中心とされた。

この時期には各地に講や結社が作られ、有志が醵金しあって各種の善書を大量に刊行し、無料頒布することが流行した。それが善書で勧められる善行とされたからである。『太上感応篇図説』のような一セット八冊数百葉に及ぶ大部のものまである。『紅楼夢』第十一回には、賈《か》敬が誕生日の記念に、自分で注釈を施した『文昌帝君陰騭文』を一万部印刷して配布させたことが記されている。一万部というと驚きだが、『文昌帝君陰騭文』の場合は総字数五四四字のごく短いものだから、注釈が施されていたとしても、賈家のような富豪にはさしたる出費ではなかった。台湾では今でも、仏寺や道観でこれらの善書の無料配布が行われている。駅の売店でも配布されていたと聞く。国立公文書館内閣文庫など、日本の各地の公私の図書館・文庫には、こうして刊行頒布され将来された旧時の善書が、和刻・和訳を含めて、種々保存されている。善書については、酒井忠夫『中国善書の研究』（国書刊行会）に詳しい。

三　民間学校の教科書に『覚世経』

明清時代の幼児のための学校は、ゆくゆく科挙の受験を目指す国家管轄の学と、読み書きの習得を目指す個人経営の社学とがあった。そのうちの社学には、家塾・村塾・義塾とがあり、家塾は家族や同族のための塾、村塾は町村の人々が共同で運営する塾、義塾は孤児のために篤志家が運営する塾であった。

清末の余蓮村の『得一録』巻十「義学章呈」の「塾中条例」に、その塾で使用するテキストが掲げられている。

一塾中にまず小学七種を用意せよ。一『三字経』、一『感応篇』、一『陰隲文』、一『覚世経』、一『文昌孝経』、一『朱柏廬家訓』、一『弟子規』。この七種は、みな純粋なる訓戒の善書である。まず生徒にこれを熟読させて、その後に初めて四子書（曾子・子思・孔子・孟子の書）を読ませよ。一種読むたびに明白に説き教えよ。くれぐれも子供だからとて、おろそかにしてはならぬ。

この「塾中条例」の正確な施行時期は分からないが、清代の情況を反映していると思われる。この後に道光二九年（一八四九）の序文を有する「粤東《えっとう》議設啓蒙義学規則」に、同趣旨のカリキュラムの指示があり、そこでも『新刻続神童詩』『続千家詩』『感応篇』『陰隲文』『文昌孝経節本』『覚世経』

『朱子治家格言』（『朱柏廬家訓』『朱柏廬治家格言』）の七種を読んでから四子書を読めとしている。

これとは、別に李漁（一六一一—一六七九）の小説『連城璧』第九回には、揚州で雑貨店を営む呂春陽の家で、住み込み教師が毎月一日と十五日に授業に先立って、『太上感応篇』を生徒の呂哉生に全編朗読させていた、とある。

このように、明清時代に子供たちには私塾で、『関聖帝君覚世真経』などの善書が教えこまれていたことが知られる。そのころの就学年齢は、七八歳以上から十四五歳以下と決められていた。

四　三国の抗争を描いた小説・講釈・戯曲・ことば遊びの流行

1　小説の中の関羽

『三国志演義』（『三国演義』ともいう）という小説は、三国時代を中心にしてその前後、つまり後漢の終わりごろから晋の天下統一に至るまで、西暦の一八〇年ごろから二八〇年まで、ほぼ百年にわたる時代を描いた歴史小説である。歴史小説だから、もとになった歴史事実があり、それをまとめたのが晋の陳寿の正史『三国志』である。小説の方はこれらの記述を引き延ばしたり新たに創作した人物や事件を加えたりして、面白く仕上げたものである。この三世紀ころの歴史事実が、歴史書『三国志』にまとめられて伝えられた一方で、伝説や講釈・芝居となって伝えられ、やがて千年ほどたった元の時代に、小説の形をとるようになった。それが今のような形になったのは、十四世紀の後半、羅貫中の手になるとされる。その後明代には、李卓吾など高名な文人の名を冠した種々のテキストが刊行され、現在に伝えられている。清代に入ると、毛綸・毛宗崗父子の手になる『三国志演義』が出現し、最も広く流布し、決定版のようになった。今でもこれが読まれている。『三国志演義』では魏呉蜀の三国の物語りとはいいながら、量的にも心情的にも蜀が中心で、劉備・関羽・張飛、とりわけ関羽に熱い視線が向けられている。

2　講釈の中の関羽

三国の物語りが読み物として流行する一方で、それに先立って、あるいは同時に、講釈（講談）による語り物も行われていた。北宋の蘇東坡（蘇軾《しょく》）『東坡志林』巻一に「塗巷小児聴説三国語」（街角で子供たちが三国物語りを聴く）という短い一文があって、子供たちは劉備が負けると涙を流し、曹操が負けると喝采したとある。また南宋の初期の孟元老が記した北宋の都東京（汴《べん》京《けい》、今の開封）の繁盛記『東京夢華録』巻五には、都の演芸場で霍《かく》四究という講釈師が「説三分」をしていたとある。「三分」は天下三分、つまり三国時代のことである。また明末に刊行された施耐菴『水滸全伝』第一一〇回にも北宋の都の演芸場での出来事が描かれている。宋江の部下の李逵《りき》が、正月の元宵節の夜に演芸場に講釈を聞きに行き、関羽が腕の骨を削って毒を取除く治療で、平然として客と話しをしていたと聞くと、「これこそ男の中の男だ！」と叫んだので、仲間の燕青が慌てて外へ連れ出したとある。これは『三国志演義』第七十五回の「関雲長刮骨療毒」の場面である。明清期には講釈による三国志語りも歓迎され、今日にも及んでいる。

3　戯曲の中の関羽

三国物語りは芝居の好題材で、近人の傅《ふ》惜華の『元代雑劇全目』には、元の初期の関漢卿（一二三〇～一二八〇）の「関大王独赴単刀会」を始めとして、三国関連の作品が四十余篇指摘されている。また明清代の戯曲では、現行の『中国劇目辞典』（河北教育出版社）の関羽・関雲長・関大王の項目に記される関羽関連の作品だけでも二十一篇が解説つきで収められている。小説はある程度文字が読めなければ理解出来ないが、講釈や芝居はその必要がなかった。それが講釈・芝居流行のもとになったことだろう。

4　ことば遊びの中の関羽

明末の一六〇〇年前後に、一般大衆の日常生活に必要な知識を収載した生活百科事典とでもいうべき性格の書物が多く刊行された。日用類書と呼ばれている。そこにはかならず酒令門とか侑觴《ゆうしょう》門と称される酒席などで興を盛り上げるためのゲーム・娯楽を収めた門類（部門）がある。その中にも関羽が登場する。次の例は明末の余象斗が編纂・出版した『三台万用正宗』巻十九侑觴門の酒令の一種である。〔サイコロを二個使って、自分で数を唱えながら酒を飲む〕というもので、ゲームの進め方の詳細は不明だが、二個のサイコロを振って、その目と、一から十二までの数の入った七言十二句の詩風の文句との、一致不一致で酒を飲まされるものだったらしい。

> 関公が一人で千里の道を行った／甘夫人・糜《び》夫人の二人と徐州に下った／その昔桃園で三人が義を結んだ／四川の城で出兵した／五関で敵将を斬って関羽が称えられた／六たび祁山に孔明が出陣した／七回孟獲を捕らえて釈放した／八陣図で陸遜に□（一字印刷不鮮明）／九たび中原に出陣して姜《きょう》伯約を攻めた／十常侍が漢朝廷を乱した／十一曹操が漢朝を滅ぼした／十二司馬懿《い》が四川を併呑した

全十二句のうち、第一・二・三・四・五・八句に関羽が主役ないし深い関連をもって登場する。このバリエーションが明末刊行の徐企龍編纂『万書淵海』巻二十八酒令門に出てくる。〔古人令―サイコロ二個を使って点数に合わせて酒を飲む〕という酒令で、数字を並べた早口言葉―言い間違えたら罰杯を飲まされる―としても使われた。

> 関羽が一人で千里の道を行く／甘・糜の二夫人と徐州に下る／三日間酒宴を開いて関羽を送る／四海で探す兄貴はただ劉玄徳どのだけ／五関で敵将を斬りかなうものなし／六将は命を差し出す定めなり

も同種である。この二種の酒令は、『新刻時尚華筵趣楽談笑酒令』（文徳堂刊、上海図書館蔵）巻三の古人令にも収められている。

次の例は酒令ではないが、『万書淵海』二十七笑談門の「江湖俏語」に出てくるしゃれ言葉（気の利いたいいまわし）で、これも言葉遊びの一種である。

関雲長売豆腐―人強貨弱（関羽が豆腐を売る―売り手は強いが品物は柔らかい→売り手はいい人だが品物はよくない・見かけは強そうだが実際は弱い）

というのがある。

関羽は酒席の余興でも、言葉遊びの中でも、大衆に身近な存在だった。

5　扶乩の流行

旧中国には扶乩《ふけい》といって、天上世界の鬼神や故人を地上に降臨を乞い、尋ね事や願い事をする呪法があった。明清期に流行し近現代に至っても行われている。

その場面は、清の呉敬梓の『儒林外史』や、袁枚の『子不語』『続子不語』など、諸書に多く見られる。とりわけ袁枚は関帝神への関心が強く、『子不語』には三十話に及ぶ関帝の霊験談があり、そのうち五話に関帝がらみの扶乩が見られる。『続子不語』巻四の「関帝現相」（関帝の出現）は、関帝を招請した話である。『儒林外史』第七回は、指名して招請したわけではなかったのに、関帝神が降臨したために、恐縮し大慌てをする場面である。

明末の日用類書（生活百科事典）の『萬書淵海』巻三十五・『五車抜錦』巻三十一などには、その扶乩の手順や、招請文作成の見本としての「請関元帥呪」と「請趙元帥呪」の例が収められている。

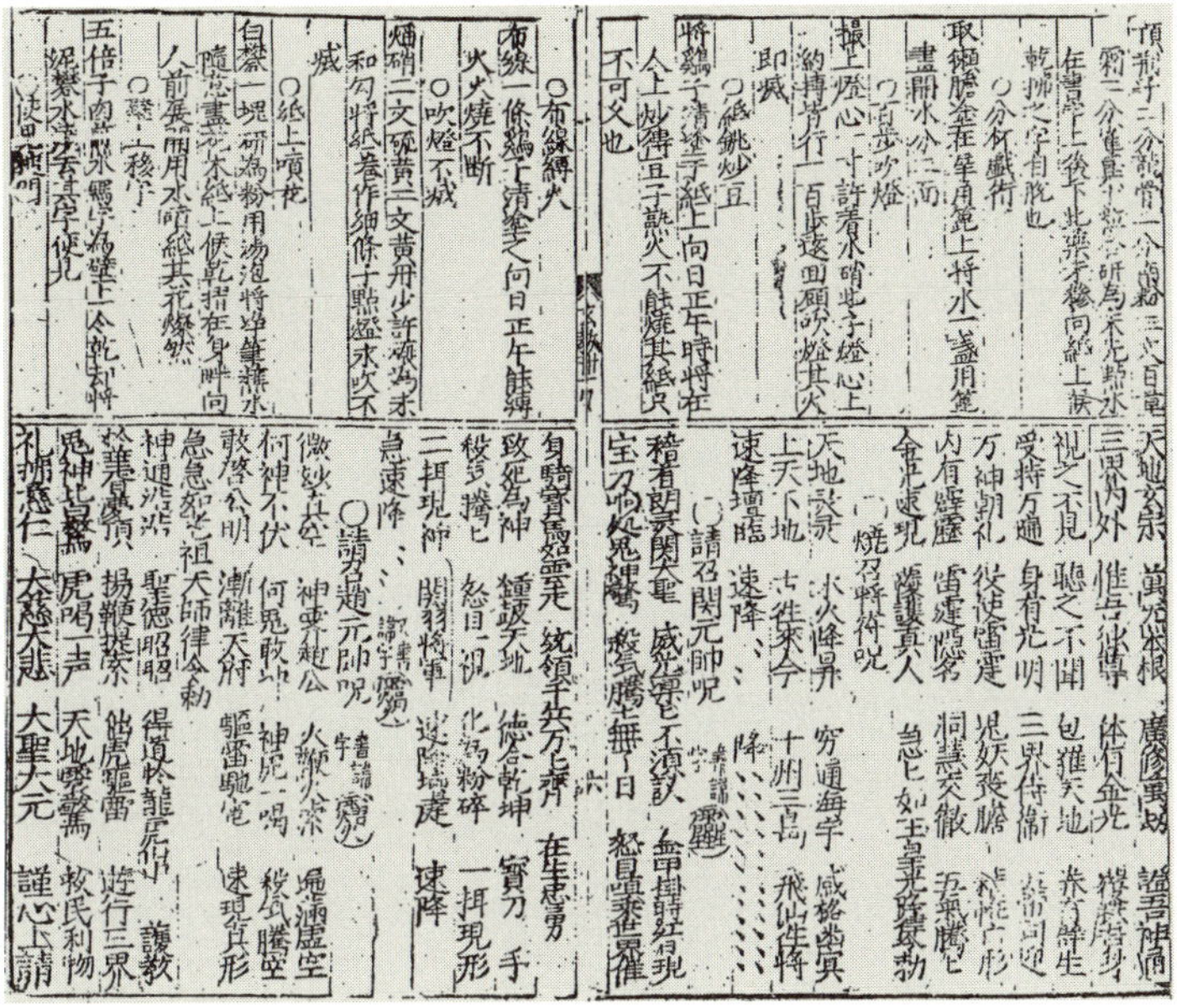

〔図6〕

〔図6〕は『五車抜錦』の場合である。関元帥は関羽のこと、趙元帥は趙孔明のことで、二人とも扶乩のなかで道教の元帥神としてあがめられていた神である。『五車万宝全書』巻三十七筶譜門には関大王馬前神課という杯珓《はいこう》（占いの道具）を使って願い事をする占いが記されている。

日常生活における関帝神の人気は、こんな所にも見ることができる。

第五章　『関帝霊籤』の籤紙の体裁と内訳

『関帝霊籤』―関羽のおみくじでは、何が問いかけられ、どのように答えているか。それを知るには、霊籤のお告げとその解説を記した籤紙を見ればよい。籤紙は引いたおみくじの番号ごとに一枚ずつ用意されていて、寺や廟から授けられる。まとめて一冊にしたものもある。おみくじ本という。これがあれば、寺や廟へ行かなくても、いつでも自分で占うことが出来て便利である。先ず最初に、おみくじの一般的な引きかたについて。

一　『関帝霊籤』の引きかた

おみくじの引きかたは簡単で、寺や廟に備え付けられている籤筒から、竹などで作った棒状のくじを引いて、そこに記されている番号の霊籤の札（籤紙・籤条・籤単などといわれる）を、寺や廟からもらって見ればよい。頼めば解説してくれるし、手元におみくじ本があればその番号で調べればよい。

今も昔と変わりがない（〔図7〕は一九九〇年に台北で筆者撮影）。

『関帝文献匯編』第九冊の『関帝霊籤』の項には次のように記されている。これは清末の光緒《しょ》三十年（一九〇四）に李孝先が中心になって刊行したものである。

〔図7〕

おみくじを乞う言葉

伏しておもんみるに、陰陽の不思議を神といい、変化の奥義を聖という。神聖の道は神を感動せしめ、祈願を通ぜしむ。謹んで清らかな香を焚き、真心より拝して申し上げよ。恭しく慈悲を望むらくは、神意を垂れ給わんことを。

今、……の……が、……のためにお願い申し上げます。

謹んで心中を吐露し、お聞き入れ下さらんことを願い上げます。吉凶のことあらば、お見逃しなく、おみくじを賜り応報を顕されんことを。

＊点線の箇所におみくじを抽く人の住所・氏名・動機を入れる。

銭で竹籤に代用する方法

旅行中で廟に行って占うことが出来ない場合には、銭十枚で代用することが出来る。その銭の中の一枚に赤い色を塗っておき〔十干＝甲乙丙丁戊癸庚辛壬癸の文字を円形に書いた紙の上に〕置き、赤色の銭が置かれた位置（甲とか乙とか）を確認することを二回繰り返し、その位置が、二回とも甲なら一、甲乙なら二、乙丙なら十三…二回とも癸なら百、という具合に数字化する。銭でなくて十本の竹べらに、十干を一個ずつ書いて、二回並べるやりかたでもよい。いずれにしても、聖意で神を感動せしめなければならない。そうでないと神は承知なさらない。

〔後編図10〕
もし名利・妻子などのお願い事で、緊急の危難・病気でない場合には、前夜から清潔・誠心に努め、霊験を期するようにせよ。
思いつきでお願い事を変更してはならない。
占いの時期は、静夜・清晨・午前が吉である。午後には占うな。不潔な時には占うな。これは古人の戒めである。

二　『関帝霊籤』の籤紙の体裁

『関帝霊籤』百籤〔百首・百本〕の籤紙は、「籤序」「断語」「籤題」「籤詩」（「籤訣」ともいう）「聖意」「東坡解」「碧仙《へきせん》註」「解曰」「釈義」「占験」から構成されている〔図8〕。「銭序」はその籤の番号で、漢数字と十干で表示されている。十干十二支ではなく、十干を二字並べたもので、甲甲＝一、甲乙＝二、乙甲＝十一、癸癸＝百という具合である。「断語」は吉凶の判断を示す語で、「大吉」から「下下」まで七段階あり、「大吉」（3本＝3％）、「上吉」（17）、「中吉」（27）、「上上」（8）、「中平」（24）、「中下」（1）、「下下」（20）である。「籤題」は次の「籤詩」の趣旨にかかわる古人・先人のエピソード。数字程度の短いもので、比喩的な表現が多い。「籤詩」はおみくじ

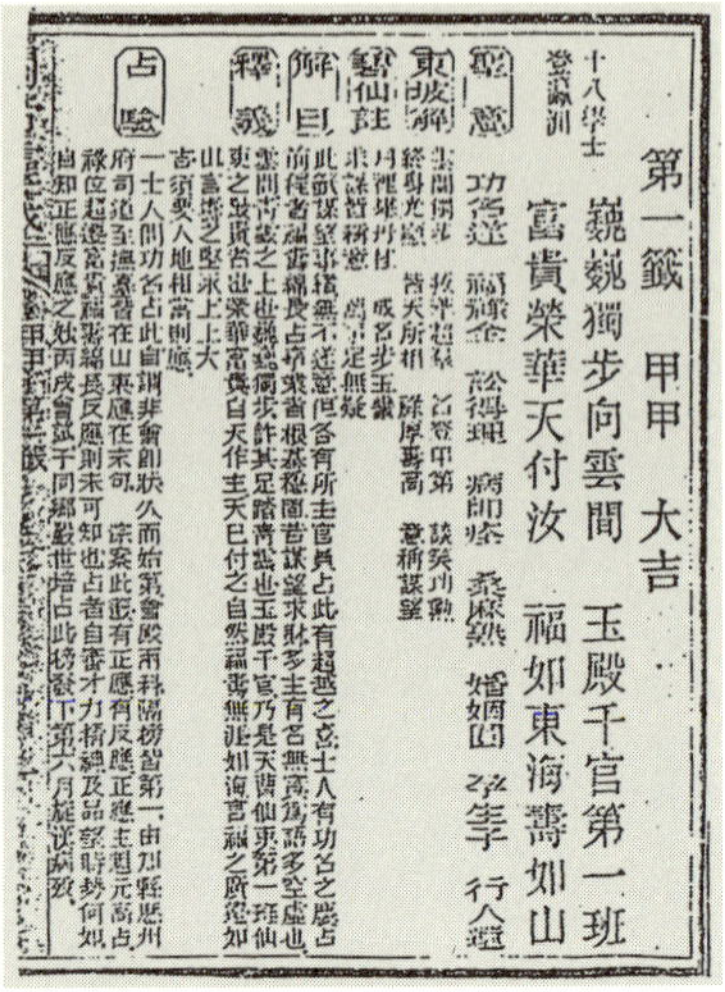
第一籤　甲甲　大吉
十八學士登瀛洲
巍巍獨步向雲間　玉殿千官第一班
富貴榮華天付汝　福如東海壽如山
聖意
東坡解
碧仙註
解曰
釋義
占驗

〔図8〕

の主文で関帝のお告げ。比喩的ないし抽象的な七言詩なので、多義的で分かりにくい。原文では「籤序」「断語」「籤題」「籤詩」の標記はないが、訳文で「籤題」「籤詩」の標記を補足した。

「聖意」は関帝のお告げを、具体的に簡潔に表現したもの。「東坡解」は宋の蘇東坡（一〇三七―一一〇一）の名を借りた解釈。「碧仙註」は泰山の女神の碧霞《へきか》眞君（俗に娘々《にゃんにゃん》と呼ばれる）の名を借りた解釈。「解曰」「釈義」は「籤詩」の語彙の補足説明である。作成者は全項目にわたって不明である。「占験」は『関帝霊籤』にまつわる霊験談を収めたものだが、訳文編では省略した。アステリスクと「補足」は筆者（小川）が施した注である。

次に掲げるのは第一籤の銭紙である。

第一籤　甲甲＊　大吉

＊「甲甲」は「第一」の意味である。以下「甲乙」は「第二」、「甲丙」は「第三」、…「癸癸」は「第百」、という具合である。（訳者）

〔籤題〕十八人の学士が瀛洲《えいしゅう》に登用された（十八学士登瀛洲）

〔籤詩〕高々と独り抜きんで出世し、並み居る官のトップに昇る。

富貴栄華は天の付与、福は広大 寿は長久。

（巍巍独歩向雲間、玉殿千官第一班。富貴栄華天付与、福如東海寿如山。）

〔聖意〕功名は遂げられる。福禄は完全。訴訟には理が得られる。病気はすぐ治る。農作物は円熟する。婚姻は円満。出産は男子。旅人は帰る。

〔東坡解〕官界を高く独歩し、抜群トップ。名声とどろき、功績を談笑する。生涯の栄光は、天の賜もの。禄は高く寿は長く、事業は意のまま。

〔碧仙注〕科挙の試験に合格し、名声高く都を歩く。

願望はみな叶えられ、万事足ること疑いなし。

〔解曰〕この籤は、願望が全てかなえられるということ。ただ人によって相違がある。官吏の場合は特進の喜びがある。科挙受験者には合格の喜びがある。将来を占うものには福寿長久、事業を占うものには基盤安定だが、営利求財には実がなく、籤詩のようにはいかない。

〔釈義〕「雲間」は青雲（高名、高位）の上のこと。「巍々」は青雲の上に上ることが認められること。「玉殿千官」は天上世界の役人のこと。「栄華富貴」は天が主宰して付与したことなので、その福と寿が無限なこと。「如海」は福が広大なこと。「如山」は寿命が堅固なこと。「上上大吉……」（冒頭の「大吉」の上には「上上」の二字はない。「大吉」に添えただけのことなのだろう。そのあとの原文八字意味不明—訳者）。

〔補足〕（省略。後編第一籤参照）

三　籤詩と聖意の内訳

1　籤詩の内訳

籤詩は籤紙の本文に当たる関帝のお告げ—運勢の予告と生き方の教訓—で、「…地上の土地より心の土地だ、修養すれば君が勝つ」（第四十五籤）、「…過去の不運を嘆かずに、喜びたまえ新運到って心に叶うを」（第五十一籤）、などと抽象的な内容の場合が多い。それに対して聖意は、「病気はすぐ治る」（第一籤）、「病気は治りにくい」（第四籤）、「胎児は男子」（第九籤）、などと個別的な事項について具体的に記している。『関帝霊籤』の世界は、この両者を見れば知ることが出来るというわけである。

籤詩百首（ただし第百籤は全体を総括する籤で、お告げの個別項目はない）のお告げは、一籤一首で、内容によって分類し、多い順に列挙すると、次のようになる。ただ表現が多義的で曖昧なために、分類には判断に迷う場合があって、厳密なものではないが、籤詩のおおよその内容を知ることは出来よう。

（数字は籤序、括弧内の数字はその籤の合計数。）

①　開運は時が来るのを待て。5、13、15、24、25、26、31、41、51、54、72、88、89、92、93、

98（16）

① 積善修養に努めよ。2、18、27、28、30、33、36、37、44、45、58、59、61、76、78、97（16）

③ 将来貴人の支援が得られる。12、34、48、53、62、64、65、94、95、99（10）

④ 商人の危険や営業の苦労、留守家族の辛苦。9、17、38、40、57、69、85、86（8）

④ 神仏の加護を祈れ。4、10、21、43、70、90、96、100（8）

⑥ 立身出世が叶い、事業が成功する。1、7、8、19、22、60、74（7）

⑦ 親に孝行し、家族・近隣と仲良くせよ。3、67、42、49、50、87（6）

⑧ 訴訟はするな。16、47、56、77（5）

⑨ 田舎で農耕に努めよ。16、55、66、68（4）

⑨ これから不運に見舞われるぞ。11、20、23、35（4）

⑪ 人の本性を見抜け。6、14、73（3）

⑫ その他（13）

この具体例を、それぞれ二籤ずつ挙げると次のようである。

① 第五十一籤　己甲　上吉

君いま万事縁に従え、水が流れて道が開ける。

過去の不運を嘆かずに、喜びたまえ新運到って心に叶うを。

第五十四籤　己丁　中平
万人中で英才誇り、すぐにも出世を期待する。
だがまだ時が来ていない、しばらく学に精を出せ。

①
第四十五籤　戊戊　中吉
心の土地をよく耕せ。山頂すべて他人の墳墓。
地上の土地より心の土地だ、修養すれば君が勝つ。

第五十九籤　己壬　中平
家が衰え孤独に苦しみ、お祈りしても効き目がない。
先祖に陰徳あったので、養子のお陰で家続く。

③
第四十八籤　戊辛　中吉
寒い時節に山河をさまよい、兄弟身内は暮しに苦しむ。
貴人に出会って助けられ、一家だれもが再会喜ぶ。

六十四籤　庚丁　上上
善人は貴人と出会って運勢開け、そのうえ貴人が仕切ってくれる。
お陰で労せず心が通い、談笑中に業績倍増。

④
第五十七籤　己庚　中平

事業がもめて迷ったら、人を頼らず自主を貫け。
決め手の妙手を思い出せ、とっさの判断成功のもと。
第八十五籤　壬戊　中平
春の雨風激しい中を、千里も遠く旅に出た。
ひたすら利益を求めたが、帰路のわびしさいかにせん。

④
第四籤　甲丁　下下
去年はすべてによかったが、今年は運が衰えた。
お香を焚いて神仏に祈り、福を逃がして後悔せぬよう。
第九十六籤　癸己　上吉
結婚・子息が晩いと恨むな、心を込めて神仏頼れ。
四十年前の積善で、功なり行満ち令息授かる。

⑥
第一籤　甲甲　大吉
高々と独り抜きんで出世し、並み居る官のトップに昇る。
富貴栄華は天の付与、福は広大 寿は長久。
第七十四籤　辛丁　上吉
険阻な道が続いても、平地のように行ったり来たり。
その身は悟り心は澄んで、富貴の道に春が来る。

⑦

第三籤　甲丙　中吉

衣食には生まれながらの分がある、余計に得ようと無理するな。

ひたすら孝悌忠信なれば、おのずと福来て禍《わざわい》は去る

六十七籤　庚庚　中平

心の動きはすぐ神が知る、迷いを我に問うなかれ。

父母に孝行兄弟仲よくしたら、きっと家庭に福が来る。

⑧

四十七籤　戊庚　中平

繰り返しなんども君に忠告するが、よく話し合いして濡れ衣はらせ。

訴訟になったら凶なるぞ、静かな夜に心によく問え。

七十七籤　辛庚　中平

木には根があり水に源《もと》あり、人の禍福も源を究めよ。

うわさ話は妄信するな、訴訟が凶とは名言だ。

⑨

第五十三籤　己丙　下下

道は険阻で苦難が多い、南の鳥が北地で暮す。

今日にも貴人と知り合って、夏秋のころ支援が得られる。

第六十六籤　庚己　上上

他郷に利益を求めるよりも、故郷で耕耘するがよい。

今年は運気が良好で、門に瑞気が満ちている。

⑨　第十一籤　乙甲　下下
今年は始めにいいこと続き、富貴栄華がその身に集まる。
後でだまされ苦しめられて、独りぼっちで心痛める。

第三十五籤　丁戊　下下
風水秀でた墓があり、家族円満幸せな日々。
しかし突然一家が離散、独りぼっちで灯火と向き合う。

⑪　第十四籤　乙丁　下下
佳人と出会ってすぐ気に入って、その後間もなくもめ事起きる。
人の心は変わるもの、経験積んで苦労知れ。

第七十三籤　辛丙　下下
かんざし分けて誓いあったが、今ではぷっつり音信絶えた。
永久《とわ》の夫婦《めおと》を望むは愚か、叶わぬ事と知れたるものを。

2　聖意の内訳

聖意では日常生活中の具体的な事項が、三言八句からなる二十四字中に、七~八項目取上げられている。第一籤についていうと、功名遂（功名は遂げられる）・福禄全（福禄は完全）・訟得理（訴訟には理が得られる）・病即痊（病気はすぐ治る）・桑麻熟（桑や麻は実る）・婚姻円（婚姻はまとまる）・孕生子（胎児は男子）・行人還（旅人は帰る）、となっている。これを『関帝霊籤』全百籤の中で、多い順に指摘すると次のようになる。

①訴訟関連（97）
②病気関連（92）
③行人（旅行者）関連（84）
④婚姻関連（80）
⑤功名利益関連（76）
⑥財産福禄関連（52）
⑦懐妊出産関連（29）
⑧「事」（15）
⑨「百事」（8）
⑩「謀望」（5）
⑪「貴人」（4）
⑪「家道」（4）
⑬「失物」（2）

⑭その他（六項目）（各1）

このうち、上位七項目の内訳は、次のようである。

①訴訟関連内訳

A 訴訟になったら和解せよ。2、3、16、30、37、48、49、50、55、57、67、71、80、83、84、87、90（17）
B この訴訟は当方に道理がある。1、7、19、21、29、31、36、45、82、86（10）
C この訴訟は当方が勝つ。5、9、13、22、40、58、62、68（8）
D 訴訟は凶だから起すな。20、27、32、33、35、44、56、46、47、72、73、79（12）
E この訴訟は解決する。8、26、28、39、88、89、97（7）
F この訴訟は不利、敗訴する。11、12、23、53、54、59、69、85（8）
G その他。4、6、10、14、15、17、18、24、25、34、38、41、42、43、51、52、60、61、63、64、65、66、70、74、75、76、77、78、81、91、92、94、95、98、99（35）
H 該当する項目がない 3、96、100（3）

②病気関連内訳

A1 病気はすぐ治る。1、8、9、22、45、50、58、56、66、75（10）

A2　病気は安全、心配はいらない。19、26、29、51、88、99（6）
A3　病気はだんだんよくなる。23、24、28、30、31、34、36、43、52、70、86、89、96、98（14）
A4　病気は心配しなくてよい。7、40、55、59、60、61、68、90、92（9）
B　病気には医師を取り代えよ。3、5、12、20、27、39、41、42、63、64、67、69、79、80、81（15）
C　病気は長引く、治療が困難。4、6、10、11、13、14、32、33、35、38、47、48、53、54、71、73、74、83、93、94、97（21）
D　病気には祈禱せよ。2、16、17、18、21、37、44、56、57、62、72、76、77、78、87（15）
E　その他。49、82（2）
F　該当する項目がない。15、25、46、84、85、91、95、100（8）

③行人（旅行者）関連内訳

A1　旅人は帰って来る。1、5、7、8、9、12、13、16、19、26、29、31、37、40、43、44、45、50、52、55、56、58、61、66、68、69、74、75、77、79、80、82、84、85、88、89、97、99（38）
A2　旅人は難渋している。4、11、32、35、36、47、98（7）
A3　旅人は帰るが、遅くなる。6、10、18、21、23、24、27、42、46、49（10）

Ａ４旅人はいずれの日にか帰る。25、34、54、65、81、96、91（7）

Ａ５旅人はまだ帰って来ない。14、38、53、67、78、83、86、87（8）

Ｂ１手紙はすぐ来る。41、57、61（3）

Ｂ２手紙は遠方から来る。51、62、70、95（4）

Ｂ３手紙は渋滞している。33、72、94（3）

Ｂ４手紙は来ない。15、59、90（3）

Ｂ５手紙で〝帰る〟。60（1）

Ｂ６手紙は確実に来る。（1）

Ｃ　該当する項目がない。2、3、17、21、22、28、30、49、48、71、73、76、92、93、100（15）

④婚姻関連内訳

Ａ１この縁談はよい、まとまる。1、9、19、22、24、25、26、31、35、36、37、40、41、50、51、52、58、59、61、62、64、65、66、68、74、75、81、82、86、88、96、97、99（33）

Ａ２結婚は晩い。20、72、43、49、67、70（6）

Ａ３縁談は慎重にせよ。5、39、79、80、89、93（6）

Ｂ１この縁談はまとまらない、不利だ。3、4、6、15、16、23、27、32、35、38、47、69、87、

85、90、94、95（17）

B2　この縁談は進めるな、別に求めよ。42、34、44、46、48、83（6）

C　その他。2、7、30、54、56、63、71、73、76、78、84、91（12）

D　該当する項目がない。8、10、11、12、13、14、17、18、21、28、29、33、45、53、57、60、77、92、95、100（20）

⑤功名（利益）関連内訳

A1　功名は得られる。1、2、7、9、13、19、22、25、29、37、43、44、51、62、63、64、65、66、82、91、94、99（22）

A2　功名は晩くなるが得られる。3、5、12、15、18、24、27、28、30、33、36、39、40、46、52、53、70、74、83、84、89、94、95、96、98（25）

B　功名は得られない。4、6、10、11、14、16、17、32、48、49、54、55、59、72、73、77、81、87（18）

C　その他。20、23、26、42、68、69、79、80、83（9）

D　該当する項目がない。8、21、31、34、35、38、41、45、47、50、57、56、58、60、61、67、75、76、78、85、86、90、92、93、100（25）

⑥財（産福禄）関連内訳

A1 財は得られる。7、8、22、31、34、50、51、60、62、64、65、66、62、82、75、84、97、86（18）
A2 財は人並み。2、11、17、59、61、63（6）
A3 財は得られるが晩い。12、53、54、57、89、95（6）
B1 財は欲張るな。16、47、55、83、78、87（9）
B2 財は得られない。32、37、38、39、45、56、59、90、92（9）
B3 財は失われる。5、6、10、35、48（5）
C その他。76、93（2）
D 該当する項目がない。1、3、4、9、13、14、15、18、19、20、21、23、24、25、26、27、28、29、30、33、36、40、41、42、43、44、46、49、52、58、68、69、70、71、73、74、77、79、80、81、83、88、91、94、96、98、99、100（48）

⑦懐妊出産関連内訳
A 胎児は男（含子・貴）。1、9、12、19、22、29、40、57、59、60、78、92、97、98、99（15）
B 胎児は女。14、84（2）
C 懐妊・出産に危険はない。25、36、50、52、81、87、89（7）

D　懐娠・出産に異常がある。15、53、72（3）
E　その他。73、96（2）
F　該当する項目がない。(71)〔上記A～E籤以外すべて該当。標記省略〕

以上から指摘できることは、籤詩・聖意のいずれも、当時の社会情況と密接に結びついて生み出されていた、ということである。籤詩も聖意も右のように分類はしたが、『関帝霊籤』の中では、それぞれが独立して存在しているのではなくて、積善・修養して神仏の加護が得られ、立身出世が叶えられる。訴訟を止めて和解に努めてこそ福禄に恵まれ、結婚がまとまって子孫に恵まれる、という具合に、それぞれの項目が絡み合って一つの世界を作り上げていた。だから分類はあくまで便宜的なものである。

次に、『関帝霊籤』の中で、籤詩に多い開運の時が来るのを待てなどと関わる易の思想と、積善修養や神仏祈願の拠り所として思想的根拠となっている善書の思想、の二点について触れておきたい。

四　籤詩と『易経』

『関帝霊籤』の籤詩の教えで、人の運勢は時運の定めるものだから、その時を待てというのが特に目に付く。上記の籤詩の内容分類では、十七籤を指摘した。そのうちでも、『易経』と直接関わるものとして、ここでは次の四籤だけ指摘する。

〔第二十六籤〕数年来の豊作凶作みな定め、今年は日照りがやや多い。
　そなたのために三日のうちに、たっぷり雨を降らせてやろう。

〔第八十八籤〕今まではなすこと全て徒労だったが、新春来たら運気が亨《とお》る。
　どんな仕事もみなうまくいく、分を守って慢心するな。

〔第九十二籤〕今年は米が不作のために、百年来の物価高。
　災害・疫病流行多く、春が来てからやっと好くなる。

〔第九十三籤〕春には雨が降り続き、夏は日照りでまた不順。
　季節が猛暑に至るころ、うれしや田畑に雨たっぷり。

第二十六籤の「解曰」に次のようにいう。

この籤は、事業が先損後遂（後でよくなる）のお告げである。病気は星回りがまだよくないが、三日後に庚の日がきたら、平癒が望める。『易経』下経の巽《そん》の卦で「庚の前三日、庚の後三日は吉」という。訴訟はすぐ解決する。利益は得られる。結婚はすぐまとまる。旅人は三日以内にきっと帰る。雨乞いをすれば三日以内にきっと降る。万事に吉。

第八十八籤の「解曰」にいう。

この籤は、運が訪れる直前で、事業は必ず成功する。すぐに春が過ぎれば、万物が生まれ出て、人事にも喜びが得られる。困難が容易へと変わり、閉塞が開通へと変わる。だから願望はみな速やかに十分達成できる。『易経』上経の剝と復の卦でいえば、「剝」（はぎとる）から「復」（もどる）へ進み、次いで「復」から「否」（ふさがる）に至る過程である。この時は、満足と安泰の境地の過ごし方を心得ねばならない。それでこそ、この境地を全うすることができる。

＊過分の欲望にとらわれないこと。

第九十二籤の「釈義」にいう。

「禾穀」は農家の期待を指す。「不如前」は、干害・水害・虫害の恐れがあること。「物価喧騰」（物価高騰）は、凶作のため。「倍百年」は、百年来未曾有の災害の意。「疫癘」は、流行病で、うめき苦しんで死ぬ。「一陽復」は、陰暦十一月の冬至の節気のこと。あるいは〝七日で来復する〟（『易経』上経、復）と解釈してもよい。易では七を「安全」な数とする。なおこの時になってやっと運が開通し、禍が去って福が来る。この籤が出たら、危険・艱難を乗り越えられてこそ、大豊作が得られる。乗り越えられなかったら、望みはない。

第九十三籤の「解曰」にいう。

この籤は、事業が最初と中間では、渋滞を免れないが、後に順調になるというお告げ。これは、春には雨が多すぎても困り、夏には日照りがひどくても困るが、いったん恵みの雨が降り注いだら、すぐに万物が蘇生し、望外の喜びとなる。この現象は、人間社会の困難の後に幸運が来るのとよく似ている。『易経』下経の「豊」の卦に「天地の栄枯盛衰は、時に従って生成消滅する」

というのと同じだ。吉凶禍福は巡り合わせに支配されるものだ。

五　籤詩と善書

明清時代に『関帝霊籤』が流行したことの背景として、第四章第二節で『太上感応篇』『文昌帝君陰隲文』（『陰隲文』）『関聖帝君覚世真経』（『覚世経』）などの善書の流行を指摘した。この三種のうち、『覚世経』が『関帝霊籤』の中に広く深く関わっていることが目に付く。だがこれを『覚世経』が『関帝霊籤』に影響を与えたというのは正確でない。『関帝霊籤』は、南宋の末期に『繇辞百章』としてまとめられたとされる『江東王霊籤』が名を変えたものだから、明代に出現した『覚世経』の影響を受けるはずがない。

だが実際には、『関帝霊籤』の中に少なからぬ『覚世経』と同趣旨の教えが見出せるのは確かである。それは『覚世経』が『太上感応篇』を基にして作られた（作者は不明）ことによるもので、『江東王霊籤』が成立時点で、『太上感応篇』の影響を受けていたことによるからであろう。より正確には、『関帝霊籤』には『太上感応篇』の影響があった、というべきであるが、関帝信奉者の立場を考えれば、『関帝霊籤』に『関聖帝君覚世真経』の影響があるという言い方をするのも、理解できる。

『関帝文献匯編』第九冊所収の『関聖帝君経訓・霊籤・霊籤占験』の光緒三十年（一九〇四）の李孝先の序文に、『関帝霊籤』に『覚世経』の影響がとりわけ濃厚に見られるとする籤を十九籤指摘している。それによれば次の十九籤である。

2　3　18　19　29　30　37　42　45　47　50　58　67　76　78　84　86　96　97

著者（小川）の見解では、さらに、

36　40　44　51　57　59　60　61　83　88　91　100

の十二籤も追加すべきであろう。

この三十一籤のうち五籤について、それぞれ『太上感応篇』『文昌帝君陰隲文』『関聖帝君覚世真経』の三種と共通する点を具体的に指摘すると次のようである。波線の部分がその共通性の見られる箇所である。

〔『関帝霊籤』第二十九籤〕「先祖が長く徳を積み、その幸せが今にも及ぶ。今後も修養続けたら、天の報いがあるだろう。」

〔『関帝霊籤』第五十九籤〕「家が衰え孤独に苦しみ、お祈りしても効き目がない。先祖に陰徳あったので、養子のお陰で家続く。」

『太上感応篇』「〔上述のごとき諸々の罪を犯してはならぬ。〕かくのごとき罪は、司命神がその軽重に随って、その人の寿命を縮め、寿命が尽きれば死ぬ。死後にまだ罪が残っていれば、災いが子孫に及ぶ。」

『文昌帝君陰隲文』「早い応報は自分に来る。遅い応報は子孫に来る。」

『関聖帝君覚世真経』「早い応報はその身に来る。遅い応報は子孫に来る。」

〔『関帝霊籤』第六十七籤〕「心の動きはすぐ神が知る、迷いを我に問うなかれ。父母に孝行兄弟仲よくしたら、きっと家庭に福が来る。」

〔『関帝霊籤』第七十六籤〕「刑書には罪条三千文字八千あるが、判決は事前に知らされぬ。善でも悪でも身から出るもの、禍福の本はみなここにある。」

『太上感応篇』「人の禍福にはこれといった定めはなく、その人が自分で招き寄せるものだ。」

『覚世真経』「善と悪との行いにより、禍福がそこから両途に分かれる。」

〔『関帝霊籤』第百籤〕「我はもと雷雨の神で、吉凶禍福は先に知る。至誠で祈れば霊験がある。この籤出たら万事吉。」

『太上感応篇』「善い心を起こすと、まだ善いことをしないうちに、すぐに善神が付き従う。悪い心を起こすと、まだ悪いことをしないうちに、すぐに悪神が付き従う。」

『覚世真経』「あらゆる善事は、心を込めて実行せよ。人の目には付かなくても、神にはすぐに聞こえる。…〔人の善悪を〕神は全て観察し、少しも見落とすことがない。」

『易経』上経の坤の卦の付載の文言に「積善の家には必ず余慶あり。積不善の家には必ず余殃あり」とあって、『太上感応篇』など善書のすべてに通底する基本的な因果観となっていることは上述した通りである。だから右の『関帝霊籤』二十九・五十九籤の因果観に〈『太上感応篇』などの影響がある〉というのは不正確で、より正確には〈『易経』の影響がある〉というべきであろうが、ここでは、〈『易経』↓『太上感応篇』などの善書↓『関帝霊籤』第二十九・五十九〉の影響の意味であることを補足しておきたい。

付　『関帝霊籤』の聖意一覧表

1	大吉	功名遂	福禄全	訟得理	病即痊	桑麻熟	婚姻円	孕生子	行還元
2	上吉	訟宜和	病宜禱	功名有	遅莫躁	求財平	問婚好	若妄為	身莫保
3	中吉	問名利	自有時	訟和吉	産尚遅	病可治	婚未宜	宜謹守	免憂疑
4	下下	功名滞	求禄軽	訟不宜	婚難成	病難癒	行阻程	若求吉	禱神明
5	中平	財禄耗	功名遅	訟終吉	病可医	婚宜慎	行人帰	待時至	百事宜
6	下下	功名無	財禄散	病難痊	防産難	婚不成	訟未判	行人遅	空嗟嘆
7	大吉	図名遂	求財豊	訟得理	病不凶	行人至	夢飛熊	陰地吉	婚姻同
8	上上	士領薦	人獲財	訟即解	病無災	問行人	即便回	謀望吉	喜慶来
9	大吉	名与利	必到頭	訟即勝	病即瘳	孕生男	婚可求	行人至	百無憂

10	下下	名難図	財禄失	行人遅	訟未息	病流連	求神佑	莫貪求	宜守旧
11	下下	莫貪求	名未遂	財禄平	訟不利	病者凶	事不済	問行人	多阻滞
12	中平	求名遅	財未至	病改医	訟宜息	行人帰	孕生貴	有所逼	方吉利
13	上吉	時未亨	宜守旧	遇卯日	名利就	病遅癒	訟終利	行人帰	事終済
14	下下	始雖易	終則難	名利難	病未安	訟反覆	孕生女	行未帰	事多阻
15	中平	婚未合	訟未決	名利遅	音信欠	孕難生	防口舌	非知己	莫妄説
16	下下	訟難明	和為貴	功名無	行人至	婚未成	病有祟	財莫貪	終無利
17	下下	事悖理	訟必傷	名未済	財平常	産勿謀	病宜禳	宜謹慎	保安康
18	中平	名利難	終則有	病禱神	訟勿問	行人遅	事難就	且向善	祈福佑
19	上吉	作事吉	名利遂	婚姻成	訟得理	孕生貴	行人至	病易安	皆吉利
20	下下	訟終凶	止則宜	名利軽	病択医	行人遠	婚遅疑	凡作事	且随時
21	下下	事無成	病禱癒	出不宜	訟有理	冤報冤	求神解	若欲貪	終必敗
22	上吉	訟決勝	名易成	病即癒	財即盈	婚姻合	貴子生	家道成	百事亨
23	下下	名与利	似虚花	訟不勝	病癒加	婚未合	行人賒	事無就	徒咨嗟
24	中吉	名利有	莫躁為	詞訟解	婚姻宜	行人遠	病瘥遅	富与貴	自有時
25	中平	訟多憂	終則息	名利逢	婚姻吉	孕欲保	作福力	問行人	帰有日
26	中吉	名与利	今雖損	若遇時	便返本	訟可解	病可安	婚即合	行人還

27	中平	訟莫興	医審病	名与利	付之命	行人遅	婚未定	凡百事	且安分
28	上吉	病与訟	久方解	名与利	姑少待	若失物	尋必在	雖暫困	終必泰
29	上吉	天福善	産貴子	病者安	訟得理	名必遂	仍得利	行人帰	皆如意
30	中吉	利雖有	莫妄作	訟宜和	病勿薬	名待時	婚有約	但存心	安且楽
31	中吉	訟漸理	病漸康	財始達	富始彰	行人近	婚姻良	家道吉	福禄昌
32	下下	訟終凶	名未通	病者険	財亦空	婚未合	是非叢	行人阻	事無終
33	中吉	訟莫争	病難癒	名与利	莫貪取	問行人	信尚阻	能修善	有神助
34	中吉	訟解憂	病漸瘳	財禄有	忌遠謀	行人動	婚莫求	防口舌	免悶愁
35	下下	訟終凶	宜謹防	病者険	主重喪	行人阻	財有傷	婚不合	謹行蔵
36	上吉	名与利	在晩成	訟得理	病漸亨	問遠信	阻行程	婚可合	孕将生
37	中吉	訟和吉	病禱安	名有望	財頗難	婚可合	行人還	宜向善	保団欒
38	下下	莫問財	休闘訟	遠未回	病亦重	婚無成	多怪夢	且禱神	勿妄動
39	中平	病択医	訟宜解	謹修為	過必改	財杳茫	名遅疑	婚宜慎	行須持
40	上吉	名終成	訟得勝	孕生男	保無病	行人回	婚宜定	事須遅	有余慶
41	上吉	訟無定	終有遇	病多憂	択医癒	信即到	婚終好	凡所謀	慎勿躁
42	中吉	病更医	訟改図	名与利	換規模	婚別議	行人遅	神力助	謹修為
43	中吉	功名遂	好求官	病訟険	終必安	失物在	行人還	婚宜遠	利不難

44	中吉	事多錯	訟莫作	病禱神	且勿薬	婚莫求	行人還	能自悔	利名全
45	中吉	心既好	地亦美	病即安	訟得理	財勿求	且守己	行人至	終有喜
46	中平	名与利	勿貪求	訟莫興	難罷休	行人遅	婚莫許	謹修為	当静処
47	中平	訟莫興	恐遭刑	財莫貪	病未寧	行有阻	婚難成	且循理	保和平
48	中吉	遇貴人	訟和平	病驚険	莫求名	財物耗	婚宜停	逢寅字	事漸亨
49	下下	名利阻	且休問	訟宜和	病有源	*婚姻遅	行人遠	欲獲吉	且安分
50	上吉	出入吉	財物多	孕可保	病即瘥	婚易成	訟宜和	問行人	奏凱歌
51	上吉	名漸顕	訟漸寛	財自裕	病自安	行有信	婚可定	命漸亨	心必称
52	上吉	名晩成	利遅得	病漸安	訟終息	孕無驚	婚姻吉	行人回	事勝昔
53	下下	病与訟	皆不利	名与財	亦阻滞	孕有驚	行未至	皆遇貴	事方済
54	中平	財未遂	名未超	訟不宜	病未消	婚難信	行路超	待時至	百事饒
55	中平	休問名	*莫貪財	訟宜解	病無災	婚可就	遠行回	戒出入	福自来
56	下下	莫興訟	勿求財	病有祟	行人回	婚宜慎	難信媒	行正直	免凶災
57	中平	訟急解	病早禳	信即至	財如常	孕生男	禱神康	凡百事	自主張
58	上吉	病即安	訟決勝	行人回	婚宜定	孕生男	家道盛	積陰功	福来応
59	中平	名難保	財難図	訟不利	病無虞	婚可合	信音無	行方便	謹修持
60	上上	宜出入	好謀望	訟即決	財亦旺	孕生男	病無恙	信音回	有神相

*ABD本による（49）

*ABD本による（55）

61　中平　財平平　病漸効　訟自散　莫与較　遠行帰　婚亦宜　雖有険　終平夷

62　中吉　訟必勝　財必進　病有祟　遠有信　婚可成　名可称　到秋来　百事順

63　中吉　病可医　訟終平　財尋常　信有準　名将亨　婚可聘　勿強図　随分定

64　上上　貴遇趙　訟即了　名亦成　病可療　財有余　婚亦好　問信音　即刻到

65　上上　財多得　名高中　可問婚　亦宜訟　病即安　行人動　禍変消　福力重

66　上上　病即安　訟即決　財漸豊　名高掲　行人回　婚可結　莫外求　福儘得

67　中平　訟和貴　病改医　財有待　婚姻遅　問行人　尚未帰　能改過　事皆宜

68　中吉　訟已勝　*莫再戦　名已成　勿再問　婚可定　病自散　行人帰　且安分

*ABD本による

69　中平　名与利　莫強求　医宜審　*婚難謀　行人至　訟可休　凡出入　謹交遊

*D本による

70　中吉　訟与病　漸可解　名与利　姑少待　婚宜遅　行無信　若禱神　三日応

71　中吉　訟宜和　名漸通　婚再和　病主凶　問求財　時未逢　凡謀望　在秋冬

72　中平　求財遅　占病険　名難成　信尚遠　訟終凶　婚必晩　孕必驚　地未穏

73　下下　名利無　*訟終凶　婚重娶　孕成空　病危険　運迍邅　*事無准　鮮始終

*共にBD本による

74　上吉　病与訟　険而平　名与利　迍而亨　婚先難　終必成　行人至　福自生

75　中吉　財物聚　病即癒　若問訟　必遭主　婚姻合　良朋聚　行人回　事無阻

76　中平　問争訟　且断理　求財禄　当揣己　病早禳　勢莫使　婚更審　方吉利

77　中平　訟当戒　病宜禱　名不利　婚難老　防口舌　*行人到　凡事謹　勿軽躁

*ABD本による

78	下下	莫貪財	能害己	休闘訟	当知止	病禱神	孕生子	婚択良	行未至	
79	中平	名与利	依理求	婚与訟	莫妄謀	病択医	方無憂	行人至	慮可休	*C本欠、B本による
80	下下	名与利	且改図	訟和解	保無慮	病更医	行漸回	婚別議	莫軽為	同前
81	中吉	訟莫欺	依本分	病遇医	名休問	婚慎求	事審辨	孕保安	行人鈍	
82	上吉	財必獲	名遇薦	訟得理	病有願	*婚姻成	行人見	発福財	因積善	*源？
83	下下	名与利	莫貪求	訟宜和	行未至	病瘥遅	婚莫議	能保守	家必利	
84	中平	訟宜解	莫信讒	財緩求	名莫貪	孕生女	行人還	婚更審	莫妄攀*	*AD本による
85	中平	且随分	莫貪財	訟宜息	防外災	婚不利	遠行回	禱神助	福自来	
86	上吉	財禄富	訟得理	婚和合	病漸止	問行人	帰未擬	莫害人	人即己	
87	中平	名利無	病有祟	訟莫興	和為貴	莫貪財	婚不利	孕無憂	行未至	
88	上吉	名与利	且随縁	訟解釈	病安全	婚姻合	行人旋	若謀望	在新年	
89	中吉	名晩遇	財尚遅	病徐瘉	行漸帰	訟可解	孕無危	婚和合	*緩則宜	*ABD本による
90	中平	訟和吉	求財無	婚未成	病無慮	信未至	勿他図	不須禱	且安居	
91	中吉	求名利	勤苦有	訟須労	終無咎	問婚姻	宜択友	探行人	三六九	
92	中下	訟紛紜	久自解	病患多	終無害	財禄難	時且待	孕属陽	福終在*	*底本以外の諸本による
93	中吉	財聚散	病反覆	欲求安	候三伏	事進退	宜作福	婚可成	慎往復	
94	中吉	遇貴人	訟得主	名尚遅	病未瘉	婚未成	信尚阻	*待秋冬	方有遇	*底本以外の諸本による

95　中吉　財発遅　訟終折　名晩成　婚未決　問遠信　在此月　遇貴人　災難滅

96　上吉　名与利　遅方吉　病漸瘥　婚姻得　＊中年後　得子息　問行人　未有日
＊A本による

97　上上　訟即解　名可成　財漸聚　病且寧　孕生子　婚姻宜　＊行人至　事称情
＊A本による

98　中吉　名利有　晩方成　訟与病　久方平　孕生子　行阻程　遇卯運　事皆亨

99　上上　名与利　皆得意　家道康　婚吉利　病即安　＊孕生貴　訟則伸　行人至
＊底本以外の諸本による

100　上上　籤詩百　数已終　我所知　象無凶　禱神扶　藉陰隲　危処安　損中益

第六章　『関帝霊籤』と明清社会

『関帝霊籤』籤詩は、おみくじを引く人の悩みや問いかけに、できるだけ広く応じようとしたので、内容が一般論的・抽象論的になった。そのために個別具体的な困りごとや相談事には、ピンポイントの対応ができなくなった。旅先の夫からの手紙を待つ留守家族の問い掛けには、対応できない。男子の出生を待ち望む夫婦には、生まれてくる子が男か女か切実な問いなのに、「時の来るのを待て」では、相手にされなくなる。おみくじへの期待は、「病気は治るか」「試験は受かるか」の切実な問への答えにかかっていた。この個別具体的な悩みごと、困りごとへの対応こそが関帝霊籤の聖意の役目であった。別の言い方をすれば、聖意はおみくじを引く人の悩みごと、困りごとの反映であり、明清社会の縮図であったともいえるだろう。

『関帝霊籤』の聖意の内訳は、前掲の第五章第三節に掲げた通りである。その上位七項目は、訴訟（97）・病気（92）・行人（＝旅人、旅人からの手紙を含む84）・婚姻（80）・功名（試験76）・財禄（52）・懐妊（29）である。全ての籤（第百籤を除く）には聖意の項目があり、一聖意には六～七種類の事項が収められていて、括弧内数字はその項目が収められた籤の総数である。訴訟は『関帝霊籤』全百籤のうち九十七籤に出てくる、つまり誰が何回引こうと、ほぼ必ず訴訟関連のお告げが出てくる仕組みになっていた。これはおみくじを発行する側の判断には違いないが、そこにはおみくじを引く側の需要が強く反映されていたということになろう。

そのような目で見ると、この内訳はいささか奇異の感を与える。病気・婚姻・功名・財禄・懐妊（胎児の性別）への感心が高いのは、今日と変わることがないとしても、訴訟と行人への感心の高さは異常である。今日でも、訴訟や旅行に費用や危険で心を痛めることはあっても、病気・婚姻・財禄（財産・資産）・功名以上に一般的で日常的な悩みごと・関心事といえるものではないだろう。なぜ関帝霊籤ではそのようなことが起きたのか。

一　訴訟の風習と明清社会

聖意の中の訴訟関連項目は九十七籤に上るが、籤詩では特定の個別項目を明示する場合は希であるから、訴訟と明示される場合も多くはない。それでも、訴訟はするな、訴訟は凶だ、訴訟は不利だ、和解せよというのがあっても、訴訟をせよというのはない。ただ訴訟はこちらに道理がある、訴訟は勝つ、という控えめの言い方で止まっている。

〔第十六籤〕　訴訟はだらだら決着しない、止めてしばらく帰農せよ。人の煽動信用するな、兄弟だけが頼りだぞ。（聖意は「訴訟は決着しない」）
〔第四十七籤〕　繰り返し君になんども忠告するが、よく話し合いして濡れ衣はらせ。訴訟になれば凶なるぞ、静かな夜に心によく問え。（聖意は「訴訟は起こすな」）
〔第七十七籤〕　木には根があり水に源《もと》あり、人の禍福も源を極めよ。うわさ話は盲信するな、訴訟が凶とは名言だ。（聖意は「訴訟は戒めよ」）

いずれも訴訟は止めよ、訴訟は凶事だという。

1　訴訟の戒め

中国では古来訴訟が戒められた。善書ではとりわけ厳しかった。『文昌帝君陰隲文』には「人の妻女を犯す勿れ。人に訴訟を唆すなかれ」、『関聖帝君覚世真経』には「人の財産を奪う勿れ、人に訴訟を唆すなかれ」、『文昌帝君功過格』勧化第五悪類功格では「訴訟を止めさせると、一件十功」、悪類過格では「訴訟を唆すと一人ごとに、五十過」「人の訴訟を止めるべきに止めないと、一件五過」、清・李日景「酔善堂三十六善」の「郷宦三十六善」には「里中の争いごとは、よく和解をさせよ。役所沙汰にさせて、財産を失わしむるなかれ」、「農家三十六善」には「訴訟をするなかれ、闘うなかれ、盗むなかれ、賭け事をするなかれ」といい、訴訟を止めるように戒めた。ではなぜ自分で訴訟を起こしてはいけないのか、なぜ人に勧めてはいけないのか。

『玄天上帝感応霊籤』（『続道蔵』所収）第一籤の〔官事〕に「告訴の前に怒りを鎮めよ、役所では正しい事でも通用しない。怒りのほむら消し去って、銭金ひとに取られるな」と、役所では正義が通らなくて、賄賂を請求されるだけだという。

明末の馮夢龍《ふうぼうりよう》の編纂とされる書簡の文例集『折梅箋』巻二の勧戒類に、訴訟を中止するように勧告する書簡とその返信の文例が四例、明の李賛廷の編纂の書簡文例集『如面談新集』巻二の楽集に一例が収められている。次に『如面談新集』の文例を掲げる。

和解勧告への御礼

小生つまらぬ恨み事にて、大きな訴訟事件を引起こし、危うく禍のもとを作るところでございました。貴殿のお言葉に諭されて、怒りの心を抑え、私の迷いに気付きました。お陰様にて両家の霧が晴れ、争いを無くすることができました。御徳は広大でございます。薄謝ながら御礼お届け申し上げます。

返信

ことわざに、〝訴訟を好めば、善人悪人みな被害にあう〟と申します。訴訟は好ましい事ではありません。成し遂げようと思わないで下さい。このたび愚見を容れて和解なさいましたよし、両家ともども有益なことと拝察いたします。お役に立てませんでしたのに、厚志を賜りましたこと、恐縮に存じます。

2　訴訟の多発

訴訟自体は権利として認められていて違法ではなかった。役所では訴状が提出されると、書類の不備がなければ受理し、速やかに処理することになっていた。それなのに、なぜこのように強く戒められたのか。理由は色々あったろう。役所関係者への常態化した賄賂、訟師といわれた前近代的な弁護士への高額な費用、訟師の能力に対する官権の恐怖や憎悪、その上に提訴数が異常に多かったこと、などが指摘されている。この間の情況については、夫馬進氏が、明清時代の訟師と訴訟制度に関する一連の研究の中で、具体的に解き明かされた。詳細はそちらを参照されたいが、ここでは訴訟が多かったことを見ることによって、宋以降、明清時代が、異常な訴訟社会であったことだけ指摘しておきたい。

清初の康熙年間に浙江省会稽県の知事だった張我観は、一年間でほぼ七二〇〇件の訴訟文書を受理したという。乾隆五二年（一七八七）に、湖南省の寧遠県の知事だった汪輝祖は、一年間で約一万件の訴訟文書を受理していた。寧遠県の戸数は嘉慶二十一年（一八一六）の時点で、二万三三六六戸であったから、二〜三戸に一戸が、年に一回訴訟に関与していた計算になる。また同じ湖南省の湘郷県では乾隆年間（一七三六—一七九五）に、一年間で一万四四〇〇件から一万九二〇〇件に上ると推計される数の訴訟文書が上呈されていた。その湘郷県は嘉慶二十一年の時点で、七万七七五〇戸であったと記録されるから、こちらは六～四戸に一戸が関与していたことになる。これらは県の役所が扱った通常の訴訟で、これとは別に扱われた訴訟もあったから、実際の数は、これよりも遥かに多かったと推定される。

これとは別に、特殊な社会問題が起きた場合には、訴訟は更に多くなった。明末に松江府上海県で土地の所有権問題が起こり、訴訟が急増した。「都市に住む者で訴訟する者は十戸のうちで九戸、農村に住む者で訴訟する者は十戸のうちで八戸」に上り、そのために市販の訴訟用紙が高騰したと記される。まさしく明清時代は、「好訟の風」「健訟の風」に満ち満ちた社会であった。

以上は、夫馬進氏の「明清時代の訟師と訴訟制度」（京都大学人文科学研究所『中国近世の法制と社会』、平成五年三月）を利用した。該論文には詳細な資料を挙げているが、本書では煩雑を避けて省略した。詳細は同氏の他の関連論文と併せて参照されたい。

明末には、『蕭曹《しょうそう》遺筆』とか『折獄明珠』などという訴訟文書作成のための手引き書が種々出回っていた。夫馬氏は三十七種を指摘している（『史林』七十七巻第二号「訟師秘本『蕭曹遺筆』の出現」）。それが更に当時の日用類書（生活百科事典）の中に取入れられて、「律例門」（『三台万用正宗』巻八）とか「体式門」（『妙錦万宝全書』巻十七）とかと称され、訴訟文書作成の手引きの部門を構成していた。あ る程度法律知識のある者が、訴状作成の参考にすることを意図したものであろう。訴訟は日常生活百科事典の収載項目になるほど身近な出来事だった。『関帝霊籤』の信奉者たちが、訴訟を病気以上に心配したのも、納得できることであろう。

次の話は清初の石成金（順治年間＝一六四四―一六六一ころ在世）撰の笑話集『笑得好』（時代文芸出版社刊『中国歴代笑話集』第三巻所収による）二集に収められる笑話である。

【訴訟をしない――縁起でもない事をぬかした奴を笑う――】徽州の人たちは訴訟の連続でひどく嫌になっていた。大晦日の夜に父子三人で相談して、

「明日から新年だから、みんなで一言ずつ目出度いことを言って、いい年になり、訴訟ごとが起こらないようにしようではないか」

ということになった。まずはお父さんから、

「今年好（今年こそはいい年に）」

次に長男が、

「晦気少（不幸なことがないように）」

次に次男が、

「不得打官事（訴訟ごとがあってはならぬ）」

この三句全十一字を長い軸に、

「今年好晦気少不得打官事」

と書いて応接間に掲げ、年賀の客に朗読してもらって、お祝いの言葉にしようとした。（掛け軸だから句読点は付けない――小川）

翌日になると、早々に娘婿が訪れ、掛け軸を見ると、

「今年は運が甚だ悪い。訴訟をたっぷりやったるぜ（今年好晦気。少不得打官事）」

これは「破句」（句読の過り）に関わるもので、日本の『弁慶がな、ぎなたを…』の類いである。なお、「今年好」の「好」は、口語では「非常に」「甚だ」の意味にも用いる。「晦気」は「不幸」「不運」、「少不得」は「ないわけには行かない」「不可欠」の意味である。

こんなところからも、訴訟に苦労した人々の様子が想像されるだろう。

二　行人の辛苦と明清社会

1　『関帝霊籤』の中の遠商

この項には、籤詩や聖意に旅人の様子や、「行人帰」（旅人は帰る）、「行人阻」（旅人は難渋する）、「信即至」（すぐに音信が届く）などの旅人からの音信の有無や時期などに関するものがある。行人とは商人だけを念頭に置いたものとは限らないが、当時の社会状況からして、遠い旅に出る人の割合は、商人がとりわけ多かったと推測されるので、商人の旅行の危険と、留守家族の苦労とに焦点を当てて見ていきたい。

商人には、「遠商坐賈《こ》」というように、各地を移動する商人と、店を構えて定住する商人とがあっ

たが、ここでは専ら遠隔地で比較的規模の大きい商取引に従事する前者について取り上げる。行商というと、狭い範囲を売り歩く小規模の商人を想定しやすいので、「遠商」の語を用いる。

聖意の中では、行人関連の項を収める籤が、八十四籤あって、『関帝霊籤』の聖意の項目数では病気に次いで第三位を占める。表現は様々だが、留守家庭を守る妻に夫の帰郷の見通しを予告する形がほとんどで、ほぼ①旅人は帰って来る、②旅人の帰りは遅い、③音信は来る、④音信は来ない、⑤旅人は帰らない、⑥その他、に尽きる。

籤詩についても、商人の旅行の危険と妻（留守家族）の辛苦を内容とする籤詩を五籤挙げると次のようである。

〔第三十八籤〕コオロギ鳴いて独り切なく、千里かなたのお便りを待つ。
殿御めでたく帰ると見れば、初冬の風吹き雨ざーざー。（聖意は「旅人はまだ帰らない」）

〔第四十八籤〕寒い時節に山河をさまよい、兄弟身内は暮しに苦しむ。
貴人に出会って助けられ、一家誰もが再会喜ぶ。（聖意なし）

〔第六十一籤〕悪党むらがる山中も、善良の士は無事安全。
呵《か》々大笑して出発し、武器使わずに盗賊退散。（「旅人は帰る」）

〔第六十九籤〕水路は止めて陸路がよろし、富家の子息と仲良くなるな。

酒の席では兄と弟、一夜明ければ仇敵《あだかたき》。（「旅人は帰る」）

〔第七十二籤〕河川道路に危険があって、遠路に日暮れの嘆きあり。
たとい栄華のよき時あるも、申酉《さるとり》過ぎて戌《いぬ》の年待て（「手紙はまだ遠い」）

『関帝霊籤』の籤詩や聖意に、遠商関連のお告げがこのように見られるのは、当時の社会状況とどのように関わりを持つのか。

2　旅行の危険

旅行に伴う危険は、今日の社会でも避けられないが、当時は想像を絶していた。交通手段が未発達だっただけでなく、遠隔地取引に携わる遠商は、大量の商品・金銀を持参していたから、とくに盗賊などの危険が大きかった。明末の天啓六年（一六二六）の序文がある程春宇『士商類要』（尊経閣文庫蔵）巻二「客商紀略」の冒頭に、「商売には万金を携えるから、くれぐれも安全を第一にせよ。荷物は少なくして、疾駆することを優先せよ」という。

蒲松齢（一六四〇―一七一五）の『聊斎誌（志）異』（張友鶴輯校、上海古籍出版社本）巻十二の「老龍の船頭」に次のような物語がある。

〔梗概〕清初に広東で旅の商人がしばしば行方不明になった。時には数人が同時に不明になったが、遺体も見つからなかった。康熙二十七年（一六八八）に朱宏祚《そ》が総督に就任して調査したが、手がかりも得られなかった。困った末に城隍廟におこもりをして祈ったところ、老龍津（老隆ともいう。今の広東省東部の龍川）の船頭が犯人であると告げられ、軍隊を動員し、老龍津の船頭五十名を逮捕して追及した。自白によると、渡し船と称して旅人を乗せ、「蒙薬」（麻酔薬、「蒙汗薬」ともいう）をだまして飲ませたり、「悶香」（麻酔効果のある香、「迷薬」ともいう）を焚いてかがせたりして意識を失わせ、腹部を切り開いて石を詰め、水中に沈めていたのだった。以後事件は起きなくなった。

これは康熙二十七年（一六八八）に実際にあった事件で、朱宏祚も実在の人物であり、物語は朱宏祚の「祭城隍文」（張友鶴輯校本に付載）に基づいている。

『士商類要』巻二「舡脚総論」に、「ことわざに〝船頭が十人いたら、九人が盗賊だ〟」（十人舡家九個偸）といわれたほど、船旅はどこも危険だった。

次の資料は、明末の余象斗が刊行した商人のための手引き書『商賈指南』（東北大学附属図書館狩野文庫蔵）下巻に収められるもので、「福建から北京までの水路案内」という旅程の一部（今の浙江省中央部分）である。

> 〔金華府蘭渓県の〕七里籠は無風のときには船が難航し、逆風には一層難航する。ここの漁師には盗賊を専門にするものが多いのでよくよく警戒するがよい。〔頭注―ここの漁師は夜間に盗賊をなすから気を付けよ。〕十里進むと望夫塔に至る。……七里籠を過ぎると艮山《こんざん》舗《ぽ》に至る。ここ

には悪人が甚だ多く、成化二一年（一四八五）以後に巡警署を設置した。今は盗賊はいなくなった。〔頭注―ここは成化以前には悪人が多くて鶏や犬も騒いで、盗賊が夜に集まり夜明けに解散していた。その後警戒署を設置してから、次第にいなくなった。〕二十里進むと、厳州府桐蘆県桐江駅に至る。逓運所には悪人が多いからよく警戒するがよい。……〔頭注―この桐江などには盗賊が蜂湧（群がり起きる）するから、夜間の警戒を怠らないように。身体や資本を厳重に取り扱うように。〕

＊〔図９〕は右上・左下ともに明代の関連地図だが、右上は明末刊行の『商賈指南』下巻に、左下は一九七五年刊行の『中国歴史地図集』（中華地図学社刊）第七冊に収められている。

上述の二例は船旅の危険性を示すものだが、危険なのは、南方や船旅に限られたものではなく、全国どこでも同じだった。ただその危険性の形が異なっていたに過ぎない。

明末の余象斗刊行の『三台万用正宗』巻二十一に、商旅門という遠商のための旅行心得の部門があって、全国の旅の危険を列挙している。繁雑なので引用は控えるが、陸路を含めてどこも危険だったことが知られる。

それならば護衛を付ければよいか。並の商人ではその費用に耐えられなかっただろう。自力で武装すればよいか。武装したら重財を持っていると知られて、先に攻撃され命まで落とす。老練な商人は金品は巧みに隠し、みすぼらしい姿で、旅程は貪らない。明るくなって出発し、明るい内に宿に着く。

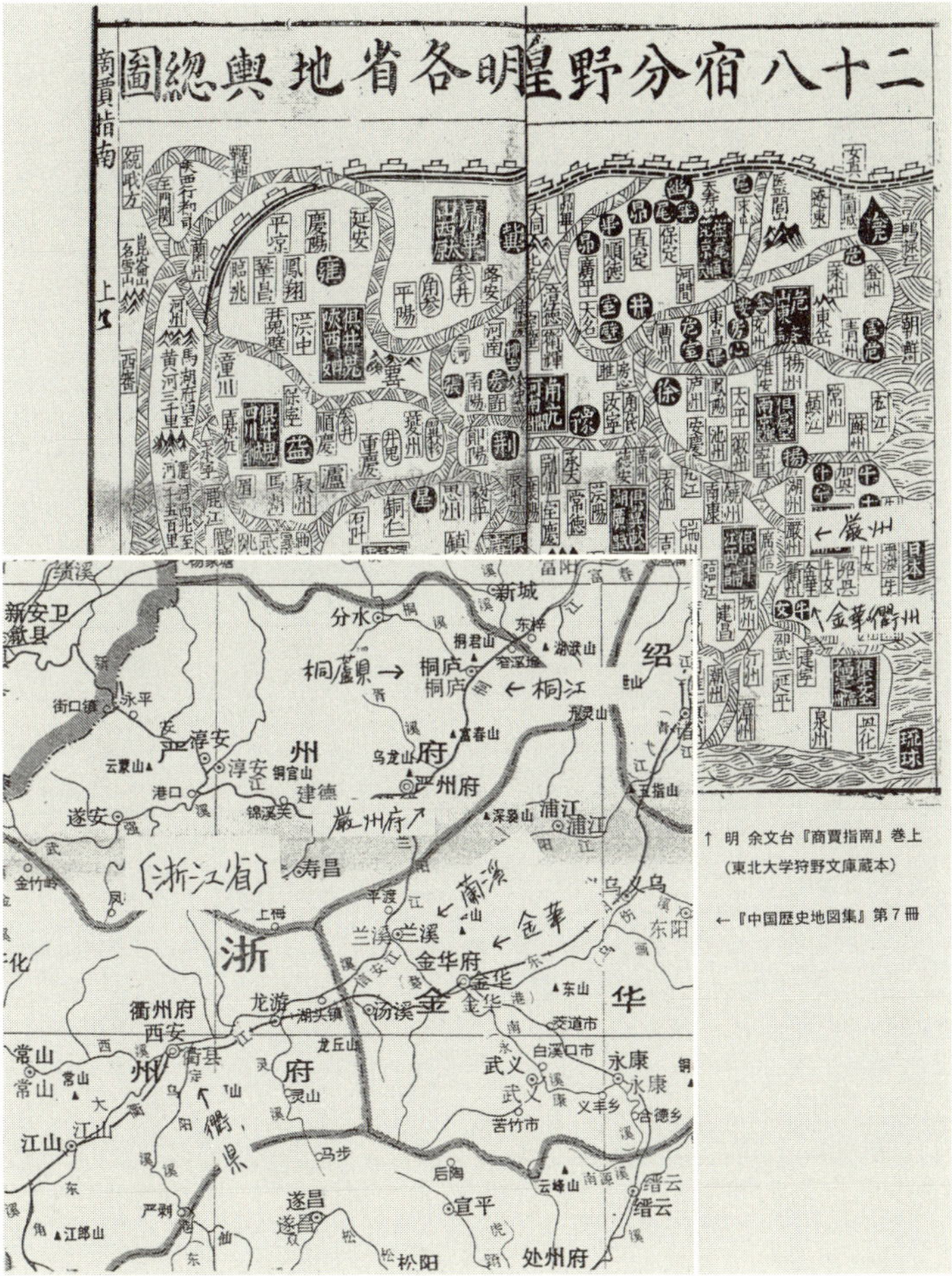

↑ 明 余文台『商賈指南』巻上
（東北大学狩野文庫蔵本）

←『中国歴史地図集』第7冊

〔図9〕

船を雇った場合でも同じにする。安全はそれしかないと、清・陳弘謀『五種遺規』所収の『願体集』の『訓俗遺規』にいう。

3　遠商の生態

明清時代の遠商は、十代に見習いとして父や先輩に従って修行し、二十歳ころに結婚すると、自立した。清初の無名氏の『商賈便覧』（東北大学狩野文庫蔵）巻一の「乗時習芸」に、職人・商人の教育は十歳以下では早すぎて、二十歳すぎでは晩すぎる。十一二歳から十八九の間がよいといい、清の艾《がい》納《のう》居士の『豆棚閑話』第三則には、「徽州の俗例では、十六歳になったら家を出て商売を習う」とある。この見習い期間が終わると妻を迎え、自立するが、それからの生活が厳しいものになる。紀昀《いん》『閲微草堂筆記』巻二十三灤《らん》陽続録（五）に、

山西の人は他郷に出て商売するものが多く、十余歳になると先輩について貿易を学ぶ。蓄えが増えると帰郷して妻を迎える。その後もまた商売に出かけ、二～三年に一度帰郷するのが通例である。なかには運が悪かったり、事故に巻き込まれたりして、十年も二十年も帰省出来ない者もいる。ひどい場合には金も衣服もなくなり、恥ずかしくて郷里に帰れず、他郷をさまよい、音信が途絶える者も少なくなかった。

商売に失敗はつきものだから、そのために帰郷出来なくなるのはやむを得ないにしても、二～三年

に一度の帰郷が通例だったとは厳しい現実である。清の陳弘謀『五種遺規』の『訓俗遺規』巻四には、
商売に従事して十数年に一度も帰らない人は、金もうけのことしか頭になくて、人倫の楽しみをわきまえない人である。もしまだ片親でもいるのに、帰省しようと思わない者は、人の心がないと言ってよい。

明清の小説や詩歌には、『三言二拍』をはじめとして、この種の題材の作品が多いのも、それなりの社会的実情と読者の関心があったからであろう。

4　遠商の留守家族

（1）手紙を待ちわびる妻　旅に出て帰らない夫との連絡は、明清時代では、手紙が唯一の確実な手段だった。留守家庭の父母や妻子は、いつ来るか分からない手紙を待ちわびた。手紙そのものは残されていないから見られないが、明清時代に多く出回った手紙の文例集（酒井忠夫『中国日用類書史の研究』第十一集啓劄簡墨の日用類書）や、そこから転載した文例が日用類書に収載されており、とりわけ他郷に居る身内への書簡の文例数が多くあって、当時の様子を知る事が出来る。次の例は、遠商に出て帰らない夫から来た初めての手紙と、妻からの返信を想定した文例で、明の李賛廷『如面談新集』巻五家書類に収められるものである。

夫が妻に寄せる書

郷里を離れてより、いつの間にか数年たった。小さな利益に縛られて、まだすぐには帰れない。朝な夕なに、寝ても覚めても、嘆き悲しまない時はない。両親がおりながら美味しいものを差し上げられず。幼児がいるのに抱いてもやれない。親への孝行も、子への慈愛も、ともに失ってしまった。誠に天地間の罪人である。

ただ、そなたが嫁としての道を心得、母としての儀をわきまえて、両親には孝養を尽くし、児女には教育を施してくれて、いささかの欠けるところもない。その他の家事はみな丸く治め、親戚間は平安なことであろう。

そなたは遠くからあまり心配なさるな。……（ここに帰郷予定時期を記入せよ—原注）。このほど幸便を得て書を託し、遥かな思いを届けます。

賢妻□氏へ

…月…日　愚夫　上

妻が夫に答える書

お別れしてより□年（空欄に二・三・四・五などと記入せよ—原注）たちました。お金のためとは申せ、どうしてお家をご心配下さらないのでしょうか。

ご両親のお世話、子供たちの愛育は、私なりに努力はしておりますが、女手一人りに過ぎません。

家事全般に頼るところが無くなり、家族みなお帰りを祈念し、首を長くしてお待ちしております。私は決して枕席の愛を望むものではありません。ただ、ご両親は老い、子供は幼いのに、肉親の情かくも薄いことに、あなた、お心を傷めずにおられますか。なにとぞ早くお帰り下さい。ご両親も妻子も、みな助かります。お帰り下さいますことの一刻も早からんこと、更に切望いたします。くれぐれもご理解賜りますよう、重ね重ね、衷心より祈り上げます。

…月…日　妻□氏　拝上

夫君へ

留守家族にとって待ち遠しいのは旅人の帰宅であろうが、それが叶えられないなら、せめて旅人の動向を知らせる手紙でもほしかった。『玄天上帝感応霊籤』（『続道蔵』所収）第二籤〔行人〕に「手紙が途絶えて消息もなく、眺めやる空の彼方へ白雲迷う。再会するのは寅か辰の日、軒先にかささぎ鳴いて人馬が帰る」とある。

だが手紙は手にするまでは、来るのか否か分からない。おみくじで、「信即来」「信未至」「信音無」などとあるのは、せめて手紙だけでもと待ちわびる、留守家族の切ない心境を反映するものだろう。

次の話は清の遊戯主人（生卒年未詳）編の笑話集『笑林広記』（時代文芸出版社刊『中国歴代笑話集』第四巻所収による）巻之三に収められる笑話である。これは宋～明のころの出現と推測される古いものである。

【命名】夫が薬種（薬の原料）の販売で、数年間留守にしている間に、妻が子供を四人生んだ。その夫がある日突然帰宅し、この子たちはどうしたのだと尋ねた。すると妻は、
「あなたが長い間お出かけになったために、私は朝晩恋い焦がれ、心が凝り固まって、この子たちになったの。四人の名前に、その深い気持ちが込められているわ。
長男は、お出かけになったばかりの時には、船が川辺の砂浜に宿泊していることだろうと思って〝宿砂〟、
次男は、あなたは遠い旅路にあって、私は家で志（思）慕しておりましたので〝遠志〟、
三男は、お荷物を売り終わったら、当然お帰りになると思ったので〝当帰〟、
四男は、長いことお待ちしてもお帰りにならなかったのに、急に故郷（クーシアン）に回来（ホイライ、帰って来る）されましたので〝茴香〟（ホイシアン）といたしましたの。」
夫は大笑して、
「そういう訳なら、もう数年旅にいたら、家で薬種店が開けるぞ！」
これは遠商とその留守家庭を背景にした笑話である。文中の「宿砂」「遠志」「当帰」「茴香」は、いずれも中国医学の薬用に供される植物の名である。「薬名詩」といわれる遊戯的な詩によく用いられた。

三　嗣子願望と明清社会

『関帝霊籤』の籤詩に、嗣子《しし》（跡取り息子）へのこだわりを次のように描いている。

〔第十九籤〕不遇の時が続いたが、今年はとても運がよい。営業活動意のままで、婚姻整い貴児も授かる。（聖意は「胎児は男子」）

〔第五十九籤〕家が衰え孤独に苦しみ、お祈りしても効き目がない。先祖に陰徳あったので、養子のお陰で家続く。（聖意の項目になし）

〔第九十六籤〕結婚・子息が晩いと恨むな、心を込めて神仏頼れ。四十年前の積善で、功成り行満ち令息授かる。（「中年以後に、子息を得る」）

一方、聖意では第七位に懐妊・出産があることは上述の通りである。ただこの項目は、上位六位がいずれも五〇％以上の高得票率を誇るのに比べると、二九％とかなり低い。だがこの項目の内訳が、胎児の性別への関心（一七％）と懐妊出産への関心（一〇％）への二点に絞られ、かつ期待される胎児の性別は専ら男子であること（一五％）が目に付く。つまり懐妊に当たって、周囲の人々の関心は、ひたすら男児の出生に注がれ、母体への気配りもあったものの、その安全は二の次（一〇％）だったということである。

1　無子の嘆き

霊籤には、信奉者の日常生活の中の悩み事や願望に、広く全般的対応するものと、専ら病気のための薬の処方だけを行うなど、限られた方面に特化したものとがある。その中の子授けや出産の安全祈願に特化した『聖母元君霊応宝籤』（『正統道蔵』所収）第三十一籤には、嗣子のない老夫婦の嘆きを次のように描いている。

　爺さん嘆いて婆さんに、とも白髪　頼りなき身をいかにせん。
誰が老後を世話してくれるか、隣じゃ子供が多くて困っているというのに。
　解に曰く、これは老いて子なく、嘆き悲しむ運命の籤。

次一文は清の景星杓『山斎客譚』（『昭代叢書』辛集別補編、一八三六年刊）に収められるものの訳文である。

南昌（今の江西省南昌市）の民家の娘が婚約中のことであった。父親は男の子がなくて毎日観音さまにお祈りをしていた。ある日のこと、その娘が庭で立ち小便をしたので、父が叱ったところ、娘は母親に「僕はもう女の子じゃないのだから、いいじゃないか」と訴えた。母が調べてみるとその通り男の子だった。驚いた両親は男の服を着せ、観音の霊験に感動して、仏僧に感謝した。

その後婚約者の家では、婚約違反だと役所に訴えた。役所では長官が乳母に調べさせて事実を確認すると、銭二十貫を下賜して、違約金に充てさせた。康熙四十六年（一七〇七）のことであった。

こんな漫画的な話が作られたのも、背後に観音信仰の流行とともに、嗣子への深いこだわりがあったからだろう。

古くから諺に「養児防老」（子は老後の備え）とか、「養兒待老、積穀防飢」（子供は老後への備え、穀物は飢への備え）というように、子は両親の老後の保障だった。だから子供のないことは悲劇の最たるものとなった。さらに自分たち夫婦二人だけに止まらず、血筋が絶えて家が断絶すると、あの世の先祖の祭りも出来なくなるから、先祖様を永遠の饑餓に追い込む不孝者となる。「不孝有三、無後為大」（不孝に三あり、後なきを大となす――『孟子』離婁）といわれる不孝者の汚名を着せられる。子がないのは不幸というよりも、不孝といわれたのだった。

結婚は血筋を継続するのが目的だったから、子を生まない嫁は不適格者とされた。古代では「無子去」（子なきは去る）といって、七去（一方的離縁七条件）の第二とされた。だが結婚には聘金という名の高額な身価を支払わなければならなかったから、よほどの金持ちでなければ、離縁などはできなかった。だから子を生まないと即離縁とはならなかったであろうが、夫や夫の家では嗣子願望が強かったのは確かで、第二夫人や第三夫人を迎えてでも子を得ようとした。その結果、様々な悲喜劇が生れ、小説の中でも好題材となって、物語り世界をにぎわした。

2　種子術と種子法

嗣子を得られない妻が目的を達するために、当時二種類の方法があった。夫以外の他人に子だねを求めたり、房中薬などに頼ったりするものと、積善陰徳に努めて神仏の霊験に期待するものとである。前者を房術とか種子術とかと称し、後者を心術とか種子方とかと称した。どちらも明清時代の小説や善書の中に、少なからず見出すことが出来る。

明末・馮夢龍の『醒世恒言』巻三十九「汪知事が宝蓮寺を焼く」（汪大尹火焚宝蓮寺）には、寺に宿泊して祈願すれば子宝を授かると称し、嗣子祈願の婦人を秘密の通路を設けた部屋に泊め、夜半に屈強の坊主が忍んできて子種を授けた。その「霊験」はあらたかで、子宝が授かるのだが、婦人たちは嗣子の必要と世間体への配慮から、実情を夫にも伝えなかったので、「霊験」のからくりはすぐには露見しなかったが、やがて汪知事の手で明らかにされたという話である。澤田瑞穂博士の『宋明清小説叢考』（一九八二年、研文出版）の「宝蓮寺奸僧事件」に詳しい考証がある。明末・周清源の『西湖二集』巻二十八「阮三官が尼寺で楽しい目に遇う」（天台匠誤招楽趣）はその尼寺版である。

次の話も、しつらえは異質で未遂で終わったが、やはり種子術である。明の王華は若いころに官僚の家で住み込みの家庭教師をしていた。ある夜にその官僚の妾が主人の指示を受けて王華の部屋を訪れ子種を求めた。その官僚には嗣子がなく、妾を多数抱えていたが、嗣子を得られなかったためだった。王華は驚いて厳しく妾の求めを拒絶し、その家を辞去した。後に王華は子を授かったが、それが後に学者・政治家として名をなした王陽明であった。官僚が指示して妾に求めさせたのが種子術であり、王華がしたのは他ならぬ姦淫拒絶の陰徳という種子方だったという訳である。この話は『丹桂籍』（『蔵外蔵書』第三冊収）所収の『文昌帝君陰隲文《いんしつぶん》註案』巻四「慎独知於衾影」や『太上感応篇図説』（国立公文書館内閣文庫蔵）第一冊「不欺暗室」などに収められている。なお『丹桂籍』所収の『文昌帝君陰隲文註案』巻三「勿淫人之妻女」には、王陽明の父の話を、明の周旋の父のこととして載せている。よほどこの趣向が流行ったらしいことを窺わせる。澤田瑞穂『中国の呪法』（一九八四年、平河出版社）にも、祈嗣のための呪法・奇方が種々集められている。

明清時代ではかくも嗣子への願望が強かった。『関帝霊籤』の聖意で、ことさらにこだわったのも、そんな世相の反映だったという訳である

終章に代えて

『関帝霊籤』の今日的意義

七八百年も昔の中国の宋代に生まれて、明清のころに流行した『関帝霊籤』の教えを、社会的な諸環境が異なる今日の日本人の生活に、そのまま当てはめるのは無理であろう。だが、人間の不幸を、相互関係の断絶に由来する孤独と捉え、自己修養に励み、人間関係の和合を構築することこそ、幸福への道だと説く『関帝霊籤』の基本姿勢などは、今日の日本にも、なお通じるものがあるだろう。

第八十六籤上吉には、

　同じ品でも売れ行き好いと、薄利多売で利益が増える。
客の身になり接してやれば、やがて今よりきっと良くなる。

この籤の趣旨を説明した「解曰」には次のようにいう。

〔解曰〕この籤は、何事も緩やかに進め、急速を求めるな、良心に背くな、ということ。商人の場合なら、売り時でも、客にも配慮し、双方に公平になるようにしてやれば、自然に商売がよくなる。自分の利益だけ追求すると、必ず人を損ない、神の加護が得られなくなる。

さらに続く「釈義」では、「解曰」を部分的に補足して、用語をやや詳しく説明している。

〔釈義〕「行貨」は仲買人が取り扱う商品。「好招邀」は、価格が適正であれば、客を呼びやすい。だが利益は度が過ぎてはならぬ。「積少成多」（塵も積もれば山となる）は、自然に富が集まること。「比人猶己」は、自分の心で人の心を推し量ってやり、意図的な搾取をするな。やがて今よりよくなるぞ。運命と道理には従え。道理にはずれて富を求める者は、戒めとせよ。

ここに見られる営業上の薄利多売の方針と顧客尊重の精神は、現今の激しい競争社会の商人に求められるものと異なるところがない。『関帝霊籤』には諸処に今日にも通じるところがある。次に人間存在の孤独に目を向けた霊籤を取り上げて、今日的意義の一端の指摘としたい。

（1）『関帝霊籤』では、人間の不幸として孤独を指摘する。孤独とは、心が通じなくて、人間関係が断絶した状態だという。それが立身出世でも、商取引でも、家の継続でも、結婚の約束でも、駄目にしてしまうという。

①派手な接待不必要、心の通わぬ遠い仲。
信用できない人物に、心中期待をするなかれ。〔第六籤下下〕
②心を語る友もない、難所の君に教えよう。
大勢すでに過ぎ去って、功名・富貴もはやない。〔第二十籤下下〕
③風水秀でた墓があり、家族円満幸せな日々。
しかし突然一家が離散、独りぼっちで灯火と向き合う。〔第三十五籤下下〕
④かんざし分けて誓いあったが、今ではぷっつり音信絶えた。
永久《とわ》の夫婦《めおと》を望むは愚か、叶わぬ事と知れたるものを。〔第七十三籤下下〕

（2）不幸とは孤独な状態だとすれば、幸福はその逆―心の通じ合う状態だという。

①善人は貴人と出会って運勢開け、その上貴人が仕切ってくれる。
お陰で労せず心が通い、談笑中に業績倍増。〔第六十四籤上上〕
②前世で結んだ良縁で、出会ったばかりで情《こころ》が通う。
人物つり合い差がなくて、意にかなったら貧富を問うな。〔第七十五籤中吉〕
③仲間の中に賢者がいたら、とりわけ世話をしてやるがよい。
その日の二人の交歓が、後の貴人との仲を取り持つ。〔第八十二籤上吉〕

④神仏が汝らを見ていぶかって、仲間同士でなぜ敵意をもつのか。垣根を払えば争い消える、同じ天与の才能惜しめ。〔第八十七籤中平〕

（３）心が通じ合うためには、人の心が理解出来なければならない。そのためには、人徳を積め、人生経験を積め、自分自身を磨け、という。

①吉凶禍福は天の賜もの、これから君は万事よし。前途の幸運求めるならば、心を大事に徳を積め。〔第二籤上吉〕

②佳人と出会ってすぐ気に入って、その後間もなくもめ事起きる。人の心は変わるもの、経験積んで苦労知れ。〔第十四籤下下〕

③心の土地をよく耕せ。山頂すべて他人の墳墓。地上の土地より心の土地だ、修養すれば君が勝つ。〔第四十五籤中吉〕

④五十になって功名心が失せたのに、思いがけなく富貴を授かる。更に一層心を大事に善行積めば、寿命は長く地位も高まる。〔第九十七籤上上〕

後篇　『関帝霊籤』全百籤の訳文

凡例

1 『関帝霊籤』の原書には、霊籤百首とその説明が収められており、その一首ごとの説明書を「籤紙」といい、「籤序」「断語」「籤題」「籤詩」「聖意」「東坡解」「碧《へき》仙註」「解曰」「釈義」「占験」で構成されている。「籤序」は「第一籤甲甲」、「断語」は「大吉」などがそれに当たるが、「籤序」「断語」の表示は原書にはなく、訳文でも省略した。「籤題」「籤詩」の標記も原書には記されていないが、訳文では「籤題」「籤詩」を補記した。「籤題」は「籤詩」の前に記し、その解説は「補足」の項に記した。「占験」は当該籤の霊験談である。出典が記されていないので省略した。各項とも原著者は不明。「釈義」の体裁には、恣意的で原文の引用に今日的な意味で正確でない箇所が目立つが、原著者なりの意図があるので、多く手を加えることはしなかった。ルビの（ママ）は、表記が籤詩とは異なっているが、原書のままである意。繁雑を避けて省いた場合が多い。アステリスクは訳者による注、「補足」は訳者による追加説明である。（後編第五章二「『関帝霊籤』の体裁」参照）

2 テキストには、魯愚等編『関帝文献匯編』（一九九五年八月、国際文化出版公司刊）第九冊所収の李孝先編「漢聖帝君経訓・霊籤・霊籤占験」（光緒三〇年＝一九〇四刊）の『関帝霊籤』を底本とした。必要に応じて、左記の別本も利用した。略称は以下の通り。

①『正統道蔵』第五十四冊正一部所収『護国嘉済江東王霊籤』、略称「A本」

②『関帝文献匯編』第七冊咸豊八年（一八五八）黄啓曙刊『関帝全書』巻三十五所収湘潭黄啓曙彙輯本、略称「B本」
③『関聖帝君万応霊籤』道光六年前門内西皮四眼井尚勤堂馬宅重刊本、東京大学東洋文化研究所蔵、略称「C本」
④『新鐫関聖帝君霊千金譜』光緒十五年序本、東京大学東洋文化研究所蔵、略称「D本」
⑤『関聖帝君城隍爺公正百首籤解』台湾竹林書局刊、刊年未詳、活字本、略称「E本」

3　籤詩の訳文は、簡潔を旨とした。そのために、分かりにくくなった場合や、もともと原文が多義的で曖昧な場合には、〔補足〕の項目などで説明を加えた。

4　酒井忠夫・今井宇三郎・吉元昭治『中国の霊籤・薬籤集成』（一九九二年六月、風響社刊）所収の『土地霊籤』全六十四籤にも底本と同じ籤詩が収められていて、文字までほとんど同一なので参考にはならないが、その前に収められている『聖母霊籤』全百籤（欠番がある）には、籤詩等に底本と共通部分や相違部分があって、読解の参考になるので、適宜利用した。

5　底本に不備があっても、比較参照の手がかりが得られない場合には、訳文ではなく、大意を収めた場合がある。

6　利用者の便を考慮して、籤題と籤詩だけ、原文を底本により現行の印刷体字で掲げた。

7　籤題の典拠や籤詩の解釈には、高友謙『天意解碼』（団結出版社、二〇〇八年十月）を参考にした。

『関帝霊籤』の引き方〔図10〕

おみくじを乞う言葉

伏しておもんみるに、陰陽の不思議を神といい、変化の奥義を聖という。神聖の道は神を感動せしめ、祈願を通ぜしむ。謹んで清らかな香を焚き、真心より拝して申し上げよ。恭しく慈悲を望むらくは、神意を垂れ給わんことを。

今、……の……が、……のためにお願い申し上げます。

謹んで心中を吐露し、お聞き入れ下さらんことを願い上げます。吉凶のことあらば、お見逃しなく、おみくじを賜り応報を顕されんことを。

＊点線の箇所に、おみくじを抽く人の住所・氏名・動機を入れる。(訳者注)

銭で竹籤に代用する方法

旅行中で廟に行って占うことが出来ない場合には、銭十枚で代用することが出来る。その銭の中の一枚に赤い色を塗っておき〔十干＝甲乙丙丁戊己庚辛壬癸の文字を円形に書いた紙の上に〕置き、赤色の銭が置かれた位置(甲とか乙とか)を確認することを二回繰り返し、その位置が、二回とも甲なら一、甲乙なら二、乙丙なら十三…二回とも癸なら百、という具合に数字化する。銭でなくて十本の竹べらに、十干を一個ずつ書いて、二回並べるやりかたでもよい。いずれにしても、聖意で神を感動せしめなければならない。そうでないと神は承知なさらない。もし名利・妻子などのお願い事で、緊急の危難・病気でない場合には、前夜から清潔・誠心につとめ、霊験を期するようにせよ。思いつきでお願い事を変更してはならない。占いの時期は、静夜・清晨・午前が吉である。午後には占うな。不潔な時には占うな。これは古人の戒めである。

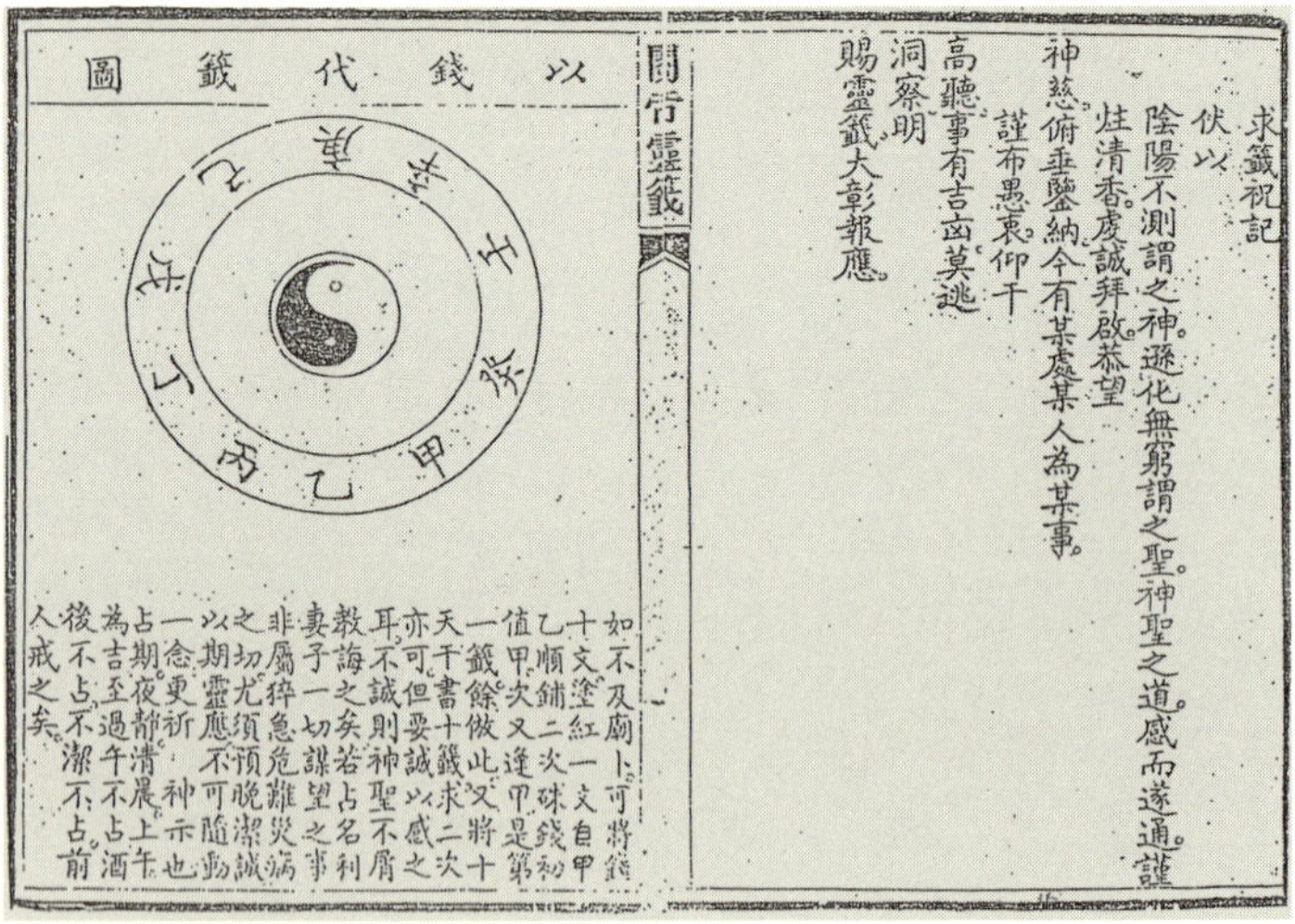
求籤祝記
伏以
陰陽不測謂之神。變化無窮謂之聖。神聖之道。感而遂通。謹
炷清香。虔誠拜啟恭望
神慈俯垂鑒納今有某處某人為某事。
謹布愚衷仰干
高聽事有吉凶莫逃
洞察明
賜靈籤大彰報應。

關帝靈籤

以錢代籤圖

如不及廟卜可將錢十文塗紅一文自甲乙順鋪二次球錢初値甲次又逢甲是第一籤餘倣此又將十天干書十籤求二次亦可但要誠以感之耳不誠則神聖不屑教誨之矣若占名利妻子一切謀望之事非屬猝急危難災病之切尤須預脫潔誠以期靈應不可隨動一念更祈神示也占期夜静清晨上午為吉至過午不占酒後不占不潔不占前人戒之矣

〔図 10〕

第一籤　甲甲*　大吉

＊「甲甲」は「第一」の意味である。以下「甲乙」は「第二」、「甲丙」は「第三」、最後の「癸癸」は「第百」という具合である。

〔籤詩〕**高々と独り抜きんで出世し、並み居る官のトップに昇る。富貴栄華は天の付与、福は広大寿は長久。**

（巍巍独歩向雲間、玉殿千官第一班。富貴栄華天付汝、福如東海寿如山。）

〔籤題〕十八人の学士が瀛洲《えいしゅう》に登用された（十八学士登瀛洲）

〔聖意〕功名は遂げられる、福禄は完全。訴訟には理が得られる、病気はすぐ治る。農作物は円熟する、婚姻はまとまる。出産は男子、旅人は帰る。

〔東坡解〕官界を高く独歩し、抜群トップ。名声とどろき、功績を談笑する。生涯の栄光は、天の賜もの。禄は高く寿は長く、事業は意のまま。

〔碧仙注〕科挙の試験に合格し、名声高く都を歩く。
　願望はみな叶えられ、万事足ること疑いなし。

〔解曰〕この籤は、願望が全て叶えられるということ。ただ人によって相違がある。官吏の場合は特進の喜びがある。科挙受験者には合格の喜びがある。将来を占うものには福寿長久、事業を占うものには基盤安定だが、営利求財には実がなく、籤詩のようにはいかない。

〔釈義〕「雲間」は青雲（高名、高位）のこと。「巍々《ぎ》」は青雲に上ることが認められること。「玉殿千官」は天上世界の役人のこと。「第一班」は最上位の役人。「栄華富貴」は、天が主宰して付与したことなので、その福と寿が無限なこと。「如海」は福が広大なこと。「如山」は寿命が安泰なこと。上上の大吉は、人格と家格が対応しなければならない。

〔補足〕瀛洲は海中にあるという伝説上の山。『史記』巻六秦始皇本紀の徐市《じょふつ》の上書に「海中に蓬《ほう》萊《らい》・方丈・瀛洲の三神山があり、仙人が住む」という。唐の太宗は文学館を建てて瀛洲と名付け、杜如晦・房玄齢ら十八人の高名な文学者を集め、十八学士と称して厚遇した。十八学士は人々から「瀛洲に登る」と称されて敬慕された（『旧唐書』巻七十二褚亮伝、『新唐書』巻一〇二褚亮伝）。「富貴栄華天付汝」は、『論語』「顔淵」に「死生有命、富貴在天」とある。

第二籤　甲乙　上吉

〔籤題〕韓蘄《き》王はロバに乗り西湖に遊んだ（韓蘄王西湖騎驢）

〔籤詩〕**吉凶禍福は天の賜もの、これから君は万事よし。**
前途の幸運求めるならば、心を大事に徳を積め。
（盈虚消息総天時、自此君当百事宜。若問前程帰縮地、須憑方寸好修為。）

〔聖意〕訴訟には和解がよい、病気には祈禱がよい。功名は叶えられるが、焦ってはならぬ。財運は人並み、婚姻は良好。でたらめな事をすると、身が危ない。

〔東坡解〕万事みな損得とんとん、時の流れに身を寄せよ。不運の末に幸運が来て、流れが狂うことはない。結果の良好求めるならば、心を大事に徳を積め。でたらめな事さえしなければ、万福が来る。

〔碧仙注〕禍福は天から降って来る、心がよければ万事よし。
　　でたらめな事さえしなければ、禍い消えて福が来る。

〔解曰〕この籤は、これまで不運でうまくいかなくても、これからは次第に順調になるとのお告げ。晩年の幸運を求めるならば、心を大事に徳を積んでこそ叶えられる。目前の幸運に満足して、存心積徳のおかげを忘れて、良心を損なってしまったら、不幸な結末になり、後悔することになるから、よくよく気を付けよ。

〔釈義〕「盈虚消息」は天の運行の常態だ。人生の吉凶禍福も、これに似て変化するもの。この籤の意味は、今までは不幸だったが、これからはよくなり、困窮が極まって道が開け、事業が意のままになるということ。「前程帰縮」とは運命の帰着点のこと。「方寸修為」とは、心田*を損なうことなく、天理を害することなく、急ぎ徳を積み善因を修めれば、やがて吉慶が訪れるという戒め。君子はこの戒めに従って吉を得、小人はこの戒めに逆らって凶を得る。どちらを選ぶかは本人次第。

＊「心田」は心のこと。善書では心が福を生み出す場所なので、このようにいう。

〔補足〕韓世忠（一〇八九―一一五二）は北宋末～南宋初の将軍で、金軍との戦いに手柄を立て、中興の功績第一と称えられた。秦檜が宰相になると金国と和議を推進して、主戦論者を弾圧し、韓世忠も罷免され兵権を解かれた。それ以後は西湖のほとりに隠棲し、清涼居士と自称して、酒を携えてロバに乗り、自適の暮らしをすること十年に及んだ。死後に韓蘄王の位を授けられた（『宋史』巻三六四韓世忠列伝）。『易経』下経の豊の卦に、「天地盈虚、与時消息」（天地の盈虚は、時と消息す）とある。吉凶禍福は時とともに満ち欠けする意。

第三籤　甲丙　中吉

〔籤題〕張公芸は九世代同居した（張公芸九世同居）

〔籤詩〕**衣食には生まれながらの分がある、余計に得ようと無理するな。ひたすら孝悌忠信なれば、おのずと福来て禍《わざわい》は去る。**

（衣食自然生処有、勧君不用苦労心。但能孝悌存忠信、福禄来成禍不侵。）

〔聖意〕功名と利益は、もともと決まっている。訴訟は吉、財産は遅い。病気は治る。婚姻はまだ。慎み深くしたら、心配事を免れる。

〔東坡解〕富貴は前世の定めごと、無理に求めてはならぬ。心を労しても無駄なこと、かえって悩みが増えるだけ。身内・他人に対しては、道理に従え。天の助けで、みな安泰。

〔碧仙註〕縁に従い分をわきまえ、正しい道を行きなさい。恥じるところがないならば、心と身とが穏やかになる。

〔解曰〕旧来のやり方を守れ、欲張るな。中道を直進すれば、衣食に困らぬ。孝悌忠信なれば、自然に福禄が訪れる。衣食を余計に得ようとすると、思いがけない禍を招く。この籤が出たら、道理に従い分を守れば吉である。

〔釈義〕「衣食自然」は衣食にはそれぞれ定められた分があること。「生処有」は人が生まれつき与えられたものについては無理をしてはいけないということ。「不用労心」は本分に努めよということ。「孝悌」は人倫を尽くす手段、「忠信」は事に処する手段。これに努める人は、天の助けを賜る。「福禄来成」は福と禄が集まってくること。十分望みが叶えられること。「禍不侵」は万事に吉で凶がないこと。これはみな修養のお陰である。本分に背かないように心がけよ。

〔補足〕唐の張公芸の家は、六世紀半ばごろから隋唐時代にかけて、九世代が分家することなく同居を続けた。唐の高宗がその家を訪れて九代同居の秘訣を尋ねると、芸公は紙筆を求め、「忍」（忍耐）の字を百個書き連ねて献上した。（『旧唐書』巻一八八孝友伝）

第四籤　甲丁　下下

〔籤題〕張翰は鱸（スズキ）の吸い物を求めて帰郷した（張翰憶鱸魚）

〔籤詩〕**去年はすべてによかったが、今年は運が衰えた。**
お香を焚いて神仏に祈り、福を逃がして後悔せぬよう。
（去年百事可相宜、若較今年時運衰。好把瓣香告神仏、莫教福謝悔無追。）

〔聖意〕功名は滞る、俸給は少ない。訴訟は不利、婚姻はまとまらない。病気は治りにくい、旅行は難渋する。吉を求めるなら、神仏に祈れ。

〔東坡解〕はじめ吉でも後で凶、*運勢だんだん悪くなる。計画成らず、にわかに悪化。心をこめて神仏に祈り、幸福を求めよ。よくよく先を見通さないと、後悔しても間に合わぬ。

＊B本による。

〔碧仙註〕好事次々過ぎ去って、運勢衰え禍が来る。

　天地の神に祈ったら、災難逃れられるだろう。

〔解曰〕この籤は、吉事が過ぎ去って、凶事がやがて訪れるとのお告げである。訴訟に巻き込まれ、争いが起きる。計画はすべてうまくいかない。利殖・交易もだめ。なすことみな不利。急ぎ神明に祈禱して、徳を積んで挽回を図れば、悔いを残さずにすむだろう。

〔釈義〕「去年相宜」は、過去の吉が今年は衰えて、凶運の中にあるから、お香を焚いて神に告げ、人に善果を植え、神明を感動させれば、禍を転じて福となすことが出来るであろうということ。神仏の援助がなければ、福が衰え、禍が起こり、後悔しても間に合わない。この籤が出たら、早く反省修養に努めよ。

〔補足〕晋の張翰は斉の冏《けい》王の高官に迎えられたが、天下の乱れを予見し、納得の出る人生こそ貴重であるとして、故郷のジュンサイの吸い物と鱸（スズキ）のなますが恋しいと称し、官を辞めて故郷の呉郡（今の江蘇省蘇州）に帰った。その後間もなく冏王は敗れて国は滅びた。（『晋書』巻九二文苑伝張翰）

第五籤　甲戌　中平

〔籤題〕呂蒙正が困苦に耐えた（呂蒙正守困）

〔籤詩〕**なんじは心口意（または富貴寿）を制御出来ず、家がさびれて秋冷のよう。**
だが丑年子年の交替の時*、万事よくなる心配するな。
（子有三般不自由、門庭蕭索冷如秋。若逢牛鼠交承日、万事回春不用憂。）

＊後掲の〔釈義〕に「〝牛鼠交承〟は子から丑への交替時期」の意味だという。作詩上の制約によって、「〝鼠（子）年から牛（丑）年に変わる時〟とすることが出来なかったので、〝牛（丑）年から鼠（子）に変わる時〟としたもの。

〔聖意〕財産はすり減る、功名は遅い。訴訟は吉、病気は治る。婚姻は慎重にせよ、旅人は帰る。時の来るのを待てば、万事みなよくなる。

〔東坡解〕栄枯盛衰に時があり、人の力で変えられぬ。好運が通じれば悪運が終わる。子丑の月日になれば、万事みな吉となる。草木が春に、栄えるように。

〔碧仙註〕物事には希望通りにならぬものがあるから、常に忍耐心をもて。
時が来るまで耐え続ければ、福が訪れ禍が去る。

〔解曰〕この籤は先憂後喜（後でよくなる）のお告げである。今は方針が定まらずに、どうしていいかわからず、さびれているが、子丑交代の時に一年単位ないし月日で一新たな状況が生まれる。あたかも春に万物が生まれ出て、すっかり様変わりするように。何事も時を待てば、最後にうまくいく。

〔釈義〕「三般」の解釈に二通りある。その一は、心口意がふらついて安定しないこと。その二は、富貴寿が曖昧で明瞭に出来ないこと。いずれにしても自主性が保てない意で、秋景色のように「門庭」（門前）がさびれて「蕭索」（寂しく）なること。「牛鼠交承」は子から丑への交代時期のこと。素敵な光景が直後に控えていて、その時になったら願いが叶えられるとの意味である。「万事回春」は、万物が生まれ出で、草木が春に芽生え、目や心を楽しませてくれるということ。

そうなれば心配がなくなる。今の状況を持ちこたえたら、吉になる。

〔補足〕『玄天上帝感応霊籤』（『続道蔵』所収）第二十七籤に、「〔行人〕去後三般不自由、門庭消索冷如秋。行人一去無音信、且到春来莫要憂」。

北宋の呂蒙正は若いころ、父の亀図に愛妾が多く、母の劉氏と家を追い出されて貧困に苦労したが、太平興国二年（九七七）に科挙の試験にトップで合格した。任官すると父と母を迎えて孝養を尽くした。太宗と真宗の時には、宰相などの高官を歴任した（『宋史』巻二六五呂蒙正列伝）。呂蒙正の運勢の転機は、科挙合格であったが、それは太平興国二年で、丁丑の年であった。

第六籤　甲己　下下

〔籤題〕藺相如《りんしょうじょ》が玉を無事に趙国に送り返した（相如完璧帰趙）

〔籤詩〕**派手な接待不必要、心の通わぬ遠い仲。**
信用できない人物に、心中期待をするなかれ。
（何労鼓瑟更吹笙、寸歩如登万里程。彼此懐疑不相信、休将私意憶濃情。）

〔聖意〕功名は得られない、財産は散逸する。病気は治りにくい、難産に備えよ。婚姻はまとまらない、訴訟は決着しない。旅人は遅い、嘆いても無駄。

〔東坡解〕どんなに心を労しても、事態は悪化するばかり。事業進まず、疑惑と不信がつのるだけ。心通わず、仲良くできぬ。ひたすら自分の、信念貫け。

〔碧仙註〕互いに疑惑を抱いたら、一緒にいても心通わぬ。

今からきっぱり、別れなさい。

〔解曰〕この籤は、君子を装いながら実際は小人に過ぎないものがいるから、そんな面従腹背のやからには気を付けよ、というお告げである。こんな人物についていると、もてあそばれるだけである。以前親密でも、途中で変わってしまって、信用できなくなったら、綺麗さっぱり絶交して、後悔せぬようにせよ。万事に迷いを払いのければ吉である。

〔釈義〕「鼓瑟吹笙」は小雅の賓客を接待する*詩である。それにふさわしい人でなければ、「何労」（無駄）である。「寸歩万里」は、向かい合っても心が理解できないこと。「彼此懐疑」は、この人とは交際できないということ。事業は一緒にやれないということ。すぐに交際を絶つがよい。もし「私意」（私情）で、深い気持が残ったら、徒労で無効なだけでなく、禍のもとになるだろう。「休将」の二字は禁止の語。この籤をが出たら気付くように、との戒めである。

＊『詩経』小雅、鹿鳴之什、二之一に収められている。

〔補足〕戦国時代のこと。趙の恵文王は楚国に伝わる名玉—和《か》氏の璧《へき》を手に入れたが、それを知った秦の昭王が、十五の城（城壁に囲まれた都市）と交換しようと申し入れた。趙王は、交換とは名ばかりで、玉だけ取られて、城は得られないことを案じたが、秦の武力を恐れて拒否することはできなかった。趙の使者として藺相如が玉を届けると、秦王は十五城のことは無視して、実行する気配は無かった。相如が、玉には傷があると言い出すと、秦王はだまされて、どこにあるのかと玉を差し出した。受け取った相如は、〝命を賭してこの玉を砕き、約束違反に抗議する〟と迫ると、秦王はたじろいだ。相如はその間に密かに玉を本国に送り返し、約束違反の非を叫び続けた。

体面を失うことを恐れた秦王は、相如を鄭重に待遇した上、帰国させた。（『史記』巻八十一藺相如列伝）

第七籤　甲庚　大吉

〔籤題〕呂洞賓が仙丹術を会得した（呂洞賓煉丹）

〔籤詩〕**生まれつき仙人になる骨格で、仙人の長にも出会って盟主に押される。ほどなく仙丹出来上がり、配下を引き連れ天宮に昇る。**

（仙風道骨本天生、又遇仙宗為主盟。指日丹成謝巌谷、一朝引領向天行。）

〔聖意〕功名は遂げられる、財産は豊か。訴訟には理がある、病気は心配ない。旅人は帰る、有能な補佐が得られる。墓地には吉相がある、婚姻はまとまる。

〔東坡解〕生まれつき富貴で、神仏の援助も得られる。凡人なのに仙人になり、雲の上に昇る。庶人なのに貴人に出会い、財物豊かに集まる。百事大吉、心配無用。

〔碧仙註〕病気になっても三日の内に、きっと名医が助けてくれる。さらに富貴も求めるならば、雲の彼方へ道が通じる。

〔解曰〕この籤は、貴人が引いたら抜擢の喜びがあり、官吏が引いたら出世の兆し。庶人が引いたら利益が百倍、修行者が引いたら仙人になる時だ。病気の時なら医薬に縁がある。正反応と逆反応の相違もあろうから、これを引いたら慎重にせよ。

〔釈義〕「道骨」「天生」とは生まれつき仙人と縁があること。「仙宗」「主盟」とは仙人世界への道が開けること。「指日丹成」とは仙人になるのが間近なこと。「引領向天」とは雲の上に昇ること。この籤は、道士が引いたら上上大吉で、学者が引いたら翰林学士になれる。他の分野・職種の人が引いたら、空想めいている点がまずく、万人に大吉とはいえない。

〔補足〕呂洞賓は唐の人とされるが、今に伝わるところは、伝説化した仙人像である。貞元十二年（七九六）に生まれ、名は岩、号は純陽子、洞賓は字という。開成二年（八三七）四十二歳のとき科挙の試験に合格した。その後、江西の廬山に遊び、異人から長生の秘訣を授けられた。会昌年間（八四一—八四六）には、陝西《せんせい》の華山へ行く途中の居酒屋で、漢代生まれの仙人鐘離権に出会い、弟子になり修行して道を得た。一説では、科挙の試験で落第続きの後、華山に遊んで鐘離権に出会い、不老長生の術と煉金の術を学び、仙人になった。（『歴代神仙体道通鑑』巻四十五呂岩）

第八籤　甲辛　上上

〔籤題〕伊尹《いいん》は最初は有莘《ゆうしん》の農奴に甘んじた（伊尹耕莘楽道）

〔籤詩〕**長年不作で苦労をしたが、今年はきっと豊作だ。そのうえ天下が太平だから、士農工商みな安泰。**

（年来耕稼苦無収、今歳田疇定有秋。況遇太平無事日、士農工賈百無憂。）

〔聖意〕士人は推挙される、庶人は財物が得られる。訴訟はすぐに解決、病気は害がない。旅人はすぐに帰る。事業は吉、めでたい事が起きる。

〔東坡解〕事業はすべて、以前だめでも今安泰。運勢開けて、吉慶無害。士農工商、みな大吉。誰も彼もが、収入倍増。

〔碧仙註〕以前だめでも今安泰、現状維持に努めなさい＊。

貧富の如何にかかわらず、誰にも運が開けるぞ。
＊A本以外の諸本によった。
〔解曰〕この籤は、現状に満足して分を守れということ。以前に苦労しても、今はだんだんよくなる。凶作続きだった田畑も、豊作になるように。今は天下太平の御代、士農工商みなともに平和を楽しみ、悩み事なく、すべて安泰。秋になったら明らかになる。

〔釈義〕「耕稼無収」は往時の失意を指す。「今歳有秋」は現在の利益を指す。「太平日」は、大いに心安らかに優遊できる楽しみがあること。「百無憂」は士農工商の全部をまとめて言ったもの。この籤が出たら、誰もが吉を得られ、諸事が願い通りに実現し、喜びがあふれる前兆である。

〔補足〕伊尹は、最初は有莘という地方の領袖の下で農耕に従事していたが、湯王に迎えられて国政に参加した。やがて湯が夏の桀を討伐して殷《いん》国を建てると、名宰相となって補佐した。（『史記』巻三殷本紀）。〔図11〕は『開闢演繹』（馬文大・王致軍撰輯、学苑出版社刊、『呉暁鈴先生珍蔵古版画全編』第七冊所収）に載せる「湯聘伊尹於莘野」図によった。

第九籤　甲壬　大吉

〔籤題〕張敞《しょう》が妻のために眉を画いてやった（張京兆画眉）
〔籤詩〕**待ってた便りに〝都へ向かう〟。いつもは鏡とにらめっこ、**

今朝は手紙が届いたら、喜色が顔に浮かびます。

（望渠消息向長安、常把菱花仔細看。見説文書将入境、今朝喜色上眉端。）

〔聖意〕功名と利益は、必ず遂げられる。訴訟はすぐに勝つ、病気はすぐに治る。胎児は男子、縁談は進めよ。旅人は帰る、万事心配なし。

〔東坡解〕事業久しくして、突然吉報。手紙が届き、喜びは目前。利益は確実、財を得ること千金だ。事業は意のまま、万事が心に叶う。

〔碧仙註〕久しく待ってた旅人が、三日の後に帰って来る。出発してから戻るまで、百日を越えない。

〔図 11〕

〔解曰〕この籤は、事業なら、間もなく吉報がある。旅人なら、すぐに帰る。婚姻ならまとまる。病気なら治る。任官なら昇任。科挙受験者なら合格通知が来る。運送ならすぐ吉報がある。

〔釈義〕「望消息」は久しく待っていたこと。「仔細看」は鏡を持って映すこと。待ちわびて落ち着かない様子。「文書入境」は消息が届いたこと。「喜色眉端」は、ほっと安堵の胸をなで下ろすこと。この籤は、万事久しくして後に叶えられ、先に困難があり、後で楽になる兆候、あまり焦ってはいけないということ。

〔補足〕漢の張敞は宣帝の時に、長安の知事を務めて成果を挙げたが、同時に人を驚かす奇行もあった。夫人のために眉を画いてやることで長安中の評判になり、宣帝の耳にも達して問いただされると、〝夫婦間の私事でございます。何の罪がございましょうか〟と平然としていた。宣帝から責められることもなかった。（『漢書』巻七十六張敞列伝）

第十籤　甲癸　下下

〔籤題〕孟郊は五十歳で科挙の試験に合格した（孟郊五十登第）

〔籤詩〕**病気続きで運は悪いが、占いなどはしなくてよい。冬至が過ぎて春来れば、神と仏の加護が得られる。**

（病患時時命蹇衰、何須打瓦共鑽亀。直教重見一陽後、始可求神仗仏持。）

〔聖意〕功名は苦労する、財産は失う。旅人は帰りが遅い、訴訟は止まない。病気は長引く、神の助けを求めよ。欲張らずに、旧習を守れ。

〔東坡解〕運勢は苦労続きで、病気は長引く。ひたすら修養反省に努め、天の神を頼れ。冬至を待って、神に祈れば治る。＊願い事は、みなうまくいく。

〔碧仙註〕誠実なるも災難に遭い、女人の口喧嘩に見舞われる。だが春回復の日が来れば、次第に顔がほころびる。

＊原文は「無妄」で、『易経』上経の「无妄《むぼう》」に同じ。「无妄」の卦は至誠・誠実を表現している。

〔解曰〕この籤は、大意は明瞭で、これまでの悪事はみな神に懺悔せよとのことである。病気・訴訟は、冬至が過ぎてよくなる。それまでは解決しない。悪事をしたらすぐに災難が起きる。この籤が出たら、分をわきまえて反省修養に努めれば、安全が保たれる。

〔釈義〕「運途蹇衰《ママ》」は目下吉が欠けていること。「打瓦鑽亀」は、占いは役に立たないから、する必要はない。それよりも早く福の種をまいて、天を感動せしめ、黙して神の力を頼れば、冬至の好時節に春がもどったり、七日後になったりすると、霊験がすぐに現れる。節気や日時で判断し、万象に春が回復したら、福禄を求めよ。これに従い修養に努めよ、神のことばに誤りはない。反省修養の重要さに気付かないものには凶が続く。

〔補足〕唐の孟郊は東野の字で知られ、その詩は韓愈に高く評価されたが、詩風は貧乏たらしく、人柄は協調性に欠け、妻子には先立たれ、暮らしは貧困だった。五十歳になって科挙の試験に合格したが、役所の仕事には不熱心で、官僚としても出世しないまま、六十四歳で亡くなった。（『新唐書』巻一七六孟郊列伝）

第十一籤　乙甲　下下

〔籤題〕孫臏《ぴん》が龐涓《ほうけん》に復讐をした（孫臏遇龐涓）

〔籤詩〕**今年は始めにいいこと続き、富貴栄華がその身に集まる。**
後でだまされ苦しめられて、独りぼっちで心痛める。

（今年好事一番新、富貴栄華萃汝身。誰識機関難料処、到頭独立転傷神。）

〔聖意〕欲張るな、功名は得られない。財運は並、訴訟は不利。病人は危険、何事も不調。旅人は、難渋する。

〔東坡解〕命運は開けず、思い通りにもならない。吉の中に凶が潜み、何事もうまくいかない。くれぐれも欲張るな。他所での事業は不利。妄動したら、福が消え禍が来る。

〔碧仙註〕事業は慎重にせよ、人の心は信用できない。注意して悪巧みを防げば、何事もうまくいく。

〔解曰〕この籤は、先に吉で後で凶、先に実で後では虚。先に仲良くて後でだます。先に親密で後で迫害する。悪巧みを見抜き、落ち着いて堪え忍べば、自然に抜け出せる。焦ってもめ事を起こしたら、一層ひどくつきまとわれる。独りぼっちで心痛めるのは、悪人は徒党を組み、君子は正道を守るからで、孤立無援になっても、静かに時の至るのを待てば、困窮が開け、逆境が安泰となる。これに反したら凶となる。

〔釈義〕「一番新」は、最初は勢いがあり、得意が身に充満し、光彩が満面に輝くこと。だがその後は態度がころころ変化し、だまされ恐れ、人の心の測りがたく、意外なことに、悪巧みに引っかかる。「独立傷神」は、〝悪人が勢力を得〟、君子の勢力が衰えた時だからである*。だが悪人が君子から剝奪しても、すでに剝の時は極まって、回復に向かっている。君子は正道で対抗したので吉である。悪巧みで対抗したら、剝奪に対処する正義の根拠を失うことになる。

＊『易経』上経の剝の卦を踏まえている。

167　第十一籤　乙甲　下下

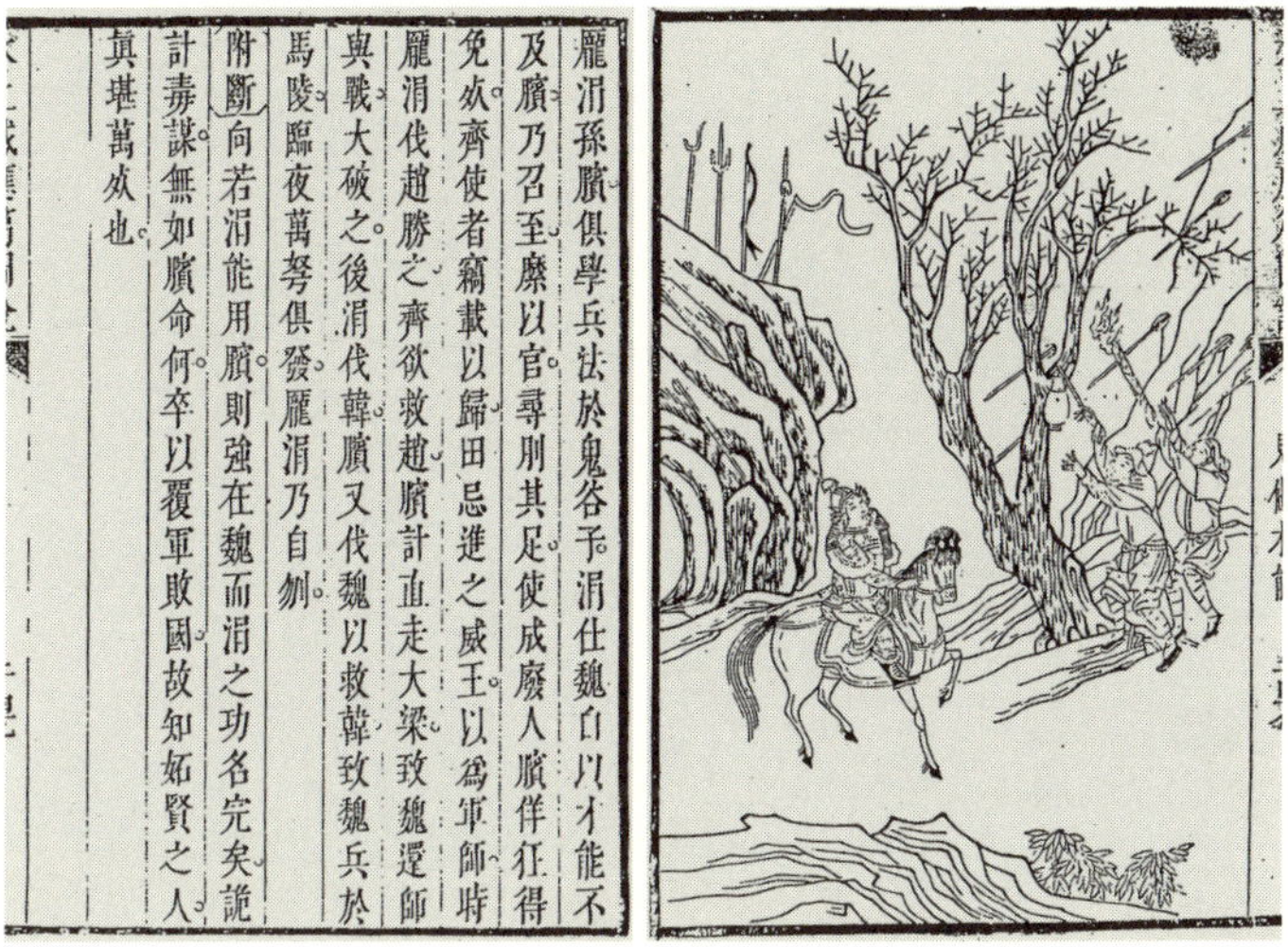

龐涓孫臏俱學兵法於鬼谷子涓仕魏自以才能不及臏乃召至麋以官尋刖其足使成廢人臏佯狂得免於齊使者竊載以歸田忌進之威王以爲軍師時龐涓伐趙勝之齊欲救趙臏計直走大梁致魏還師與戰大破之後涓伐韓臏又伐魏以救韓致魏兵於馬陵臨夜萬弩俱發龐涓乃自刎

附斷向若涓能用臏則強在魏而涓之功名完矣詭計毒謀無如臏命何卒以覆軍敗國故知妬賢之人真堪萬死也

〔図12〕

〔補足〕孫臏は『孫子の兵法』で知られる孫武の子孫で、龐涓とともに兵法を学んだ。龐涓が先に魏の国に採用されて出世したが、孫臏の才能をねたみ恐れて、悪計で孫臏を両足斬りの刑罰にかけ、出世の道を閉ざした。だが孫臏は才能を買われて、斉の軍師に迎えられた。後に魏と趙が韓を攻め、韓が斉に救いを求めると、孫臏は計略を立て、夜間に魏の精鋭部隊を馬陵（今の河北省大名県東南）におびき寄せ、大木の幹に「龐涓ここに死す」と白い塗料で大書しておいた。龐涓が松明をかざして、読み終わらないうちに、弓の一斉射撃をしかけて、大敗せしめた。〝あのチンピラに名をなさしめた〟と叫んで龐涓は自刎した（『史記』巻六十五孫子列伝）。〔図12〕は『太上感応篇図説』第六冊「見他才能可称而抑之」（人の才能をねたんで押さえ込むこと）を戒めた箇所の図説。

第十二籤　乙乙　中平

〔籤題〕鮑叔牙《ほうしゆくが》が管仲を推薦した（鮑叔牙薦管仲）

〔籤詩〕**事業の希望は春までで、秋になったらまた駄目になる。やがて清江*の貴人に出会い、以後の暮しが楽になる。**

（営為期望在春前、誰料秋来又不然。直遇清江貴公子、一生活計始安全。）

＊清江も臨江も、広西省西南を流れる贛《かん》江沿いの地。

〔聖意〕功名は遅い、財運はまだ。病気は医師を代えよ、訴訟は中止せよ。旅人は帰る、胎児は貴人となる。いい人に出会えたら、吉利が生まれる。

〔東坡解〕事業は遅滞、求財は未遂。臨江の貴人に出会ったら、願望は意のまま。その人以外に求めたら、心身の徒労だ。身を慎んで、その時を待て。

〔碧仙註〕苦難続きで失敗ばかり、成功例も心労の種。だがこれからは貴人のお陰で、事業は全部うまくいく。

＊A本以外の諸本の「凡百苦難成、好処反傷情。好人為主催、謀望尽皆亨。」によった。

〔解曰〕この籤は、過去の事業がみな希望通りに行かなかったにしても、いつか格段に気心が通じる長江のほとりの人か、さんずい偏の姓名の人と出会って、その人のおかげで生計が安定するというお告げである。ひたすらこの宿縁（以前からの因縁）の時を待ち、無理作為をせず、ただその人との出会いを静かに待つがよい。〝為さずしてなる〟を待て。

〔釈義〕「春後期望《ママ》」とか「秋又不然」は、いま事業が失敗続きなのは、機運や縁がまだ来ていないからだという意味である。「清江」は場所を指し、「公子」は人を指している。清江の人に出会えてこそ、真の親友、真の後ろ盾が得られること。「一生活計」とは日常の生計のこと。「保安全」（ママ）とは長くこの人の支援を得て、生涯衣食に恵まれること。ひたすらこの人を頼り、別人を頼ってはならぬ。無理に別人を頼ったならば、一時的な好景にすぎず、無益なことであるぞ。

〔補足〕鮑叔牙と管仲は共に春秋時代の斉の国の人で、親友だった。斉の桓《かん》侯が即位すると、鮑叔牙は桓侯の敵対者だった管仲を推薦して厚遇させ、自分は管仲の下位に甘んじた。やがて管仲は、桓侯を春秋時代の覇王に仕立て上げた。管仲は常々、〝我を生んでくれたのは父母、我を理解してくれたのは鮑叔牙〟と言って感謝していた。（『列子』巻六力命）

第十三籤　乙丙　上吉

〔籤題〕姜《きょう》太公が磻渓《はんけい》で釣りをした（姜太公釣磻渓）

〔籤詩〕**この年月は運がよくない、しばらく川辺で釣りをせよ。**
卯年の卯月に出世し、多くの人の上に立つ。
（君今庚甲未亨通、且向江頭作釣翁。玉兎重生応発跡、万人頭上逞英雄。）

〔聖意〕運がまだ開けないから、旧習に従え。卯の日になったら、功名と利益が得られる。病気は平癒が遅い。訴訟は勝つ。旅人は帰る。事業は成就する。

〔東坡解〕運命は難渋し、何事ももたつく。しばらく旧習に従い、才能を秘して時を待て。年と月日は、卯の時がよい。望月十五日に、願望が叶えられるかも。

〔碧仙註〕婚姻は成らず、*旧習守ってみだりに変えるな。貪欲・嫉妬しなければ、平安にして福禄生ずる。

＊各本とも原文は「孕男婚不成」に作り、意味不明。訳文は仮のもの。

〔解曰〕この籤は、今は運が開けないから、安静にして、旧習を守れとのお告げ。川辺の釣りはのどかでいいぞ。卯の年月日になったら、大いに出世する、受験生はこのとき合格し、官吏はこのとき昇進し、商人はこのときもうけがあって、万人を圧する勢いがある。並のお告げではない。

〔釈義〕「江頭釣翁」は、分を守ってのどかに暮らす人のこと。逆境におかれたらこの生き方を学び、時運を待てということ。「玉兎重生」は卯年の卯月に当たるときのこと。「応発跡」はこの時に昇任・出世すること。「万人頭上」は突然多くの人の上に立つこと。「逞英雄」は意のままに行動すること。この籤が出たら、抜群の出世がある。

〔補足〕姜太公は古代の太公望呂尚のこと。姜は姓、太公は父上（太公）が待ち望んだ子だったので太公望と呼ばれた。太公はその略称。名は尚で、呂は領地のあった地名。呂尚は晩年に窮乏して磻渓（陝西省の渭水の支流）で釣りをしていて、西伯に出会い認められて迎えられた。やがて西伯を補佐して殷の紂王を滅ぼし、周を建てて西伯を武王とした。（『史記』巻三十二斉太公世家）

第十四籤　乙丁　下下

〔籤題〕張耳と陳余は親友だったが（張耳陳余交）

〔籤詩〕**佳人と出会ってすぐ気に入って、その後間もなくもめ事起きる。**

人の心は変わるもの、経験積んで苦労知れ。

（一見佳人便喜歓、誰知去後有多般。人情冷暖君休訝、歴渉応知行路難。）

〔聖意〕始め容易で、後が困難。功名・利益ともに失い、病気は不安。訴訟は反復し、胎児は女子。旅人は帰らず、もめ事が多い。

〔東坡解〕円満解決望んでも、逆に生じる食い違い。人の多くが冷淡で、頼りにすること困難だ。ひたすら自分で反省し、だまされることなかれ。猜疑と深慮で、警戒せよ。

〔碧仙註〕悲喜こもごもで悲しくて、虚妄ばかりで実がない。
　人の心はころころ変わる、自分を守るのが良策。

〔解曰〕この籤は、喜びの後に悲しみが起きるから、不注意な行動はするなとのお告げだ。たいていは親しくなったり疎くなったり、心が合ったり離れたりする。危険な目に遭って、成功しないことになる。戦々恐々と恐れ慎めば、後悔しないですむだろう。

〔釈義〕「佳人」は美女のこと。ここでは一緒に仕事をする人のこと。急に仲良くなって打ち解けて、その後も色々あって、愛情が覆る。「人情冷暖」はこんなのが多くて、珍しいことではない。他人を軽く信用し、そのつど馬鹿にされ、後になってやっと気付くようなことがあってはならないのをわきまえよ。遠くに出かけ、危険を遍歴してこそ、旅の困難が理解できるのと同じだ。この籤が出たら警戒して、悔いを残すことのないようにせよ。

〔補足〕戦国時代の末期のこと。張耳も陳余も大梁（今の河南省開封）の人で、無二の親友だった。張耳が年上だったので、陳余は張耳を父のように尊敬して仕えた。だがその後次第に関係が悪化し、互いに敵となって戦いを繰り返した。漢の高祖の三年（紀元前二〇四）に、井径（今の河北省井径県）の戦いで張耳が陳余を破り、泜水《ちすい》のほとりで斬り殺した。（『史記』巻八十九張耳陳余列伝、『漢書』巻三十二張耳陳余列伝）

第十五籤　乙戊　中平

〔籤題〕王羲之が腹ばいになって物を食い、婿に選ばれた（王羲之坦腹）

〔籤詩〕**両家は格が釣り合うも、縁がなければ無理するな。**
春風吹くころいい知らせ、楽を奏でて結ばれる。

（両家門戸各相当、不是姻縁莫較量。直待春風好消息、却調琴瑟向蘭房。）

〔聖意〕結婚はまとまらない、訴訟は決着しない。功名利益は遅い、手紙は来ない。懐妊は難産、口喧嘩を防げ。親友でなければ、言葉は慎重に。

〔東坡解〕心が通わぬ間なら、その時が来るまで待て。心配事を防ぐには、時を誤ることなかれ。来年になり春来たら、万事みなうまくいく。もしもみだりに動いたら、無駄に心を苦しめる。

〔碧仙註〕両家が釣り合わないと、万事うまくいかない。
家格を考慮しても、なお行き違いが起きる。

〔解曰〕この籤は、今の企図が、よくないとのお告げである。一見機縁があるようだが、結局は失敗する。すぐ変更すれば、自然によくなる。春にはきっといい知らせがある。婚姻は前世の定めで、自然にまとまる。ひたすら時を待ち、妄動するな。時さえ来れば、叶えられる。

〔釈義〕「各相当」は家格が釣り合うこと。「不是姻縁」は無理をしても無益だということ。「莫較量」はこの籤が出たら、未練を抱くな。「好消息」は別にいい知らせがあること。「直待」は春になったら霊験があり、このとき「琴瑟《きんしつ》」調和し、いい結婚が実現すること。「蘭房」は婦人の居室。ここで結婚が成立し、理想的な結婚が完成するということ。万事に慎重であれば、おのずと良縁を授かる。

〔補足〕晋の宰相郄鑒《げきかん》が、娘の婿を選ぼうとして、大臣の王導の家に使者を派遣した。王導の家では、子弟や門人たちはみな我こそはと気取っていたが、一人だけベッドで腹ばいになって、平然と物を食っていた。使者が戻って報告すると、郄鑒はこの男を選んだ。これは王導のいとこで、後に書の大家として知られる王羲之であった。（『晋書』巻八十五王羲之列伝）

第十六籤　乙己　下下

〔籤題〕田氏三兄弟の紫荊樹（すおう）が生き返った（田氏紫荊再栄）

〔籤詩〕**訴訟はだらだら決着しない、止めてしばらく帰農せよ。**
　　人の煽動信用するな、兄弟だけが頼りだぞ。

（官事悠悠難弁明、不如息了且帰耕。旁人煽惑君休信、此事当謀親弟兄。）

〔聖意〕訴訟は決着しない、和解が大事だ。功名はない、旅人は帰る。婚姻はまだまとまらない、病気には祟りがある。財貨は貪るな、利は得られない。

〔東坡解〕訴訟は決着しないから、とりあえず和解がよい。人の煽動は、不意の災難だ。軽信するな、自殺行為だ。兄弟に相談せよ、他人では何も出来ぬ。

〔碧仙註〕世に埋もれて出世できぬ、時運のせいだ天を恨むな。

　　貴人が救いの手を伸べて、百年先まで道が開ける。

〔解曰〕この籤は、訴訟は不利で、和解がよいというお告げ。万事にも宙ぶらりんで決着せず、心配続きで不安定。何事も中止がよい。他人に勧められても、信用するな。親密な人にだけ相談せよ。身内の間柄なら心配はないだろう。ただ身内でも、仲の悪い人は警戒せよ。

〔釈義〕「悠悠難弁」は是非がまだ決着しないこと。「帰耕」（帰郷して農耕に従事する）を勧めるのは、攻めに出るのが無益だの意。「煽惑休信」は自主的に判断せよとの意。「当謀弟兄」は、身内に背いて他人に親しくするなとの戒めである。

この籤が出たら、機を見て悟り、迷いを断ち切れ。身内と仲良くしたら、自然に利益がある。これをよく心得よ。

〔補足〕田真ら三兄弟は、家産を分けて分家することになり、紫荊樹も伐り倒し三分割することにした。すると翌日には木が枯れていた。これは木が三分割されることを悲しんだからだと気付いた兄弟たちは、分家の計画を中止した。すると木は

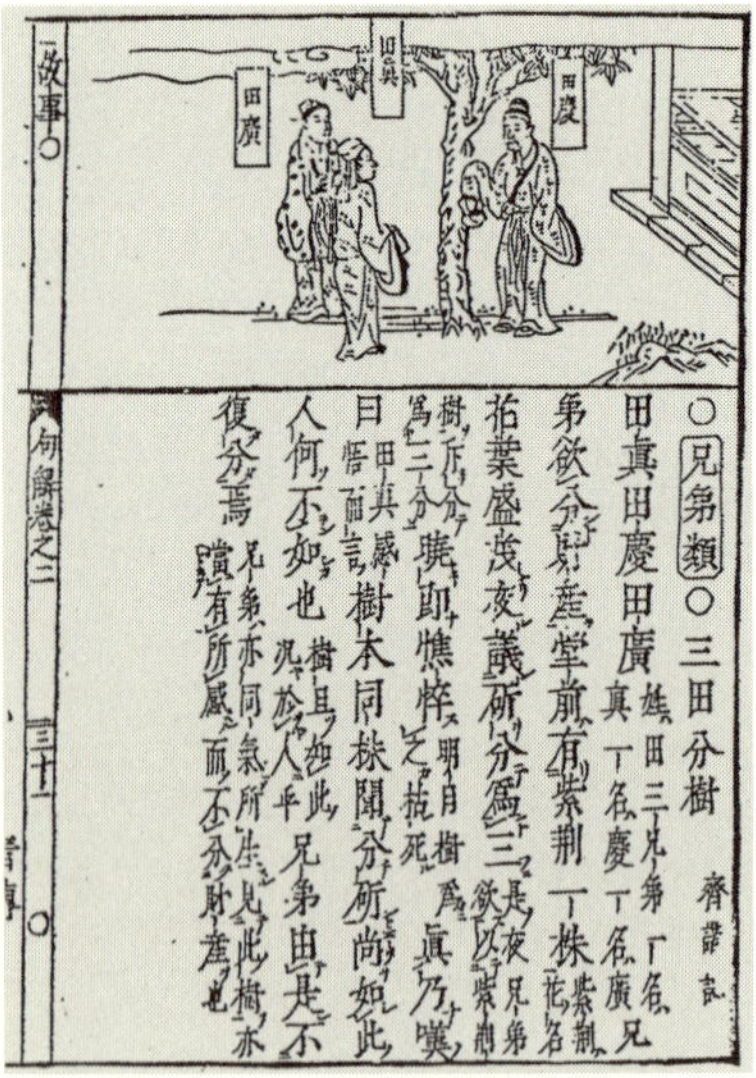

〔図13〕

再び元気を取り戻し繁茂した（梁・呉均『続斉諧記』）。〔図13〕は『君臣故事』（汲古書院刊『和刻本類書集成』３）巻二兄弟類所収。

第十七籤　乙庚　下下

〔籤題〕虞《ぐ》と芮《ぜい》が土地争いを恥じた（虞芮争閒田）

〔籤詩〕**田畑の価格はよく話し合え、訴訟になったら共に傷つく。**
策略使って訴訟に勝っても、きっと子孫に災い残す。
（田園価貫好商量、事到公庭彼此傷。縦使機関図得勝、定為後世子孫殃。）

〔聖意〕道理に背けば、訴訟で傷つく。功名は得られず、財貨は並。旅人は難渋する*、病気にはお祓いがよい。身を謹んで、平安を保て。

*この句は底本以外の諸本によった。

〔東坡解〕何事も分に従えば、自然に先が開ける。詐術を使うと、逆にわが身を損なう。交易に当たっては、人情に従え。道に背けば、安寧を保てぬ。

〔碧仙註〕心田《こころ》の二字が公平ならば、財産・商売侵害されぬ。
万事ひたすら一歩退き、わが身守って安寧はかれ。

〔解曰〕この籤は分に基づき平等であれというお告げ。何事もよく話し合いして、訴訟に持込むな。訴訟になったら凶である。財力で買収したり情実で頼み込んだりしたら、一時的に勝っても、良心を欺き道理を損ない、子孫に報いを残す。この籤が出たら気を付けよ。

〔釈義〕「価貫」「商量」は、残酷にいじめるなとの戒め。残酷になれば必ず訴訟になる。「公庭」では浪費を伴うから、「彼此」（互いに）等しく不利になり、何の利益もない。「機関」「得勝」「子孫受殃《マヽ》」は、狡猾だと多くの鬼神の怒りを買い、必ず悪報を受ける。子孫のことも考えないで、貪欲謀略に努めてよかろうか。

〔補足〕周時代のこと。虞《ぐ》国（今の山西省平陸県にあった）と芮《ぜい》国（陝西省大茘《れい》県にあった）が、土地の所有権を争って決着がつけられなかった。賢人として名高い西伯（周の文王）に決めてもらおうと、虞と芮の王が周国を訪れると、農民は道を譲り合い、国民は年長者を大事にしていた。虞と芮の両王は深く心に恥じて、西伯訪問を中止し、係争中の土地は緩衝地帯とすることで合意した。（『史記』巻四周本紀）

籤詩の「田畑の価格」とは農地の売買価格のことを指している。

第十八籤　乙辛　中平

〔籤題〕王祐が槐を三本植えた（王祐植三槐）

〔籤詩〕**君の期待は幻影で、茫々として果てしない。**

しっかり足を踏みしめよ、善因善果は永久《とわ》に違わず。

（知君指擬是空華、底事茫茫未有涯。牢把脚根踏実地、善為善応永無差。）

〔聖意〕功名と利益は困難だが、最後に得られる。病気は神に祈れ、訴訟は問うな。旅人は遅い、事業は難航する。しばらく善行に努め、神仏の助けを祈れ。

〔東坡解〕事業は成らず、期待しても無駄。しばらくは緩やかに進めよ、急ぐと身を損う。一層善行に努め、神に安全を求めよ。災いが転じて福となり、＊多難を免れる。

〔碧仙註〕本分守れば万事順調、妄想いだけば災い起きる。財源は得られず努力も徒労、善行積めば運が開ける。

＊B・C・D本による。

〔解曰〕この籤は、貪欲に求めて実を失うな。幻影を求め続けても無意味だ。着実に歩みを続けよ。心に善を存し、外に善事を行え。やがて善報がある。無益な欲求とは大違いだ、との教え。

〔釈義〕「空華」は、〝鏡の中の花と水の中の月〟のことで、実体がない意。目には見えるが、さわれない。「未有涯」は妄想が限りないこと。「脚《(ママ)》踏実地」は、妄想を捨てて真実に就

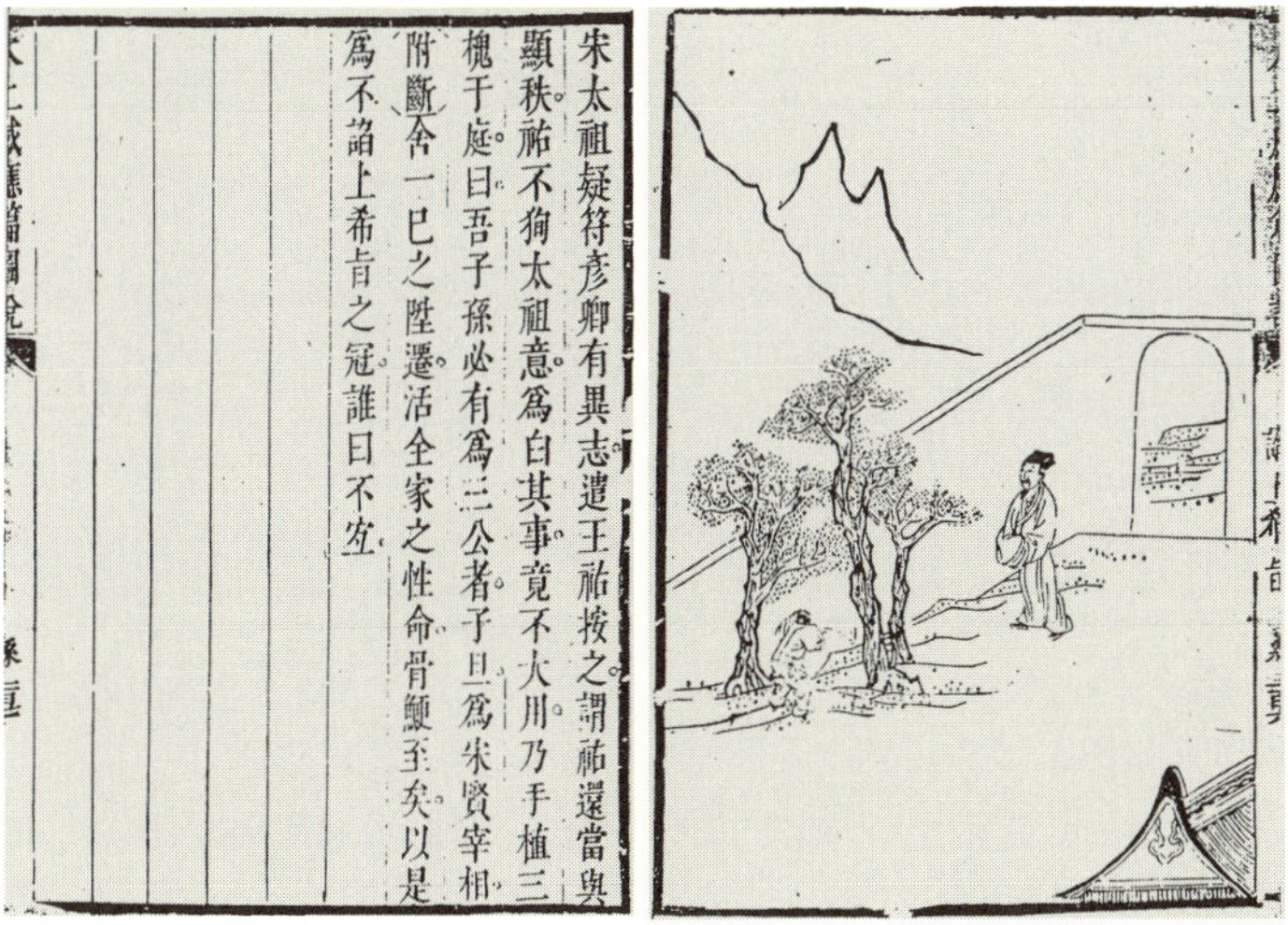
宋太祖疑符彥卿有異志遣王祐按之謂祐還當與
顯秩祐不狥太祖意爲白其事竟不大用乃手植三
槐于庭曰吾子孫必有爲三公者子旦爲宋賢宰相
附斷今一巳之陞遷活全家之性命骨鯁至矣以是
爲不諂上希旨之冠誰曰不宜

〔図 14〕

き、非を離れて是に就き、ひたすら緩やかに歩めば、為すことみな善となり、自然に善報が得られるであろう。「善報永無差《ママ》」は感応の確実なこと。その結果、功名が得られ、財源が意のままになり、子孫が吉を得ることなど、みな確かなものになる。この籤が出たら、凶が消え吉が集まるから、急ぎ反省修養せよ。

〔補足〕宋の太祖・太宗に仕えた王祐には男子が三人あった。あるとき庭に槐《えんじゅ》の木を三本植えて、〝我が家から高官が生まれるぞ〟と予言した。三槐は最高位の三種の官位のことである。果たして後に、次男の旦が宰相になった。（『宋書』巻二八二王旦列伝）〔図14〕

第十九籤　乙壬　上吉

〔籤題〕裴《はい》航が仙女の雲英と結婚して仙人になった（裴航遇仙）

〔籤詩〕**不遇の時が続いたが、今年はとても運がいい。**
営業活動意のままで、婚姻整い貴児も授かる。
（嗟子従来未得時、今年星運頗相宜。営求動作都如意、和合婚姻誕貴児。）

〔聖意〕仕事は吉、功名利益は得られる。婚姻はまとまる、訴訟には理が得られる。胎児は男子、旅人は帰る。病気は安心。万事みな吉。

〔東坡解〕長く不遇に苦しむも、これから運が開ける。仕事は成就する、功名利益もすぐだ。万事順調、売り買いするがよい。官僚ならば、前途遠大だ。

〔碧仙註〕時の善し悪し様々で、全て汝の行い次第。

財禄・功名みな叶えられ、婚姻・嗣子もみなよろし。

〔解曰〕この籤は、貴賤を問わずみな事業はまとまる。年運が開け、過去の渋滞は一気に解消する。万事みな成就するから、心配は無用とのお告げ。

〔釈義〕暮しを立てるのを「営」、願望を抱くのを「求」、その実現を図るのを「動」、そのために努力するのを「作」という。この籤が出たら、子のない者は子が得られ、無官の者は官が得られ、無財の者は財が得られ、婚姻にはよき配偶者が得られる。交遊には親友が得られる。万事に機縁が和合して、過去の閉塞状態が一気に開通する。不遇のときに、この籤が出たら、とりわけ霊験がある。

〔補足〕唐の裴航は科挙の試験に落第し、その帰途に藍橋駅（今の陝西省藍田県東南にあった）で、老婦人とその娘の雲英に出会い、雲英の美しさに惹かれて結ばれた。その後、雲英を伴って玉峰洞で修行して、共に仙人になった。（『太平広記』巻五十裴航）

第二十籤　乙癸　下下

〔籤題〕厳子陵が隠遁して釣りをした（厳子陵登釣台）

〔籤詩〕**心を語る友もない、難所*の君に教えよう。**
大勢すでに過ぎ去って、功名・富貴もはやない。
（一生心事向誰論、十八灘頭説与君。世事尽従流水去、功名富貴等浮雲。）

＊「難所」は、原文では「十八灘《たん》」に作り、江西省西南を流れる贛江《かんこう》にある十八箇所の浅瀬。舟航の難

所として有名。

〔聖意〕訴訟は凶、中止せばよし。功名も利益も軽い、病気には医師を選べ、旅人は遠方。縁談はもつれる、万事時運に従え。

〔東坡解〕決断できぬ時には、ゆっくり考えよ。時勢が吉でも、神仏に頼れ。一歩退き反省すれば、心配事がなくて済む。そのうえ福徳積んだなら、行くべき道が開かれる。

〔碧仙註〕小舟で難所に出会ったら、転覆せぬよう防ぎなさい。しっかり舵を取ったなら、凶事があっても安全だ。

〔解曰〕この籤は、心を通わす友がなく、孤立無援で、危険苦難が迫っている形象。この籤が出たら早く予防すべきだが、大勢はもう過ぎ去って挽回は困難だ。今はただ流水浮雲の無常を達観し排除するだけでなく、利益功名の束縛を断ち切り、恋々として新たなトラブルを起こすことのないようにせよ。この籤が出たら、人は患難の中で磨き上げられるもの、やがて苦難の後に開運の日も来ることを忘れるな。

〔釈義〕「心事向誰論」（心の中を誰に相談しようか）とは、共に語る友がいないこと。「十八灘」は贛州にある川の浅瀬の名で、「惶恐灘」ともいう。この籤が出たら前途に危険が多く待ち構えていること。「流水去」は、過ぎ去ったものは引き戻せないこと。「等浮雲」（浮き雲と同じ）は今では無に帰したこと。それでもなお功名富貴は恋うべきものか。「功名富貴」が無常（当てにならない）で、「流水」や「浮雲」に等しいのなら、誰と語り合ったらよいのか。（以下十九字難解、訳文は省略）

〔補足〕後漢の厳子陵は、若いころ光武帝と共に勉学をしたが、後に光武帝が帝位に就くと、子陵は名を変えて隠棲した。その才能を評価した光武帝が探し出して、三顧の礼で招き、諫議大夫という天子に忠告する要職を提供して就任を求めたが、子陵は応じることなく、立身出世を拒み、農耕と魚釣りで、八十年の生涯を終えた（『後漢書』巻八十三逸民列伝厳光）。〔図15〕は『君臣故事』（汲古書院刊『和刻本類書集成』3）巻三人事門所収によった。

第二十一籤　丙甲　下下

〔籤題〕須賈《すか》が范雎《はんしょ》に危害を加えた（須賈害范雎）

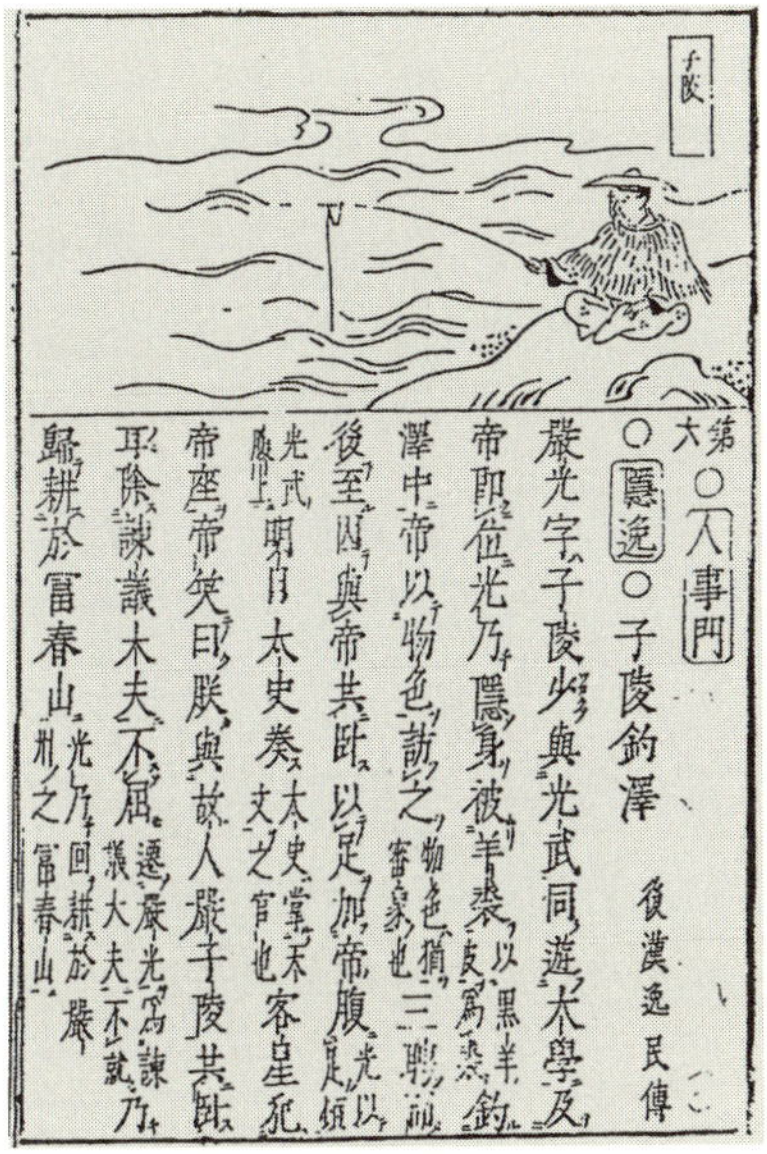

〔図 15〕

〔籤詩〕**むかし君との不和・仇が、いま復讐となって現れる。お経を沢山よく読んで、婦女の平安祈願せよ。**

（与君夙昔結成寃、今日相逢顕悪縁。好把経文多諷誦、祈求戸内保嬋娟。）

〔聖意〕事業は成らず、病気は祈れば治る。旅行はよくない、訴訟に理がある。仇には仇が返ってくる、神に和解を求めよ。欲張ったら、失敗する。

〔東坡解〕過去の不和・仇が、事業のときに復讐される。急ぎ積善するがよい。それでようやく安全だ。善行に努め、天を感動せしめよ。凶を変じて吉となすのは、福田*による。

＊「福田」は、善行という種をまいて、幸福のという収穫を得る田地の意で、積善・積徳のこと。仏教用語。

〔碧仙註〕過去の行為が損害招く、事の途中で危険に注意。
保管財貨の消散防げ、家族の悲傷がより恐い。

〔解曰〕この籤は、仇に付きまとわれることで、訴訟が最凶で、急激に財貨を減らすから、和解がよいというお告げ。貴人が引いたら、恭しく穏やかに暮らし、善事を多く行えば、凶悪な災難を免れる。庶民が引いたら、神仏に懺悔し、過を改め善に移れば、家族は平安である。事業では全て、心を入れ替え善に心がければ、凶も吉に変えることができる。仇とは和解し、恨みを解くがよい。聡明な人はよくわきまえよ。

〔釈義〕「夙昔結成冤」は、仲違いが今に始まったのではないが、出会ったとたんに悪縁が顕在化し、いまその報復が図られるということ。「経文諷誦」は、心を入れ替え善に心がけ、いい心を保ち、善事を行い、神仏を感動せしめ、加護を得て恨みを解くことを願えと教えたもの。「嬋娟《せんけん》」は月光のことで、婦女に喩える。神の助けを得れば、家中の婦女子の安全が保たれること。怨恨・憂患、病気・災難を免れるのに役立つ。切なる善願なら、心配はない。「嬋娟」は満月の意もあり、この日時に祈願するのもいいだろう。

〔補足〕戦国時代に、魏国の高官の須賈が、補佐官の范雎《はんしょ》を連れて斉国を訪れた。その時に斉王が范雎に取った態度に疑をもった須賈が、帰国すると宰相に悪意を持って伝えので、范雎は瀕死の虐待をうけたが、須賈はとりなさなかった。その後、范睢は名を張禄と改めて秦国の宰相に迎えられた。そのころ、魏は秦の侵攻を恐れて、対応のために須賈を派遣したが、それを察知した范睢は、真冬に乞食姿に変装して、須賈と再会した。須賈は范睢の生存に驚き、かつ乞食姿に同情して、絹の綿入れを贈った。その時、須賈が秦の宰相・張禄への紹介を相談すると、范睢は承諾した。だが、実現した面会の相手が張禄＝范睢だったと気付いたとき、須賈は死を覚悟した。そのとき張禄は言った。〝そなたが死なずにすむのは、真冬に絹の綿入れを恵んでくれる友情があったからだ〟と。（『史記』巻七十九范睢列伝）

この須賈の話は、『三国志演義』第二十七回の、関羽が身を寄せていた曹操の元を離れて、劉備の元に向かう旅（千里独行）に出る場面の冒頭に、毛宗崗の夾批として使われている。「須賈が絹の上着のおかげで死なずに済んだのだから、曹操もこの上着のおかげで、後日華容道で一命を留めることが出来るであろう」とある。

第二十二籤　丙乙　上吉

〔籤題〕李泌《りひつ》は七歳にして長い詩を作った（李泌七歳賦長歌）

〔籤詩〕**白蓮《びやくれん》が水澄む池に咲いたよう、姿形《すがたかたち》は天与の威厳。**
生まれついての非凡な骨格、これぞこの世の第一人者。
（碧玉池中開白蓮、荘厳色相自天然。生来骨格超凡俗、正是人間第一仙。）

〔聖意〕訴訟は必ず勝つ、功名は得やすい。病気はすぐ治る、財貨はすぐたまる。縁談はまとまる、貴子が生まれる。家は繁盛する。万事よし。

〔東坡解〕事業は確実、無理しなくてよい。商売更に良好で、ためらうことなかれ。この籤出たら、士人は出世。願望かなう、聖明の御代。

〔碧仙註〕商売良好ためらうな、士人は試験に上位で合格。
　婚姻まとまり貴子を授かる、願望かなう聖明の御代。

〔解曰〕この籤は、瀟洒脱俗の人格に対応するもので、願望は清廉高潔でこそ道が開ける。財利俗事はあまりよくないとのお告げ。功名は翰林院のような清廉な職が与えられる。懐妊はおそらく叶えられないだろう。病気は仙人の道を志す人なら吉だが、俗人なら辞世の凶（死ぬこと）もある。籤詩の語がみな空虚に連なっているからだ。

〔釈義〕「池開白蓮」はとりわけ清高妙麗な人のこと。だが、朝栄暮悴（早死に）で無常、いつまでも元気とはいかない。「骨格超凡」は生まれつき抜群の体質であること。「第一仙」は仙人の身分に連なること。功名を志す人は、この籤が出たら清廉重要な職に登用される。あるいは漢の張良や唐の李泌のような一流の人物になること。普通の俗人はこの籤が出たら無意味で実益がない。出世の詳細や修行の結果は、確実にして疑いない。上々大吉である。

〔補足〕唐の李泌は幼時より天与の才があり、七歳のころから詩文に巧みだった。後に科挙の試験に合格して、玄宗・粛宗・代宗・徳宗に仕え、位は宰相に至った。（『旧唐書』巻一三〇李泌列伝、『新唐書』巻一三九李泌列伝）。清代の幼児のための文字教育のテキスト『三字経』に、「泌七歳、能賦棊」（李泌は七歳で、詩を作り碁が打てた）とある。

〔図16〕は『君臣故事』（汲古書院刊『和刻本類書集成』3）巻二の人倫門「七歳観墓《ママ》」によった。

第二十三籤　丙丙　下下

〔籤題〕殷浩《いんこう》が虚空に字を書く（殷浩書空）

〔籤詩〕**花咲き花散る春風の中、富貴貧賤こもごもの人生。**
君の栄華は今いずこ、ついに万事が空となる。
（花開花謝在春風、貴賤窮通百歳中。羨子栄華今已矣、到頭万事総成空。）

〔聖意〕功名と利益は、うわべだけ。訴訟は勝てない、病気は悪化の一途。縁談はまとまらない、旅人は遅い。事業は成らず、ただ嘆くのみ。

〔東坡解〕事業の種類はいろいろあって、成功もあり失敗もある。始め満足でも、後で害となる。吉の中に凶が潜んでいたり、否（閉塞）の中から泰（安泰）が生まれたりする。貯蓄をしておかないと、後で不安が大になる。

〔碧仙註〕この籤は不運のお告げで*、花

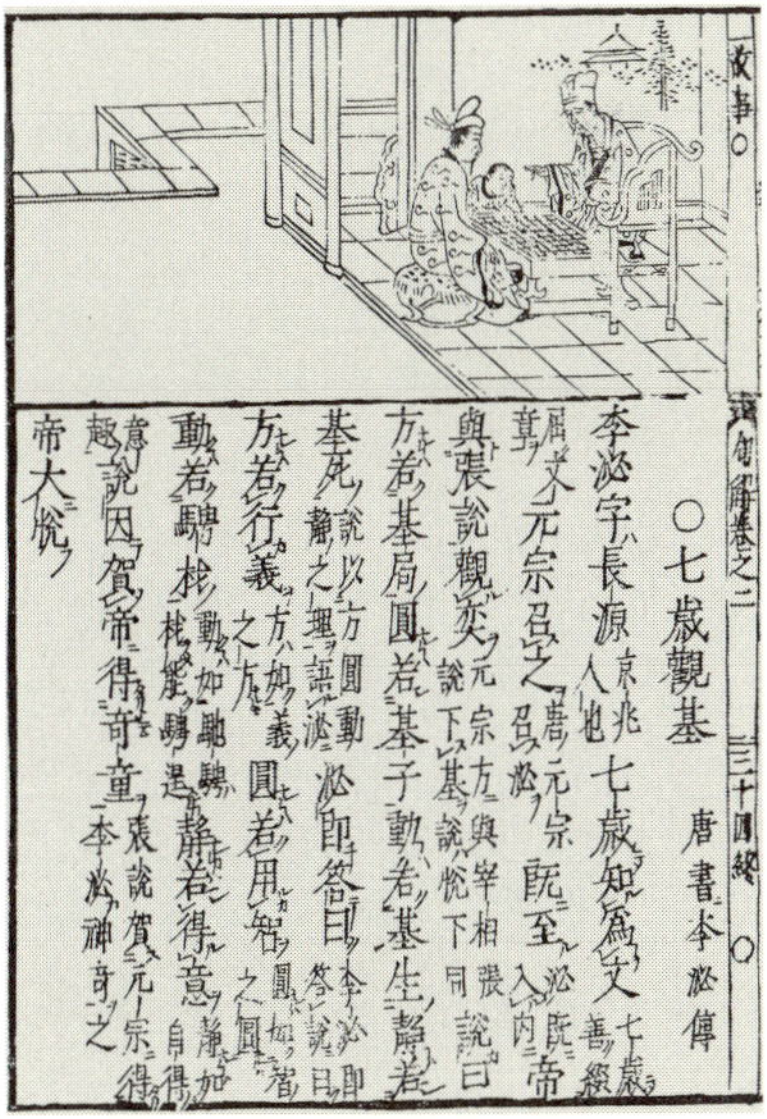

〔図16〕

　が嵐に遭うごとく、
　栄華はすべて剝げ落ちて、病気も訴訟もみな凶だ。
　＊この句はB・C・D・E本の「此籤大不中」によった。

〔解曰〕この籤は、前運は吉凶常なく、富貴も貧賤もなめ尽くし、後運は大不吉で、百花がすでに満開を過ぎ、これから散り始め、二度と栄華の望がなく、万事が全て空となるから、全面撤退するがよい。無理にがんばっても、徒労に終わり、実ることがない。

〔釈義〕「花開花謝」は盛衰が無常なこと。運勢もこれに似て、すぐに栄枯が変転すること。「栄華已過《ママ》」「万事成空」なのだから、いまさら何が期待できようか。事業はみな不吉、訴訟は止めるがよい、病気は老衰を防げ、財貨は長持ちしない、福縁は終わりかけている、婚姻はまとまらない。

〔補足〕晋の殷浩は中軍将軍（南北朝時代の武官）に任命されたが、姚襄の反乱で敗れて罷免され、庶人に降された。帰宅後は平然と暮らしていたが、一日中ゆびで虚空に「咄咄たる怪事」（何たる事か、怪事の極み）と書き続けていた。その後、尚書令（六朝時代には事実上の宰相）に発令されたが、返信するときに誤って返書の入っていない状箱を送ってしまい、せっかくの好機を失った。（『晋書』巻七十七殷浩列伝）

　この話は、『三国志演義』第五十九回に、曹操が西涼の馬超を攻めたとき、馬超と韓遂の離間を謀り、韓遂宛てに下書き風の奇妙な手紙を送って、馬超の疑念を醸成する場面があり、その毛宗崗の夾批に、「殷浩は空函、曹操は草稿。どちらも咄咄たる怪事だ」とある。

この籤は不運の抽籤者に救いの手を差し伸べることをしていない。こんな突き放した籤は希である。『聖母霊籤』（酒井忠夫等編『中国の霊籤・薬籤集成』第五十頁所収）第二十三籤はよく似た内容で、籤詩は「得失（成功と失敗）ともに時があり、事業は春が冬期にまさる。人の貴賤は前世の定め、最後に万事空となる」（得失相兼各有時、事業春間勝冬期。百年貴賤分已定、到了終□（頭）総是虚。）とあり、その「東坡解」では「事業はすべて失敗で、欲張り過ぎが災いのもと。身を慎むを上となし、神に祈れば半ば平穏」とあって、自己修養に努め、神仏に祈れば加護が得られると、救いの手を差し伸べている。

ただ、B・C・D・E本の釈義（A本では百籤すべてに釈義の項目が設けられていない）では、いささか底本と解釈を異にする。B本では次のようにいう。

富貴窮通は循環し、得失（幸不幸）は花の無常に似ている。籤詩で「栄華今已矣」というのは、何事も〝泰必復否〟〝否必復泰〟で、物事は極限まで進むと変化が起きる、という意味である。ただこの籤を抽いたとしても、泰によって否に移されたり、否によって苦しめられたりするということではない。言っていることは、「人定亦能勝天」（人の意志が定まれば、天の力にも勝つ）ということである。病気は老人が要注意。路上では財貨に要注意。結婚では離別に要注意。胎児は女。

この解釈によれば、栄華の時が去り、全てが失われて、いま最低のどん底でも、その後にはすでに復活が待ち受けているから絶望するな、いうことになる。易の循環思想に他ならない。おみくじの解釈は多様で厄介だ。

第二十四籤　丙丁　中吉

〔籤題〕子貢が四頭立ての馬車で活躍した（端木結駟連騎）

〔籤詩〕**春は万事に心配続くが、夏の努力で次第に好転、秋に実って冬至すぎれば、大金帯びて鶴に乗るよう。**

（一春万事苦憂煎、夏裏営求始帖然。更遇秋成冬至後、恰如騎鶴与腰纏。）

〔聖意〕功名と利益あり、焦ることなかれ。訴訟は解ける、婚姻はよい。旅人は遠い、病気は回復が遅い。富と出世は、自然に訪れる。

〔東坡解〕春にした事業は、うまくいかない。夏秋冬に、先が見えてくる。さらに商売よくなって、福と禄とが充ち満ちる。事業は意のまま、時が来たならすぐにやれ。

〔碧仙註〕船が難所にかかっても、危険が過ぎれば安全だ。心労・勤苦を経た後に、金運・財運訪れる。

〔解曰〕これは、先難後易（苦労の後によくなる）の籤である。官吏が引いたら、特別昇進の喜びがある。士人（科挙受験者）が引いたら、功名利益が晩成する。すべての事業の収穫は今後にある。早い結果は今年の冬までに、晩い結果は晩年だ。目先の心配事で、志を失ってはならぬ。

〔釈義〕昔のことだが、富がほしい者と、役人になりたい者と、仙人になりたい者と、大金を帯びて鶴に乗り揚州（今の江蘇省揚州）へ行きたいと言う者がいた。* そのころ揚州は官僚の理想の任地だった。富貴仙を兼ねたいと言ったのは、欲望を一身に兼ねたいという意味だ。この籤を引いたら功名と利益が共に得られて、栄華が意のままだ。ただ籤の霊験が現れるのは、収穫・結実の時期だから、しばらくの間は苦労・努力に耐えよ。くれぐれも志を固くして、長く変えることなくしてこそ、叶えられるのだ。運勢は春には不利で、夏にややよくなり、秋冬には共によくなる。

＊この話は、古くは南朝梁の殷芸《いんうん》の『小説』（『殷芸小説』ともいう）巻七に見えるものだが、明清時代の詩文にもよく使われた成語である。『関帝霊籤』第四十八籤の碧仙註にも出てくる。

〔補足〕端木《たんぼく》は孔子の弟子で、端木が姓、名が賜《し》、字《あざな》が子貢。弁舌と外交に巧みであった。『史記』巻一二九貨殖列伝によれば、資産が豊かで、四頭立ての馬車を乗り回して諸国を巡り、国王たちに多大な贈り物をして対等の礼で待遇された。魯国と衛国では宰相に任用され、多くの財産を築いて退職したと記される。

第二十五籤　丙戊　中平

〔籤題〕李固言が「芙蓉鏡」の試験題目で科挙に合格した（芙蓉鏡下及第）

〔籤詩〕**寅午戊《とらうまいぬ》の年には支障が多く、亥子丑《いねうし》の月にはだんだんよくなる。卯《う》や酉《とり》の月日に出会ったら、枯れ木も春に花が咲く。**

（寅午戊年多阻滞、亥子丑月漸亨嘉。待逢玉兎金鶏会、枯木逢春自放花。）

〔聖意〕訴訟には心配が多いが、結局おさまる。功名と利益には巡り会える、婚姻は吉。懐妊の安全には、福徳を積め。旅人の帰宅は、まだ先になる。

〔東坡解〕春夏秋には、事業が進まぬ。冬まで待ったら、万事が順調。卯酉の月日に、事業をすれば吉、この時を待てば、枯れ木も花が咲く。

〔碧仙註〕事業は不調でまだ誇れぬが、枯れ木も春に花が咲く。

　失敗・離散ともに回復、運が訪れ雨露が輝く。

〔解曰〕これは、事業が進まず、冬季になって事業が発展するとの籤である。卯や酉の月日とは、その冬の翌年か、その先の年のこと。「枯れ木も花が咲く」とは、「先蹇《けん》後泰」（後でよくなる。蹇はなやむ、泰は安泰。共に『易経』卦の名。）の運勢のことで、秋冬に落葉した木に、春が来ると花咲き実がなるように、気象が一新し、大きな福が来ることをいう。

〔釈義〕「寅午戌年」というのは、その年の運勢を言ったもので、そのときには人事が遅滞して、攻めの姿勢はよくない。「亥子丑」の年に次第によくなり、「卯酉《マこ》」で大吉となる。そのときには、功名も利益も成就し、宰相・大臣になるのもたやすい。だから何事も、年月を見て運勢をよく調べ、亥子丑卯酉などに合うようすれば、希望が叶えられる。この籤は、君子が引いたら任官・昇進、小人が抽いたら恩赦が得られる。

〔補足〕李固言は晩唐の人で、科挙に落第して帰る途中に出会った老婆から、来年の試験には「芙蓉鏡の下」で合格し、その後大臣になるだろうと言われた。果たして翌年の試験にトップで合格し、二十年後には宰相に任命された。そのときの試験題目は「人鏡芙蓉」であった（唐・段成式『酉陽《ゆうよう》雑俎《ざつそ》』続集巻二）。「芙蓉鏡」とは芙蓉（蓮の花）の飾りのある銅製の手鏡。

　李固言は三度宰相の位に就いたが、それは大和九年（八三九年、乙卯）、会昌元年（八四一年、辛酉）、大中元年（八四七年、丁卯）で、卯年や酉年であった。（高友謙『天意解碼』下巻第二十五籤による。）

第二十六籤　丙己　中吉

〔籤題〕邵　堯《しょうぎょう》夫《ふ》が天に告げた（邵堯夫告天）

〔籤詩〕**数年来の豊作凶作みな定め、今年は日照りがやや多い。**
そなたのために三日のうちに、たっぷり雨を降らせてやろう。
（年来豊歉皆天数、祇是今年旱較多。与子定期三日内、田疇霑足雨滂沱。）

〔聖意〕功名と利益は、いま損をしても、時がきたら、元が取れる。訴訟は解決できる、病気は心配ない。縁談はすぐまとまる、旅人は帰る。

〔東坡解〕吉と凶とは天の定め、今は不運が続くけど、時さえ来れば、花が咲く。お祈りすればみな叶い、三日のうちに現れる。事業は成就し、いい事ぞくぞく。

〔碧仙註〕吉と凶とは天が定める、しばらく運のくる時を待て。
お祈りしたら三日のうちに、事業にいい事多く集まる。

〔解曰〕この籤は、事業が「先損後遂」（後でよくなる）のお告げである。病気は星回りがまだよくないが、三日後に庚《かのえ》の日がきたら、平癒が望める。『易経』で「庚の前三日、庚の後三日は吉」という。＊訴訟はすぐ解決する。利益は得られる。結婚はすぐまとまる。旅人は三日以内にきっと帰る。雨乞いをすれば三日以内にきっと降る。万事に吉。

＊『易経』下経の「巽《そん》」の卦に、「庚の日に先立つ三日、庚の日に遅れること三日。吉なり」。

〔釈義〕運不運・得と喪とは、みな天の定めで、人のなし得る事ではない。事業はすべて時勢に災いされて、まだ順調でない。「定期三日内」とは、すぐに生気（希望）が現れるということ。庚とは物事が変化することだが、庚の日の三日前が丁の日、三日後が癸の日で、この六日間に凶が吉に変わり、功名が遂げられ、利益が得られる。いっそう修養に努め、本分を守り、妄動せずに、生気の到るのを待て。おのずと干天に慈雨が降り、万物にわかに生き返る如くになるだろう。

〔補足〕北宋の邵雍は字を堯夫といい、易の学問に精通した大学者であったが、推薦されても、官に就くことはしなかった。『宋史』巻四二七に伝記があるが、「邵堯夫が天に告げた」ことについては、知ることが出来ない。

第二十七籤　丙庚　中平

〔籤題〕項仲山は馬に水を飲ませるたびに銭を投げ入れた（項仲山飲馬投銭）

〔籤詩〕**物にはすべて主がある。一粒一本勝手に取るな。**
　　天から生まれた英雄も、なす事はみな規則に従え。
（世間万物各有主、一粒一毫君莫取。英雄豪傑自天生、也須歩歩循規矩。）

〔聖意〕訴訟は起こすな、医師が病気を明らかにしてくれる。*功名と利益は、天命に従え。旅人は遅い、婚姻は決まらない。何事もみな、しばらくは分に安んじよ。

＊原文は底本のみ「医審病」に作り、A本は「病医審」、他は全て「病審医」に作る。訳文は仮のもの。

〔東坡解〕富貴には分があるから、無理に求めるな。無理をすると、必ず後で後悔する。今しばらくは旧習を守り、いっそう修養に努めよ。心と行が善良ならば、おのずと天の庇護がある。

〔碧仙註〕本分を守ってこそ幸運に出会い、弱者をいじめたら災難に遭う。

でためしたら我が身が危ない、道理を守れば福運が来る。

〔解曰〕この籤は、ひたすら分を守って、でたらめするな。分を越えて事業を図ると、災害を招くとのお告げである。強いものが弱いものをいじめたり、金持ちが貧乏人をいじめたりしてはならぬ。訴訟は和解がよい。功名も得られるし、財貨も次第に増える。旅人は難渋する。病気は徐々によくなる。結婚は急ぐな。何事も分をわきまえて時を待てば、かなえられる。

〔釈義〕功名利益は今は得られないが、しばらくして自然に成就する。「一毫《ごう》莫取」は、欲張ってやたらと物をほしがるなとの戒め。「須循規矩」は、事をなすには決まりに従い、勝手なことをして自滅を招くな、との教えだ。

〔補足〕漢の安陵（今の陝西省咸陽）の項仲山は清廉な人柄で、渭水（陝西省の中央部を東流して黄河に合流する川）で馬に水を飲ませる時には、いつも銭を三銭投入した（唐・欧陽詢《じゅん》『芸文類聚』巻九十三馬に引く趙岐『三輔決録』）。

籤詩の前半二句は、宋の蘇軾（一〇三六―一一〇一）「赤壁賦」の「且夫天地之間、物各有主。苟非吾之所有、雖一毫而莫取」（かつそれ天地の間、物おのおの主あり。いやしくも我が所有にあらざれば、一毫といえども取ることなかれ）に基づいている。明・無名氏の小説『輪廻醒世』巻十三「十銘延寿」にも「万物従来原有主」とある。

第二十八籤　丙辛　上吉

〔籤題〕司馬相如が橋に出世の誓いを記した（司馬題橋）

〔籤詩〕**生まれながらの貴人はいない、勤勉苦労の努力の結果だ。**
人の行いみな天が知る、才ある人は野に埋もれぬ。
（公侯将相本無種、好把勤労契上天。人事尽従天理見、才高豈得困林泉。）

〔聖意〕病気と訴訟は、久しくすれば解ける。功名と利益は、しばらく待て。紛失物は、探せば見つかる。しばらくは困窮するが、やがて安泰。

〔東坡解〕栄華と富貴は、勤勉苦労の賜もの。いま困っていても、後で必ずいい時が来る。怠けるなかれ、修養に努めよ。努力したなら、神が知る。

〔碧仙解〕ひたすら心が善良ならば、何をなしても心配いらぬ。
だが修養に努めずば、歓喜の中から嘆きが生まれる。

〔解曰〕この籤は吉祥で、万事に志を失うな。いっそう修身積善に努めよ、そうすれば自然に幸運があるとのお告げ。訴訟には時間がかかるが決着する。功名と利益はやや遅い。遺失物は見つかる。病気には積善と祈禱をせよ。旅人は遅いが、必ず帰る。

〔釈義〕功名富貴は、勤勉苦労で得られる。庶民や貴人の区別はない。世にいう「本無種」（生まれつきではない）ということだ。いま困窮していても、後で必ずいい時がくる。そのためには勤勉努力が必要だ。「人事巳《ママ》尽」（人事を尽くせ）ば、「天理」が応じてくれる。才能学問が優れていれば、長く「困林泉」（野に苦労する）ことはなく、間もなく出世する。万事に然りだ。まず我が身を振り返って反省してこそ可能になる。

〔補足〕漢の司馬相如は、成都の北にかかる昇仙橋を渡るとき、出世して四頭立の馬車に乗るまでは二度とこの橋を渡らない、と決意を書き記した。その後苦労の末に、漢の武帝に認められる大文学者になった（『史記』巻一一七司馬相如列伝）。〔図17〕は『君臣故事』（汲古書院刊『和刻本類書集成』3）巻二の臣事門「相如題柱」によった。

第二十九籤　丙壬　上吉

〔籤題〕王孝先が妾を返還し、身価の返済を求めなかった（王孝先還妾贈金）

〔籤詩〕**先祖が長く徳を積み、その幸せが今にも及ぶ。今後も修養続けたら、天の報いがあるだろう。**

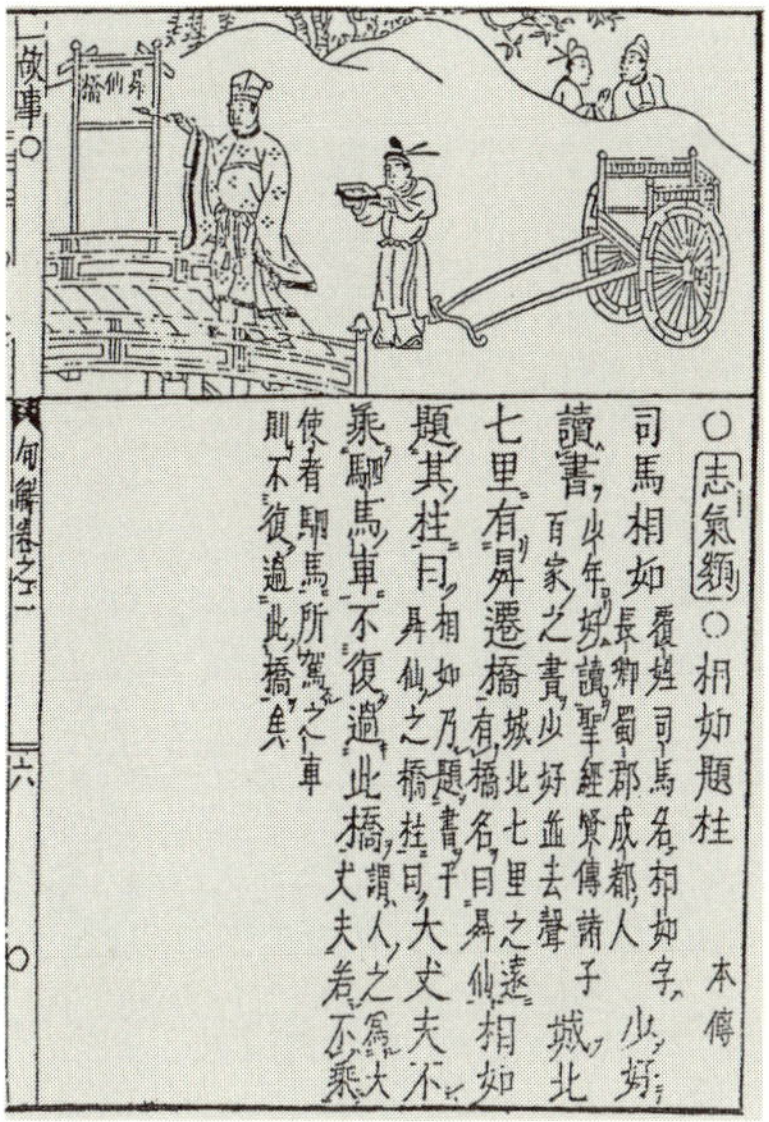

〔図17〕

（祖宗積徳幾多年、源遠流長慶自然。若更操修無倦已、天須還汝旧青氈。）

〔聖意〕天が善人に福を与える、貴子が生まれる。病人は平安、訴訟には道理が得られる。功名は遂げられる、重ね重ね利益がある。旅人は帰る、万事意のまま。

〔東坡解〕善悪の芽生えは、その人にある。善を積んだら安泰で、悪を積んだら災難だ。修養長く続けたら、天から福がやって来る。いつまでも栄華が、自然に続く。

〔碧仙註〕積善の家には、必ず余慶あり。子孫は多く、家は繁盛。よく修養に努めたら、福禄あって、前途は順調。

〔解曰〕この籤は、士人（科挙受験生）には大吉、官吏は昇任。庶民が引いたら繁盛だ。ただそれは修養積善あってこそ得られるもの。その淵源は遠くにあって、先祖の徳を変えてはならぬ。自分の心を損傷したら、その恩恵は得られない。

〔釈義〕万事が思いのままになるのは、先祖が徳を積んだお陰である。これからも一層道理に従って徳を多く積めば、天の報いがあることは明らか。「青氈《せいせん》」は、詩文書籍などの伝家の宝物。「還」は失った物が戻ること。塞がれた家運が、再び開ける兆候である。この籤が出たら、教えをよく守れ。

〔補足〕王孝先は北宋初期の人で名は曾、孝先は字。科挙の試験にトップで合格し、真宗・仁宗に仕えて宰相になった。その伝記は『宋史』巻三一〇に収められているが、「還妾贈金」の話は見出せない。明・鄒廸光《すうてきこう》『勧戒図説』などの善書には、王孝先の父は学問のない人だったが、字の書かれた紙を大切に扱った善行により、晩年に授かったのが王孝先であった、と言う話が広く収められている。王孝先に視点を置けば、父の字紙尊重という善行積徳のお陰で、その子が立身出世の幸せを得たということである。

『聖母元君霊応宝籤』（『道蔵』所収）第六十七籤にも、「ご先祖様に余慶が多く、神と仏が胎児を守る。敬い慎む心を保てば、必ず無事に嗣子を授かる。〔解曰〕善事を修め、祖先に報恩せよ。

旧願が叶えられ、トラブルが消える」とある。先祖の積善が子孫に幸運をもたらすというのは、『易経』上経の坤《こん》の卦に付載される文言伝の「積善の家には必ず余慶あり」に基づく善書の基本的な教えである。『関聖帝君覚世真経』に「近報はその身に、遠報は子孫に来る」という。その点でこの籤は、善書の教えの濃厚な例といえる。

第三十籤　丙癸　中吉

〔籤題〕柳毅が手紙を届けた（柳毅伝書）

〔籤詩〕**官吏になったら法に従い良心守れ、運が開けて吉と利がある。今まだ成果は期待をするな、秋にはきっと朗報がある。**

（奉公謹守莫欺心、自有亨通吉利臨。目下営求且休矣、秋期与子定佳音。）

〔聖意〕利益はあるが、道を踏み外すな。訴訟は和解がよい、病気に薬はいらぬ。功名は時を待て。結婚は約束されているから、良心を保ち、気を楽にして待て。

〔東坡解〕公平に身を処して、良心を欺くな。福禄あるが、もうしばらくは時を待て。攻めに出るなら、まだ始めるな。事業は全て、秋から始めよ。

〔碧仙註〕先難後易（後でよくなる）の定め良心欺くな。事業するのは秋がよい。
良心守れば福禄多い、しばらくは緩やかに時を待て。

〔解曰〕この籤は、今は賄賂を取らずに、ひたすら良心を守れという戒めである。官吏がこれを引いたら心配事がある。法を守ることが出来たら、おのずと朗報がある。士人がこの籤を引いたら、時を待てば飛躍の日が来る。庶民が引いたら、平安のお告げ。事業は全て先難後易（後でよくなる）だから、焦ってはならぬ。分に安んじ良心守れば、秋におのずと貴人に出会える。

〔釈義〕官吏がこの籤を引いたら、すぐもめ事が起きる。学者がこれを引いたら、困窮に直面している。官吏は仕事で法を守れ。学者は徳を積み良心を守れば、おのずと運の開ける日がくる。「秋期佳音」は、秋以降、七八九月中には朗報があるということ。

〔補足〕柳毅は唐の李朝威の小説『柳毅伝』の主人公。科挙の試験に落第して帰郷する途中、羊飼いの女性から手紙を託され、洞庭湖（湖南省北部にある大湖）の竜王に届けた。その女性は竜王の娘で、涇川（陝西省中央部にある渭水に注ぐ川）の竜王の次男に嫁いだが、虐待されて父に訴えたのだった。それを知った洞庭湖の竜王の弟で銭塘江（浙江省内を流れて杭州湾に注ぐ川）の竜王が、すぐにその次男を殺して女性を連れ戻した。その後、柳毅が結婚した相手は洞庭湖の竜王の娘だった。（『太平広記』巻四一九に引く『異聞記』柳毅）

第三十一籤　丁甲　中吉

〔籤題〕狄《てき》仁傑が白雲の下の父母を思う（狄仁傑望親）

〔籤詩〕**秋冬ころに仕事は並だが、春になったら家内繁盛。**
千里かなたの便りが届く、母堂の福寿は限りなし。
（秋冬作事只尋常、春到門庭漸吉昌。千里信音符遠望、萱堂快楽未渠央。）

〔聖意〕訴訟は次第に吉、[*1] 病気はだんだんよくなる、財貨はやっと達成される、功名[*2]は初めてとどろく。旅人は近い、婚姻はよい。暮らしは吉、福禄はよい。
＊1 A本によった。＊2 底本のみ「富」に作り、他本はみな「名」に作る。他本によった。
〔東坡解〕事業はみな、秋冬に並。春になったら運が向き、だんだんよくなる。遠くから便りが届き、商売は成功したと。暮らしは清吉、安寧なること確か。

〔碧仙註〕事業は万事やがて成功、春になったら運が開ける。

家内めでたく皆平安、財貨も次第に増えてくる。

〔解曰〕この籤は、秋冬は並だか、春になったら、諸事みな好転するとのお告げ。このとき遠方から、吉報が届く。白髪の母上もご健勝。分を守って時待てば、何もかにもみなお目出度い。

〔釈義〕この籤が出たら、秋冬には動くな、運勢は並だから。事業は全て来春を待て。そのときに吉報が来る。「門庭吉昌」は、事業が順調なこと。「萱堂《けんどう》」は母上の意。「快楽無央《(ママ)》」は、母上が福寿とも長久の意。

〔補足〕唐の狄仁傑は、幷州（今の山西省太原）へ赴任の途中、大行《たいこう》山脈（河南・河北・山西の三省にわたる山脈）を越えた。そのとき山頂から、河陽（今の河南省孟県）の方を眺めやると、白いちぎれ雲が浮かんでいた。従者に〝わが両親はあの雲の下に住んで居られる〟とつぶやいて、雲が見えなくなるまで立ち尽くしていた。（『旧唐書』巻八十九狄仁傑伝、『新唐書』巻一一五狄仁傑伝）

第三十二籤　丁乙　下下

〔籤題〕盧杞《ろき》が異界で食言した（盧杞陰司口舌）

〔籤詩〕**心労が長く続いて決着しない、病気の上に争い起きる。**

事業はついに夢なれば、心を傷めることなかれ。

（労心汨汨竟何帰、疾病兼多是与非。事到頭来渾似夢、如何休要用心機。）

〔聖意〕訴訟は凶、功名は得られず。病人は危険、財貨は空となる。結婚はまとまらない、争いが続出する。旅人は難渋する、事業は完成しない。

〔東坡解〕事業は成らず、徒労に終わる。争い起こり、災難到る。しばらく身を退き、山林に避けよ。その所在地で、友に出会える。

〔碧仙註〕事業には失敗多く、徒労で心をすり減らす。

結婚・利殖を求めたら、争い事が続出する。

〔解曰〕この籤は、事業はみな不如意で、争いが起きるとのお告げ。一時的に成功しても、後でかならず失敗して、無駄に心を労すだけ。ひたすら分に安んじて、妄動することなかれ。

〔釈義〕この籤が出たら、徒労で無効だということである。病気を防いだ後に、争いが続出する。日ごろ悪知恵を働かせ、人に損をさせて自分だけ得しようとし、危ない橋を渡って儲けようとしたから、この心労の報いを受けるのだ。急いで懺悔して、良心を抱いて善事を行う事を誓うがよい。天意を挽回してこそ、運勢の転機を得ることが出来る。いつまでもずる賢く立ち回っていたら、事業は夢幻と消え、目覚めて空しく嘆くだけで、成果は得られない。

〔補足〕盧杞は天上世界の神女から、天上世界の仙人になりたいか、地上の仙人になりたいか、地上の宰相になりたいか、と尋ねられて、天上世界の仙人を選んで、神女の夫になることを許された。

だがその後、上帝の使者による意志確認のときに、地上の宰相になりたいと回答したために、地上に送り返された。（『太平広記』巻六十四太陰夫人。―この出典は、グーグル「籤詩網・雷雨師一百籤」の指摘によった。）

第三十三籤　丁丙　中吉

〔籤題〕荘子《そうじ》が道を求めた（荘子慕道）

〔籤詩〕**東西南北四方を問わず、争い事には関わるな。**
富貴貧賤身分を問わず、『黄庭経』をよく読むがよい。
（不分南北与西東、眼底昏昏耳似聾。熟読黄庭経一巻、不論貴賤与窮通。）

〔聖意〕訴訟では争うな、病気は治りにくい。功名利益は、貪るな。旅人は、手紙さえ難渋。修養積善したら、神の助けがある。

〔東坡解〕吉凶禍福は、因果応報の道理がある。ご祈禱したら、反応は確かだ。貴賤の別なく、修養に努めよ。決まり通りに対応すれば*、おのずと福が続々到る。

*この句はB・C・D・E本の「定則可応」に従ったが、訳文には自信がない。

〔碧仙註〕もめごとに口出しするな、もめてもかまうな。
見ても見ぬ振り*、聞いても聞かぬ振りをせよ。

〔解曰〕この籤は、妄動せずに、本分を守り禍を避けよとのお告げ。福をなし善を修めれば、おのずと神の助けがあって、失意が得意となり、絶望が有望となる。欲張ってがむしゃらに進むと、無益なだけでなく、不測の事態が起きる。この籤が出たら気を付けよ。

＊「妄動」はB本・D本によった。

〔釈義〕「東西南北《（ママ）》」は四方のこと。「眼昏耳聾」は、争いごとを招くなという戒め。身辺の小事はみな回避したら吉、の意味である。『黄庭経』は修道の書。これを読んだら、心が安らぎ、貴賤貧富に束縛されず安静の楽しみが得られる。万事に退いて守れ、動けば災難に遭う。

〔補足〕荘子は戦国時代の楚の国の蒙（今の河南省商邱県）の人。周の国の漆園《うるしばたけ》の下役人をしていたとき、国王から招聘されたが、高位や高給を辞退して赴かず、束縛のない自由な生き方を求めた（『史記』巻六十三老子韓非列伝）。『黄庭経』は道教の経典。

第三十四籤　丁丁　中吉

〔籤題〕蕭何が韓信を追って連れ戻した（蕭何追韓信）

〔籤詩〕**春夏過ぎたらもう秋と冬、いろいろ事業で苦労した。**

貴人が手を垂れ助けてくれるが、私心と私情を濃くするな。

（春夏纔過秋又冬、紛紛謀慮攪心胸。貴人垂手来相接、休把私心情意濃。）

〔聖意〕訴訟は心配がなくなる、病気はだんだんよくなる。財禄に恵まれる、大事業は避けよ。旅人には動きがある、結婚は求めるな。口喧嘩を防げば、悩みは免れる。

〔東坡解〕今年の事業は、駄目だった。貴人に会えたら、助けてくれるのに。次第に運が開けて、余計な口出しまぬがれる。身内のごますり・おだてを信じるな。

〔碧仙註〕訴訟は不安が解けて病気はよくなる、財貨は減っても妄りに求めるな。
　旅人に動きがあるが結婚は困難、うるさい口喧嘩は防ぎなさい。

〔解曰〕この籤は、事業が難航し、心身の徒労を招くが、貴人に近づけるから、心服を寄せよ。悪言や奸計にひっかかるな。私心や憶測、優柔不断だと、好機を逸する、とのお告げだ。

〔釈義〕「春夏秋冬《ママ》」は一年間のこと。「謀慮紛紛《ママ》」は、日を費やしても達成できなかったこと。「貴人相接」は好機到来の意。「私意情濃《ママ》」は、個人的欲望が抑えられず、虚偽を信用すること。此の籤が出たら、くれぐれも気を付けよ。そうすれば、貴人のお陰で、事業が成功するとのお告げ。

〔補足〕項羽と劉邦の戦いのとき、韓信は項羽の下にいたが、進言が用いられなかったために、劉邦の元へ走った。韓信を高く評価した蕭何が、劉邦に厚遇を勧めたが、受入れられなかった。韓信が劉邦の元を離れると、蕭何がその後を追って連れ戻し、劉邦を説き伏せて、大将軍として迎えさせた。（『史記』巻九十二淮陰侯列伝、『漢書』巻三十四韓信列伝）

第三十五籤　丁戊　下下

〔籤題〕王昭君が和平のために匈奴に嫁がされた（王昭君和番）

〔籤詩〕**風水秀でた墓があり、家族円満幸せな日々。**
しかし突然一家が離散、独りぼっちで灯火と向き合う。
（一山如画対清江、門裏団円事事双。誰料半途分折去、空幃無語対銀缸。）

〔聖意〕訴訟は凶に終わる、防衛に努めよ。病人は危険、死者が続く。旅人は難渋する。財産が損傷する。結婚はまとまらない、処世を慎重にせよ。

〔東坡解〕墓相は吉だが、運が開けない。家では禍を招き、幸せも空となる。夫婦は離別し、家族は離散する。万事不調で、終わりを全うできない。

〔碧仙註〕基礎が堅いと勝手に思うな、無駄な努力だったと後で知る。

　どんなに奇抜な計画も、途中の風波に気をつけよ。

〔解曰〕この籤は、先吉後凶（後で悪くなる）で、終わりを全う出来ないということ。盗賊の侵入、死亡の恐れ、夫婦離別の憂慮、親友との不和などの災難を防げ。家業は失敗し、一家は落ちぶれ、大凶の恐れがある。急いで陰徳を施して運勢の挽回を図れ。そうすれば凶を変じて吉となすことができようぞ。

〔釈義〕「一山如画」は墓の風水がすこぶるいいこと。「門裏団円」は今は家族も安泰なこと。だが浮雲の如くに定めなく、吉凶は常なく、にわかに家庭崩壊の悲しみが起きる。「空幃」は独りぼっちのこと。さびしさに堪えきれないの意味である。何事も喜びの中に悲しみが潜み、吉の中に凶が隠れている。これをわきまえて、早めに災難を予防すれば、被害は半減できるだろうとのお告げ。

〔補足〕籤題の「和番」は「和蕃」に同じ。王昭君は漢の元帝の宮女だった。漢を訪れた匈奴の国王の呼韓邪に、親和策のため嫁がされることになった。その直前に王昭君の美貌に気付いた元帝が引き留めようとしたが、時すでに遅かった。呼韓邪に嫁した後に一子をもうけたが、間もなく呼韓邪が死ぬと、次の国王の妻となり、新たに二子をもうけて彼の地で没した。（『漢書』巻九十四匈

奴列伝、『後漢書』巻八十九南匈奴列伝）

第三十六籤　丁己　上吉

〔籤題〕謝安石が東山に隠棲した（謝安石東山高臥）

〔籤詩〕**功名富貴は自分で築ける、速い遅いは気にするな。**
大きな出世はそなたにもある、呉山の廟でよく占え。
（功名富貴自能為、遇著先鞭莫問伊。万里鵬程君有分、呉山頂上好鑽亀。）

〔聖意〕功名と利益は、晩成する。訴訟には理が得られる、病気はだんだんよくなる。遠くの旅人は、難渋する。結婚はまとまる、出産は間近。

〔東坡解〕富貴は前定、遅い速いは運命だ。才能懐いて時を待ち、遅いからとて恨むでない。大きな事業も、時さえくればすぐに成る。天の果てでも、たどり着けるぞ。

〔碧仙註〕栄華に分あり、まだその時でない。
人の出世が速くても、自分が遅いと恨むでない。

〔解曰〕この籤の趣旨は、功をあせるな、急いだら成功しないということ。功名富貴には遅速があるから、時機を待てば吉。大事業の福分があるから、達成できる。功名も利益も必ず遂げられる。道は平坦で、すぐに得意満面の日がくる。

〔釈義〕「功名富貴」は、自分の力で築くものだ。人が速く出世しても、羨むことはない。そなたに「鵬程」の福分があって、科挙の合格は疑いなく、ただ少し遅いだけ。「呉山」とは杭州にある山の名で、「鑽亀《さんき》」は占いをすること。任地はといえば、浙江だろう。万事意のままだが、先難後易（後でよくなる）で、晩年に栄華がある。

〔補足〕「功名富貴は自分の力で築くもの」とは、『太上感応篇』や『関聖帝君覚世真経』などの善書の基本的な教えで、運命は積善という自己努力によって作られるという。「杭州」は南宋の都のあったところで、明清時代でも南方の文化経済の中心地だった。明の周清源の小説『西湖二集』巻二十五「呉山頂上神仙」に、呉山（西湖の東南にある）の頂上で丁野鶴・その妻王守素・丁野鶴の師徐弘道・張紫陽・冷啓敬・張三丰《ほう》らの仙人が修行したという。

〔補足〕晋の謝安（安石は字）は幼児期から聡明で、行書にも巧みであった。若いころ会稽（今の浙江省紹興）に住み、世俗を避けて、王羲之や許詢と交流し、詩文や山水に心を寄せた。その生き様は、「朝廷から招聘されても赴かず、東山に高臥して出仕せず」といわれた。四十歳すぎて桓温に請われて出仕してからは、宰相などの高官を歴任した。（『晋書』巻七十九謝安列伝）

第三十七籤　丁庚　中吉

〔籤題〕周孝侯が虎を射殺し蛟《みずち》を斬殺した（周孝侯射虎斬蛟）

〔籤詩〕**お香を焚いて何祈るのか、善でも悪でも公平なるぞ。**
心の不正を取除いたら、どこへ行くにも道が通じる。
（焚香来告復何辞、善悪平分汝自知。屏卻昧公心裏事、出門無礙是通時。）

〔聖意〕訴訟は吉、病気は祈禱せば安全。功名は有望、財貨はすこぶる困難。結婚はまとまる、旅人は帰る。積善に励《はげ》めば、一家は団欒《だんらん》。

〔東坡解〕善事をなせば吉が来て、悪事をなせば凶が来る。お祈りするより、よく考えよ。良心保ち、善をなせ。前途は遠大、かつ安泰が保たれる。

〔碧仙註〕だまそうとせばだまされる、悪心抱けばすぐ神が知る。

　心を改め福求めれば、禍い転じてみな福となる。

〔解曰〕この籤は、善をなし悪を去り、公正心をもてば、おのずと道の通じる時がある。過ちを知りながら改めなかったら、神に密かに察知され、隠しきれずに、災いが続々降りかかる、とのお告げである。

〔釈義〕人が善を為して悪を捨てれば、他人には知られなくても、自分だけは知る事が出来る。他人に知られない事を悪用して、公を欺き私を助け、他人を損ない自分を利すると、必ず禍を招く。此の籤が出たら、公平正大にして、嫌なことは人にさせるな。そうすれば世事みな通じて、滞ることがない。速やかに自問反省せよ。

〔補足〕呉の周処は少年時代腕力が強く乱暴者で、人々から虎と蛟《こう》（龍の一種、みずち）と並べて、三害といわれ恐れ嫌われた。それを知った周処は、虎を射殺し蛟を斬殺して、行いを改め勉学に励み、後に孝子・忠臣と称えられた。死後に孝侯に封じられた。（『晋書』巻五十八周処列伝）

第三十八籤　丁辛　下下

〔籤題〕関盼盼《かんはんはん》が燕子楼で独り寝（関盼盼燕子楼）

〔籤詩〕**コオロギ鳴いて独り切なく、千里かなたのお便りを待つ。**
　　殿御めでたく帰ると見れば、初冬の風吹き雨ざーざー。
　　（蛩吟唧唧守孤幃、千里懸懸望信帰。等得栄華公子到、秋冬括括雨霏霏。）

〔聖意〕財貨は問うな、訴訟はやめよ。旅人はまだ帰らない、[*1]病気も重い。[*2]結婚はまとまらない、悪夢が多い。しばらくは神に祈り、妄動するな。

＊1「旅人はまだ帰らない」はD本の「行未回」によった。＊2「病気も重い」は底本以外の「病亦重」によった。

〔東坡解〕何をなしても無気力で、ただ悲しいだけ。吉報があっても、やはりわびしい。事業は成らず、ただ心身をすり減らすだけ。暮しは不安、こんなときには、神に祈ればひそかな助けがある。

〔碧仙註〕仕事は問うな旅には出るな、心配九日驚き十日。
　　過去の栄華は夢と化し、なにもかにもみな無情。

〔解曰〕この籤が出たら、死亡の患難、哭泣の悲哀がある。万事に不利で、有名無実、事業は成らず、家運は落ちぶれ、前途は閉ざされる。大きな陰徳・善行をなせば、事態はよくなる。

〔釈義〕秋の夜に独りぼっち、虫の音が「唧唧」（ちーちー）、寂しさ辛さの極み。「千里懸懸」は繰り返し遠くを眺めやり、「栄華公子」（出世した殿御）を待っていると、いい知らせ。と思いきや、意外にも、予想外。またひとしきり苦悩に包まれる。「括括霏霏」は〔風と雨の擬音語で、〝ひゅーひゅー、ざーざー〟か〕寂しさに耐えられない様子。こんなときには、万事に身を謹むのがよい。

〔補足〕唐の張建封は妓女の関盼盼を寵愛し、燕子楼を建てて住まわせた。建封が亡くなると、盼盼は再嫁せずに操を守った。その盼盼の心情を描いた詩に「楼上に孤燈がともる霜の朝、眠られぬダブルベッドに夜長く。思いやる情の長さはいくばくぞ、天の果て地の果てよりもまだ長い」（楼上残燈伴暁霜、独眠人起合歓床。相思一夜情多少、天角地涯不是長）。（南宋・皇都風月主人編『緑窗新話』下巻「張建封家姫吟詩」所収）

第三十九籤　丁壬　中平

〔籤題〕陶淵明が菊を愛した（陶淵明賞菊）

〔籤詩〕**北山の地はいいところ、終《つい》の住みかは最初が肝心。**

広い心で笑って耐えよ、便利な手紙もみだりに出すな。

（北山門外好安居、若問終時慎厥初。堪笑包蔵許多事、鱗鴻雖便莫修書。）

〔聖意〕病気には医師を選べ、訴訟には和解がよい。修養に努めよ、過失は必ず改めよ。財貨は不確実、功名は得られない。*1 婚姻は慎重に、旅人は待ちなさい。*2

＊1　B・C・D・E本の「図名無」によった。＊2　A・B・D・E本の「行須待」によった。

〔東坡解〕静かなところに身を置いて、争い事には関わるな。終りの吉を望むなら、事の始めを慎重に。人の言葉に惑わされるな、よくよく被害を防ぎなさい。手紙を出すのは慎重に、思いがけない禍がある。

〔碧仙註〕平和な村に安住して身を守り、折り見て密かに婚姻を結べ。

　人の心中詳しく聞き出せ、我が心中は詳しく言うな。

〔解曰〕この籤は、旧習を遵守して妄動するな。事を為すには最初を慎み、後悔することないように。万事に内密が肝要で、情報は妄りに漏らしてはならぬ。これに背くと意外な災難が起きる。

〔釈義〕「好安居」は今の居所が安楽であること。「慎厥初」は早く慎重に土地を選べということ。「事多包《（ママ）》蔵」は包容力を持てということ。「修書」（手紙を出す）は慎重に、「鱗鴻」（手紙）はやたらに出すな、機密が漏れると被害を受ける。その上、言葉の行き違いを防ぐように。

〔補足〕晋の陶淵明は、四十歳過ぎてから窮屈な官僚生活を辞めて、気ままな田舎暮らしを始めた。酒と自然風景を好み、柳や菊を植えて、「悠然として南山（江西省九江の南にある廬山）を見る」（「飲酒」その五）などと詠じた。籤詩は「悠然として南山を見る」を踏まえているから、冒頭の「北山」の地は、「南山」が眺められる地勢で、山を背にした南斜面の意だろう。南斜面は日当たりがいいから、住宅地に向いている。

　明清時代には、公的な機関の間はもとより、民間の個人同士でも、書翰のやりとりが活発化した。とくに商人は家書の他に、情報交換のための連絡も不可欠だった。だがその際には、情報の漏洩や、悪用される危険があった。清初の無名氏の小説『快心篇』初集巻二第二回の回末評に「字が書ける人は、やたらと手紙を書きたがるが、それが禍のもとになりやすい」とある。

第四十籤　丁癸　上吉

〔籤題〕漢の光武帝が昆陽を攻略した（漢光武陥昆陽）

〔籤詩〕**新しくやりかた変えて、人を頼らず自分で進め。**

聞こえてくるのは朗報ばかり、辛苦が尽きて安楽が来る。

（新来換得好規模、何用随他歩与趨。只聴耳辺消息到、崎嶇歴尽見亨衢。）

〔聖意〕功名はやがて得られる、訴訟は勝つ。胎児は男子、病気はない。旅人は帰る、婚姻は決断せよ。事業は緩やかに進めよ、余慶がある。

〔東坡解〕事業は変更し、修養は十分に積め。人を頼らなくてよい、自力で大成できる。苦労の後に、必ず朗報がある。楽々と出世し、恩賞をいただける。

〔碧仙註〕事業のやり方そっくり変えたなら、家中が喜び増えて愁眉を開く。

文書が届いて事業が成就、訴訟・婚姻・病気もよくなる。

〔解曰〕この籤は、万事順調を望むなら、自分でやり方を変更し、人の言葉に左右されるな。前途を誤るぞ。間もなく朗報が届くであろう。最初は難所で苦労するが、その後は自然に大道開けて、利益が得られる。これは先難後易（後で好くなる）の形象だ。

〔釈義〕「規模新換《ママ》」は、旧方式を改め、新方式にすること。「何用随他」は自主的に行動すること。「耳聴消息《ママ》」は朗報がすぐに届くこと。「崎嶇歴尽」は苦難が去って安楽が来ること。「亨衢」は平坦な大道のこと。一旦そこに出たら、道は真っ平ら、吉ばかりで不利はない。この籤が出たら、断固たる決意で事に当たれば、成功する。

〔補足〕新の王莽《もう》のとき、漢の高祖の子孫劉秀は、兄の劉伯升や一族の劉玄らと挙兵した。劉玄を更始帝とし、自らは将軍して活躍し、昆陽（今の河南省葉県）で王莽の大軍と戦って、劣勢ながら大

勝し、即位（後漢の光武帝）して洛陽を都とした。（『後漢書』巻一光武帝紀）
籤詩に「人を頼らず自分で進め」とあるが、第五十七籤にも、「事業がもめて困ったら、人を頼らず自主を貫け」（事端百出慮難長、莫聴人言自主張）という。

第四十一籤　戊甲　上吉

〔籤題〕李固が柳汁で服を染められた（李固柳染衣）
〔籤詩〕**東西南北四方から、出世を目指すも道がない。子丑の時には三変し*、科挙の試験に上位合格。**
（自南自北自東西、欲到天涯誰作梯。遇鼠逢牛三弄笛、好将名姓榜頭題。）
＊「三変」の原文は「三弄笛」で、難解。B・C・D・E本の「釈義」でいう「貴人に抜擢されること」「名声が高まること」「科挙に合格すること」の三段階の変化の意とするのに従った。
〔聖意〕訴訟は決らないが、最後に収まる。病気は心配多いが、名医を選べば治る。手紙はすぐ来る。婚姻は最後にまとまる。事業は万事慎重に、あせるなかれ。

〔東坡解〕名利を求めれば、初めは困難だが後で得られる。突然の出世は、必ず子丑の時。名声輝き、トップで科挙合格。万事に運が開けて、名は後の世にまで。

〔碧仙註〕艱難をなめ尽くしても、願望は遂げられない。富貴と栄華は、晩年になって順調になる。

〔解曰〕この籤は、目下の諸事が不安定だということ。訴訟は必ず繰り返され、結婚は相手を変える。

子丑の月日や年に出会えば、科挙に合格する。最初は苦労し、子丑の年に合格し、高く出世し、意気揚々。万事に先難後易（後でよくなる）で、人事を尽くして天の時を待つがよい。

〔釈義〕「南北東西（ママ）」は、男子が志す四方の地のことで、*世界は広くて、たどるべき道が容易には得られないということ。「鼠（子）牛（丑）」の年月日を待てば、自然に貴人の抜擢が得られ、士人（受験生）なら自ずと名声が上がり、科挙に合格し、商人なら財利が増え、家や事業が発展し、婚姻は和合し、冤罪は晴らされる。その時が来れば、何事も達成できる。運が到るのを待て。

＊原文は「乃男子四方之志」で、訳文は望文生義。

〔補足〕明の張岱《たい》の『夜行船』巻六選挙部の殿試の条に、「柳汁染衣」の項目があって次のようにいう。唐の李固が、柳の老木の下を通ったときに、声が聞こえて、「我は柳神である。柳の汁でそなたの衣服を染めてやろう。藍袍（あい色の衣服。ここでは柳で染めた衣服の意）を着ることが出来たら、なつめの餅を供えてくれ」と言われた。その後間もなく、科挙の試験に合格した。「柳汁染衣」は唐の李固言が、柳の汁で染めた衣服を着て科挙の試験に合格した故事で、科挙試験トップ合格の意。籤題の「李固」は、『夜行船』の誤りをそのまま用いたもので、「李固言」とすべきであろう（高友謙『天意解碼』の指摘による）。

第四十二籤　戊乙　中吉

〔籤題〕班超は書記官から大名に転身した（班定遠投筆従軍）

〔籤詩〕**仲良くせよと勧めたが、我が意に背き修養怠る。**

心を入れ換え過去改めよ、事業は願いのままになる。

（我曾許汝事和諧、誰料修為汝自乖*。但改新図莫依旧、営謀応得称心懐。）

＊「汝自乖」は底本以外の諸本によった。

〔聖意〕病気は医師を代え、訴訟は方針を改めよ。功名利益は、やり方を変えよ。結婚は別の人にせよ。旅人は遅い。神の助を求めるならば、修養に努めよ。

〔東坡解〕神が和合を許したのに、勝手に修養を取り止めた。すぐに変更するがよい、急ぎ変えたら、よくなるぞ。心身ともに正直に、自分を欺くことなかれ*。もし後悔できたなら、天が必ず助けてくれる。

＊この句はA・B・C・D本の「毋自奸欺」によった。

〔碧仙註〕医師を取り代えやりかた改め、天意に背く行い止めよ。
途中に成就が多くなり、渡りに船の便がある。

〔解曰〕この籤は、よく反省して、神意に背くことのないように、とのお告げ。悪事・悪念がなかったか、急いで反省せよ。これまでの事業に不都合があったなら、すぐに改めれば、心が叶えられる時がくる。悪事を続けて改めなかったり、難儀を恐れて安逸に堕したりしたら、神の助けは得られない。

〔釈義〕前の失敗が許されたのは、機縁があってのこと。「修為自乖」はやり方がよくなかったということ。「改新図」は別の計画を立てよということ。「莫依旧」は因循（ずるずるべったりになる）するなという戒めだ。「営謀称心」は、過去を回復し、損失を取り戻し、閉塞を打開するなどが可能になって、万事が一新される現象をいう。

〔補足〕後漢の班超は、若いころには洛陽で官僚の書記官をしていたが、筆や硯の間に埋没する生活に飽き足りず、西域に赴いて三十余年間、将軍として活躍し、定遠侯という大名に出世した。

（『後漢書』巻四十七班超伝）

第四十三籤　戊丙　中吉

〔籤題〕陳平は漢に身を寄せた（陳平亡帰漢）

〔籤詩〕**役所が文書で火急の催促、小舟を襲う激流・雷鳴のよう。今は危険が多いけど、神のご加護で往来自由。**

（一紙官書火急催、扁舟東下浪如雷。雖然目下多驚険、保汝平安去復回。）

〔聖意〕功名は遂げられる、任官はしやすい。病気・訴訟は危険だが、最後は必ず安全。遺失物は見つかる、旅人は帰る。結婚は遠方の人がよい、利益は容易。

〔東坡解〕役所の文書が火急で、紛糾しそう。今は驚かされても、最後は収まる。神のご加護で、功績挙げて談笑できる。人間関係順調で、めでたい星が高く輝く。

〔碧仙註〕先の驚きは本物でなく、後の喜びが本物だ。

事業の規模を問うならば、発展続き止まらない。

〔解曰〕この籤は、先凶後吉（後でよくなる）である。事業についていえば、自然によくなる。病人の危険は見かけだけ、自然によくなる。訴訟でうろたえても、次第に収まる。官途でもめても、害にはならない。万事心得て、黙して神のご加護に頼れば、吉が得られる。

〔釈義〕「一紙官急」は役所のご沙汰のこと。「火急催」は差し迫って一刻の猶予も許されないこと。「浪声《（ママ）》如雷」は船旅の危険な様子。「保汝平安」は危険に出会っても害がないこと。「去復回」は往来が自由になり、平安にして吉の意。

〔補足〕楚と漢の争い―項羽と劉邦が天下を争って戦った時に、陳平は最初は魏に仕えていた。その後項羽に仕えたが信用されず、劉邦のもとに走った。その時に乗った船の船頭から、所持金をねらわれて殺されそうになったり、劉邦のもとでも多くの危険に見まわれたが、その都度陰謀で乗り切った。劉邦亡き後も、呂后とその一族の専制の中を、深慮で泳ぎ切って、一生を終えた。

この籤詩の内容は、訴訟や商旅の危険を述べているようでもあり、事業の多難を述べているようでもあり、多義的である。

第四十四籤　戊丁　中吉

〔籤題〕留侯が博浪沙で秦の始皇帝を鉄椎で暗殺しようとした（留侯博浪椎）

〔籤詩〕**そなたはとりわけ善人なのに、過ち犯して精神を損なった。**

固い心で神仏祈れば、富貴栄華がその身に集まる。

（汝是人中最吉人、誤為誤作損精神。堅牢一念酬香願、富貴栄華萃汝身。）

〔聖意〕事業は失敗が続く、訴訟はするな。病気は神に祈り、薬は飲むな。結婚は求めるな、旅人は帰る。後悔できたら、利益と功名は確実だ。

〔東坡解〕心と行い善良なのに、過ち犯した。急いで過ち改めて、自分の心を欺くな。真心尽して善行なせば、神が必ず助けてくれる。栄華も富貴も、遅くはない。

〔碧仙註〕万事みな迂闊のために誤った、ひたすら子細に顧みよ。
　身を慎んで神に祈れば、一生大吉繁盛保たれる。

〔解曰〕この籤は、悪い人でないのに、悪いことをしたのは、見識不足から人に誘惑されて、過ちを犯したもので、まだ神罰は免れない。だが速やかに心から反省し、善なる祈願をかけ、お許しを求めたら、富貴と栄華は確実に期待できる。ひたすら挽回を念じて、迷いにとらわれて身を誤ることなかれ。

〔釈義〕「吉人」は善人のこと。この人はもともと善良だったのに、過ちを犯して心を損ない、無益なことをして、身を誤ったものである。「堅牢一念」は、この籤を引いたらすぐに改心して、善に努めよということ。「酬香願」は、善行を長く積めば、願い事がかなえられるということ。「富貴栄華」は、以前は過失で削除されたが、今後はこの善願で堅固なものになり、再びその身に集まるということ。〝禍が転じて福となる〟ことを、賢明な者は心得よ。

〔補足〕張良の祖父も父も韓の国の大臣だった。張良が二十歳のときに、韓が秦に滅ぼされると、張良は家財を散じて力士を雇い、博浪沙（今の河南省原陽県）で秦の始皇帝を鉄槌で暗殺しようとして失敗した。後に劉邦に仕えて建国の功臣となり、留侯という大名に封じられた。（『史記』巻五十五留侯世家、『漢書』巻四十張良列伝）
　この留侯（張良）の話は、『三国志演義』第三十六回で、徐庶の母が曹操から息子へ手紙を書けと強要されて拒否し、硯で打ちかかる場面の毛宗崗の夾批に使われている。「この硯は博浪沙の鉄槌だ」とある。

『玄天上帝感応霊籤』（『続道蔵』所収）第二十九籤に、「〔官事〕汝是人中最吉人、胡為胡作捐精神。陽徳不如陰徳好、徒教到底不沾身」。

第四十五籤　戊戊　中吉

〔籤題〕夏侯嬰滕公の石室（夏侯嬰滕公石室）

〔籤詩〕**心の土地をよく耕せ。山頂すべて他人の墳墓。**

地上の土地より心の土地だ、修養すれば君が勝つ。

（好将心地力耕耘、彼此山頭総是墳。陰地不如心地好、修為到底卻輸君。）

〔聖意〕心がよければ、いい土地も得られる。病気はすぐによくなる、訴訟に道理が得られる。財貨は求めずに、良心を守れ。旅人は帰る、最後には喜びがある。

〔東坡解〕心の土地をよく修め、それ以外には求めるな。ひたすら分に従えば、天の庇護がある。人と競うな、福運おのずと強くなる。子孫の吉慶は、みな父祖の善行による。

〔碧仙註〕人とやり方が同じなら、心をよくして天に問え。

道理に欠けるところがあれば、吉が変じて凶となる。

〔解曰〕この籤は、努力して良心を保てと勧めたもの。正しい心を忠といい、思いやる心を恕というが、万事人と我と公平にして、〝損人利己〟（人を損ない己を利す）*事と、良心に背いて利益を謀る事はしてならぬ。心がよければ、自然に天の庇護があり、福運が長く続く。吉を謀って、土地をほしがり、良心を損なう事をするのも、間違ったやり方だ。そんなことでは、良心を存する人の万分の一も吉が得られない。

＊善書では心を心田といい、幸福を生み出す根源として重視し、『太上感応篇』では「減人自益」を、『関聖帝君覚世真経』では「損人利己」を、不幸の根源として厳しく戒める。

〔釈義〕「心地」とは心中の深部で、そこを「力耕耘」するとは、農家が田畑で栽培に努力することに喩えたもの。「山頭之《（ママ）》墳」とは、山中の墓がみな人々の祖先のもので、他人が侵害してはいけないということ。「陰地」とは地上の道理のようなもので、「心地」とは天上の道理のようなもの。天上の道理によって、地上の道理が動かされるものであるから、「陰地不如心地」（陰地は心地にかなわない）のは明らかなことである。「修為」とは、心の土地を耕すということを指しており、「御輪君」とは、修為を知らない人は遠く及ばないという意味である。行為の善悪によって吉凶が自ずと分かれることを、この籤が出たら理解せよ。

〔補足〕夏侯嬰は漢の劉邦に仕えた武将で、建国の功臣。滕県（今の山東省滕州市）の長官に任命され、滕公と称され、後に汝陰侯を与えられた。死後に遺体を墓地に運んでいるときに、途中で霊柩車の馬が倒れて進まなくなった。その場所を掘ったら、地下に石棺があり、その中に〝鬱々たりよき処、三千年にして白日を見る。ああ滕公この室に居る〟と書かれた墓誌銘があった。そこで、ここに埋葬することになった。（『史記』巻二十五夏侯嬰列伝に引く『博物志』、『漢書』巻四十一夏侯嬰列伝補注に引く『博物志』）

この籤も、運命はその人の行為によって決められる―言い換えれば、運命は自分が築き上げる―という善書の因果応報思想に基づいた勧善懲悪の教えを踏まえている。明清の幼児教育書『訓蒙教児経』にも、「先祖を輝かすのは簡単なこと、天理と良心あればよい。天理は良心から生まれ、良心は天理から生まれる。天理良心この四文字で、善人と悪人の区別が生まれる。良心が壊れれば天理がなくなり、天理がなければ良心もない」（光宗耀祖無難事、只在天理与良心。天理就是良心発、良心就是天理生。天理良心四個字、善人悪人此中分。壊了良心没天理、天理既没少良心）と説いている。『関帝霊籤』は『訓蒙教児経』と内容が通じていたから、『訓蒙教児経』を習ったものには『関帝霊籤』は身近な教えであったといえよう。

第四十六籤　戊己　中平

〔籤題〕馬援が武陵蛮の平定に赴いた（馬伏波征蛮）

〔籤詩〕**君は山に住む大大名で、騎馬の高官を偉いと羨む。**
馬の上から景色を見るより、牛の背中が自由でいいぞ。
（君是山中万戸侯、信知騎馬勝騎牛。今朝馬上看山色、争似騎牛得自由。）

〔聖意〕功名と利益は、貪るな。訴訟は起こすな、止められないぞ。旅人は遅い、結婚は同意するな。修養に努め、安静に暮らせ。*

〔東坡解〕もともと富貴で、人並み以上。たまれば更に欲が出て、災い我が身に降りかかる。分をわきまえ、平和に暮らせ。静かに過ごせば、苦労がないぞ。

＊底本以外の諸本の「本自富貴」によった。

〔碧仙註〕賢者を望んで愚者となり、愚者がかえって賢者となる。
　悪計弄せば失敗し、修養してこそ願いがかなう。

〔解曰〕この籤は、旧習を守り分に安んじよとのこと。山林にはその楽しみがあるから、分を越えて欲ばるな。これに背いて、出世が遅いのを嫌って速いのを求め、日常を嫌って斬新を求め、身近を捨てて珍奇を求め、小を捨てて大を望むなどするな。騎牛を嫌って騎馬に換え、後でまた騎牛を思い出し、後悔しても間に合わず、しまったと思うだけだ。経験不足の若者に多いことだから、切に戒めよ。

〔釈義〕「万戸侯」とは富貴な大名のこと。「山中」の人も快適さはこれに劣らない。「騎牛」はのろいが安全。「騎馬」は速いが危険だ。「馬上看山」は、安全を放棄して危険を選択し、馬が暴れて止められなくなってから、牛の方が安全でゆったりしていて、気ままだったと後悔しても間に合わない。慎重であれ、軽挙してはならぬということだ。籤詩の馬・牛を、年月の午・丑と読み替えてもよかろう。

〔補足〕馬援は後漢の光武帝のときの将軍・政治家。若いころから大志を抱き、武将となって涼州・隴西《ろうさい》・交阯《こうち》などの辺境の平定に功績をあげた。伏波将軍・新息侯などを授けられた。六十二歳のときに武陵蛮（今の湖南省と湖北省を中心に居住していた少数民族）の平定に赴き、陣中で病死した。
（『後漢書』巻二十四馬援列伝）
　明・湯顕祖の戯曲『牡丹亭還魂記』第八幕にも、「常羨人間万戸侯、只知騎馬勝騎牛。今朝馬

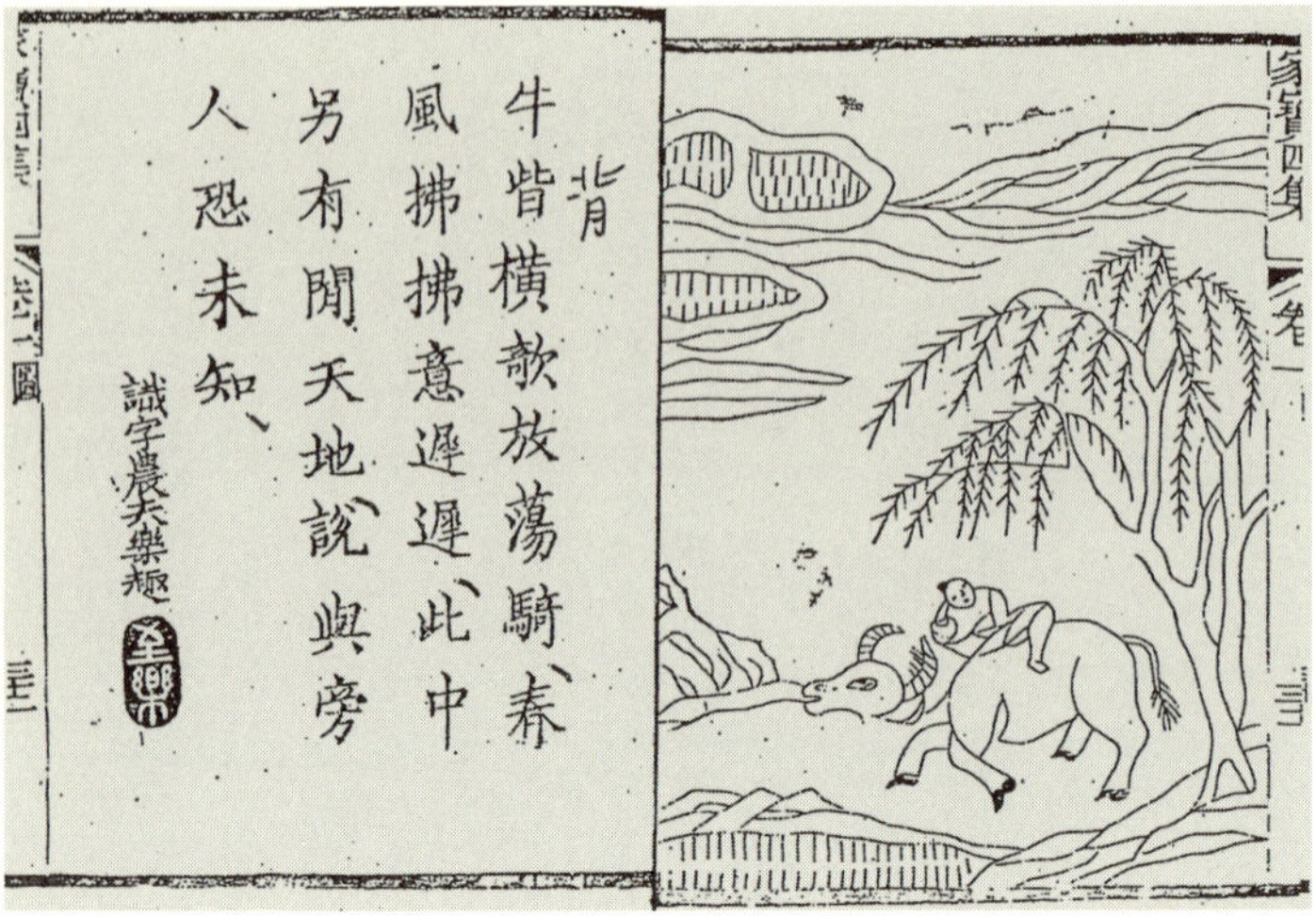

〔図 18〕

上看山色、争似騎牛得自由」とある。「牛に乗る」は庶人の田舎暮しのことで、「馬に乗る」は官僚の生活のこと。官僚の暮しは富貴ではあっても、束縛があって窮屈で、浮き沈みの危険が伴うから、庶人の暮しの方が自由で安全だということ。〔図18〕は清の石成金『重刻添補伝家宝』（馬文大・王致軍撰輯、学苑出版社刊『呉暁鈴先生珍蔵古版画全編』第六冊所収）巻一に収められているもので、牛に乗る暮らしの安楽な様子を描いている。

第四十七籤　戊庚　中平

〔籤題〕楚と漢が天下を争った（楚漢争鋒）

〔籤詩〕**繰り返し君になんども忠告するが、よく話し合いして濡れ衣はらせ。訴訟になったら凶なるぞ、静かな夜に心によく問え。**

（与君万語復千言、祇欲平和雪爾冤。訴則終

凶君記取、試於清夜把心捫。〕

〔聖意〕訴訟は起こすな、刑罰不可避。財貨は貪るな、病気はまだ危険。旅人は難渋する、結婚はまとまらない。しばらくは道理に従い、穏やかにやれ。

〔東坡解〕訴訟が凶とは、言うまでもない。話し合いができたなら、古い恨みも晴らされる。事業はいつも、礼節守って謹厳に。我が身にこれを求めれば、災いの芽が自然に消える。

〔碧仙註〕心がよければその身は吉で、人に取り入る算段いらぬ。
静かに修養反省されよ、災いが来て身に及ばぬうちに。

〔解曰〕この籤は、何事も心穏やかに、人の忠告は聞き入れ、過ちは早く悔い改めて、反省自問せよ。片意地をはり、突っ張って、災難を招いてはならぬ。訴訟にはとくに注意せよ。冤罪を被っても、冷静に対処して、解決したら吉である。

〔釈義〕「万語千言」は再三繰り返すこと。「平和雪冤」は人情道理で調停すること。そうすれば訴訟にならない。「訟則終凶」は、確かな道理なので、よく覚えておくように。この籤が出たら、よく考えて、悔いを残すことのないようにせよ。「清夜捫心（マヽ）」は、この件には道理が欠けて、やましいところがある恐れがあるから、早く改心するがよい、の意味である。この籤が出たら、よく反省して、曖昧にしてはならぬ。退き中止するのがよく、動き続けてはならぬ。その災難が計り知れない。

〔補足〕紀元前三世紀末に秦が滅びると、項羽はみずから西楚の覇王と称し、劉邦を漢王、その他十七名もそれぞれ王に任命した。これ以後たがいに天下を争って主導権争いが展開されたが、中心は項羽と劉邦だった。二人は時には和解し、時には裏切り、全土にわたって激闘を繰り広げた。鴻門の会、垓下の戦いなどはよく知られる。紀元前二〇二年に漢王劉邦の勝利で終わった。この数年間にわたる争いを、「楚漢争鋒」とか「楚漢争覇」という。（『史記』巻七項羽本紀、同巻八高祖本紀）

第四十八籤　戊辛　中吉

〔籤題〕竇《とう》長君が長安で妹に再会した（竇長君至長安）

〔籤詩〕**寒い時節に山河をさまよい、兄弟身内は暮しに苦しむ。貴人に出会って助けられ、一家だれもが再会喜ぶ。**

（登山渉水正天寒、兄弟姻親那得安。幸遇虎頭人一喚、全家遂保汝重歓。）

＊籤詩原文の第三・四句はE本によった。

〔聖意〕貴人に会えたら、訴訟は収まる。病気は危険、功名を求めるな。財貨は減る、縁談は止めるがよい。寅の年月になれば、事業は次第によくなる。

〔東坡解〕苦難が続いて、時運がよくない。暮らしは貧しく、万事に苦労。富貴の人に出会ったら、支援が得られる。その支援がなかったら、後の禍い避けられぬ。

〔碧仙註〕先難後易（後でよくなる）は身の定め、苦労続きで事業が不調。貴人の助けが得られたら、事業はきっと大成功。＊

＊この句の原文は「管教騎鶴与腰纏」で、第二十四籤〔釈義〕の「大金を帯びて鶴に乗り揚州へ行き

たい」と言った男の話を踏まえている。

〔解曰〕この籤は、家計は厳しく、家族が生活に苦しみ、何事もうまくいかない。だが幸いに間もなく貴人が現れて支援が得られ、迷いを解決してくれる。その出会いを大事にし、指示に従えば、家族再会、一家団欒、万事意のままになる。その出会いがなければ、絶望だ。安全・再会の喜びは得られない。

〔釈義〕「登山渉水」は多くの苦難を経験すること。「兄弟姻親」は身内他人を含めていう。「那得安」は家庭の内外が平穏でないこと。「虎頭」は盧姓や虞姓の人、あるいは虔州（今の江西省贛《かん》州市）や處州（今の浙江省麗水市）あたりの盧や虞の字が付く地名。一説に、晋の顧愷《こがい》が虎頭将軍に任じられたので、顧姓の人も含めるべきだという。きっとこの姓の貴人の指示で自然に安泰が保たれる。「重歓」は、離散者が再会し、紛失物が見つかり、死者が生き返り、危険が安全になる、との意味である。貴人に出会ったのに気がつかないと、全てが駄目になる。（この項の訳文は正確でない。）

〔補足〕漢の竇長君は幼いころに、弟の竇広国と共に人さらいに誘拐されて、売り飛ばされ、十数軒を転々として苦労したが、生き長らえて都の長安に出た。その地で文帝の后になっていた妹（広国の姉）に再会することが出来、弟ともども手厚く待遇されて富貴になった。（『史記』巻四十九外戚世家）

第四十九籤　戊壬　下下

〔籤題〕張子房が隠遁した（張子房遁跡）

〔籤詩〕**互いに近くに住んでいるのに、どうして心が離れているのか。月日は速く人老いやすい、あくせくするよりのんびり暮らせ。**

（彼此居家只一山、如何似隔鬼門関。日月如梭人易老、許多労碌不如閒。）

〔聖意〕功名と利益は阻まれる、しばらく問うな。訴訟は和解がよい、病気に崇がある。* 結婚は遅い、旅人は遠方にいる。吉を求めるなら、しばらく分に従え。

*C・D・E本の「病有祟」によった。

〔東坡解〕安静気楽な所から、他所に行ったら住みにくい。不運のなかで時が過ぎ、苦労をしても意味がない。しばしの間旧習守り、分に従い日を過ごせ。* 運が開けないうちは、攻めに出るのはよろしくない。

*E本の「随分而処」によった。

〔碧仙註〕顔が似てても心は他人、親友扱いするでない。* やることなすことみなでたらめだ、にせの親友に気を付けよ。

*この句はA本以外の「如何要作契深人」によった。

〔解曰〕（この項目は、印刷に不鮮明な箇所があって難解。底本以外のテキストには、相当する項目がないので、訳文は省略した―訳者）

〔釈義〕「彼此家居《ママ》」は近所づきあいの仲の意。「只一山」は往来が便利なこと。「鬼門関」は、心が通わない仲のことで、あの世とこの世の境界の意味に限らない。「歳月如梭《ママ》」は、いくら期待しても無駄だということ。「許多労碌」は、不適格者に頼り、無謀な計画に従うようでは、翻弄されるだけだ。人の心を見抜いて、のんびり気ままに、余裕綽々と暮らせ。この籤が出たら、交際を誤るな、自分を虐げるな、うかつに信用するな。

〔補足〕張良（字は子房）は秦の滅亡後、劉邦を補佐して楚漢の戦いを勝利に導き、漢王朝建国後も恵帝の擁立にも努力するなどの功臣であった。漢の高祖の信頼が厚く、位は人臣を極めたが、高祖の死後、晩年には、若いころに下邳《かひ》（今の江蘇省邳県）で『太公兵法』を授けてくれた老人（赤松子）を慕い、俗世を棄てて山中に隠れ住んだ。（『史記』巻五十五留侯世家、『漢書』巻四十張良列伝）

『聖母霊籤』（酒井忠夫等編『中国の霊籤・薬籤集成』所収）第四十九籤に、「彼此人人不出山、如何似隔鬼門関。日月両輪天地明、許多労碌不如閑」とある。

第五十籤　戊癸　上吉

〔籤題〕牛宏は弟が牛を射殺したと告げられても聞き流した（牛弘不聴射牛）

〔籤詩〕**今年の運は去年に勝ると言われても、それでも人付き合いを着実に。一家の和気が福を生む、悪口ざん言信じるなかれ。**

（人説今年勝去年、也須歩歩要周旋。一家和気多生福、萋菲讒言莫聴偏。）

〔聖意〕出納は吉、財貨は多い。懐妊は安全、病気はすぐ治る。結婚は容易にまとまる、訴訟は和解するがよい。旅人は、凱旋する。

〔東坡解〕事業はよくなるから、攻めに出るがよい。人付き合いが綿密ならば*、禍い消えて福が来る。讒言信じて、恐れ惑うな。終始慎重にして、くれぐれも転落することのないように。
＊訳文はB・C・D・E本の「人事周密」を参考にした。
〔碧仙註〕困窮が極まって道が開ける、今度はきっとよくなるぞ*。婦女の言うこと取り合うな、暮しの盛衰ここにある。
＊この句の原文「剝復亨迍邅往還」は、『易経』上経の「剝」の卦と「復」の卦を踏まえていて、「否極泰来」（凶の後に吉が来る）と同じ意味である。
〔解曰〕この籤は、新しい運が開け、平和と豊作が訪れ、一家が繁栄するとのお告げである。だが、修身は斉家の基本で、礼教は家を守る手段であるから、行いを慎み、柔和に努めてこそ、家内平和の福が得られる。婦女の愚行や、下男の離間策などにも気をつけよ。みな悪口・ざん言だから、だまされてはならぬ。そうすれば家は治まり、子孫への恩沢は長い。万事に慎重で、温厚であれば吉。

〔釈義〕「今年勝去年」は、人間関係がだんだん順調になること。「歩歩」は決まりに従い、うかつな行動をするな。「和気」が福を招くから、妻子に優しく、兄弟と仲良くして、天を感動させ吉祥を呼ぶように。「讒言莫聴」は、見識と包容力をもって、一方的になるな、ということ。何事も人の道を尽くして、天の時に対応すればよし。天の時を頼んで、人の道を廃したら凶。くれぐれも慎重にせよ。

〔補足〕隋の煬帝《ようだい》の大臣だった牛弘―籤題の「牛宏」は「牛弘」の誤り。以下「牛弘」と表記する―

は温厚な性格で、学問を好み、公務多忙の時でも、本を手放さなかった。弟の牛弼《ひつ》は酒癖が悪く、酔って弘の車の牛を射殺したことがあった。弘が帰宅して、妻がその事を伝えたとき、「乾し肉を作れ」と言うだけだった。席に着いたとき妻が再度「牛を殺すなんて、とんでもないことですよ」と言っても、「わしも知っている」と言うだけで、顔色を変えることなく、本を読み続けた。
（『隋書』巻四十七牛弘列伝）

第五十一籤　己甲　上吉

〔籤題〕御溝に紅葉を流す（御溝流紅葉）

〔籤詩〕**君いま万事縁に従え、水が流れて道が開ける。過去の不運を嘆かずに、喜びたまえ新運到って心に叶うを。**

（君今百事且随縁、水到渠成聴自然。莫嘆年来不如意、喜逢新運称心田。）

〔聖意〕功名はだんだん顕れる、訴訟はだんだん和らぐ。財貨は自然に豊かになる、病気は自然に安らぐ。旅人からは手紙がくる、結婚は決まる。運勢はだんだん開ける、願望は必ず叶う。

〔東坡解〕目下事業は、しばらく縁に従え。ある日突然出世し、希望どおりに名が顕れる。嘆いたりせず、時の変わるのを待て。だんだん運が向き、いいことが続々現れる。

〔碧仙註〕ずっとあくせく暇がなく、何度も名利が閉ざされた。だんだん願いが意のままで、苦難の後に楽が来る。

〔解曰〕この籤は、しばらくは分に安んじよということ。次第に機縁が熟して、求めなくても自然に到る。事業がうまくいかないと嘆いていてばかりいるな。人事には得失があり、命運には成否があるもの。機運さえ開ければ、名利が成就し、自ずから愁眉を開く日が来る。

〔釈義〕「百事随縁」は、目下は天命に従って、無理に求めるなということ。「水到渠成」は、水が流れた後に水道（川）が出来ること。それが自然の道理で、人力の及ぶところではない。以前に思い通りにならなかったのは、困窮の運命に置かれていたからだ。「喜称《ママ》心田」（心に叶うを喜ぶ）のは、開運の後であるから、万事焦ってはならぬ。時間がたてば自然に成就するものだ。

〔補足〕唐の范攄《はんちょ》の『雲谿《けい》友議』巻下「題紅怨」に、宮女が宮中暮らしの寂しさを詠じた詩を紅葉に書いて川に流したのを、盧渥《ろあく》が拾って収蔵しておいた。その後、盧渥が結婚した女が、その紅葉を流した宮女であった、という婚姻の不思議を記した話がある。「紅葉題詩」「御溝題詩」などともいわれる。今日でも西安の方言で、紅葉は媒人（仲人）の意味に用いられる。「心田」は心のこと。

第五十二籤　己乙　上吉

〔籤題〕鄧禹《とうう》が杖をついて河北に光武帝を訪ねた（鄧仲華杖策渡河）

〔籤詩〕**独り静かに寂寥《せきりょう》嘆き、孤灯と向き合い清夜を過ごす。**
突然家から待ってた便り、きっと渡るぞ北の都に。
（兀坐幽居嘆寂寥、孤灯掩映度清宵。黄金忽報秋光好、活計扁舟渡北朝。）

〔聖意〕功名は晩成、利益は遅い。病気はだんだんよくなる、訴訟は最後に止む。懐妊に不安はない、婚姻は吉。旅人は帰る、事業はよくなる。

〔東坡解〕立身出世が、遅いと嘆くな。突然夜明けに、合格通知。通知が届けば、立身かなう。万事意のまま、みなよろし。

〔碧仙註〕幾星霜出世の願い叶わずに、悲しいときにも悲しまず。
庚辛のとき親友と会い、風波乗り越え活躍をする。

〔解曰〕この籤は、今ひどく落ちぶれていて、好転の見込みがなかったのに、禍福常なく、興亡定めなく、突然いい知らせが、北から、あるいは北へ届けられ、そこに名利が潜んでいて、とんとん拍子で事が運ぶという、万事に意外な出会いがあるということ。

〔釈義〕「憂居寂寥《ママ》」は孤立無援の様子。「孤灯掩映」は孤独な様子で、ひどく貧賤なこと。「秋光好」は秋にいい知らせがあること、「黄金」は家からの便りが万金に値すること。「渡北朝」は北方に居るだろうの意。「活計扁舟」は小舟で易々と渡ること。「活計*」は近距離の意、苦労せずに実現できること。初めは苦労するが後で楽になる籤で、時を待てば吉。

＊B・C・D・E本では、「活計」は「決計」（きっと、必ず）とも書くという。

〔補足〕後漢の鄧禹（字は仲華）は、若いころ長安で学問をし、劉秀（後の光武帝）と親交を深め、非凡ぶりを認められた。劉秀が挙兵し、河北を平定しようとしているのを知ると、杖策渡河（馬の鞭を手にして黄河を渡り）し、鄴（今の河南省臨県）で劉秀に面会して、天下平定策を献上し、将軍として厚遇された。（『後漢書』巻十六鄧禹列伝）

この籤では、科挙の受験生が長年の受験勉強の末に合格する場面を想定しやすいが、しかしそのようにはっきり限定すると、科挙受験生以外には、意味をもたないことになって、より多様な信奉者の問いに応えられないことになる。それを避けるために、籤詩も解説も、可能な限り焦点を甘くし、あいまいで多義的な表現にしている。その結果、事業に努力する商人・企業家、あるいは家で夫の帰りを待つ妻などにも対応できる可能性が生まれる。不特定多数の信奉者の問いに対応しようとする籤の文体、表現方法の特色が見られる例といえよう。

そのような多義的な詩文を、多義的なまま翻訳すると、意味不明になりやすいし、かといって意味明瞭にしようとすれば、原文から離れてしまって、原作者の意図から乖離してしまう。これは詩を扱う場合にも起こりうる現象だが、おみくじの場合には詩一般とは異なった事情があったことを理解しておく必要があるだろう。

第五十三籤　己丙　下下

〔籤題〕劉玄徳が呉の孫権の入り婿となる（劉先主入贅東呉）

〔籤詩〕**道は険阻で苦難が多い、南の鳥が北地で暮らす。**
今日にも貴人と知り合って、夏秋のころ支援が得られる。
（艱難険阻路蹊蹺、南鳥孤飛依北巣。今日貴人曾識面、相逢卻在夏秋交。）

〔聖意〕病気と訴訟は、ともに不利。功名と財貨も、阻害される。懐妊には驚くことがある、旅人はまだ帰らない。貴人に出会えたら、事業がやっと解決する。

〔東坡解〕苦難続きで、なす事みな不利。南の鳥が北に住み、独りぼっちで頼る者ない。だがこの夏と秋の間、貴人が支援。事業は成功、栄華がくるぞ。

〔碧仙註〕事業は始めに妨害あって後で順調、そのとき慌てて道誤るな。貴人の支援が得られたら、万事はじめて成就する。

〔解曰〕この籤は、苦難危険をなめ尽くしても、事業が成功せず、凶を避け吉を求める道を知らず、逆に安全を捨てて危険を選んで、南の鳥が北の地で巣を作るのにそっくり。ぜひとも貴人の協力を待て。いま幸い貴人の面識が得られたのだから、夏から秋の間に、きっと反応があるはずだ。功名と利益は成る。婚姻はまとまる。懐妊はまず可。何事にも、予兆があって、その後で実現するものだ。

〔釈義〕「艱難険阻」は事業が紛糾すること。「路蹊蹺」は転落の危険があること。「南鳥北巣」は流浪して安住出来ないこと。「貴人識面」は、今日すでに機縁に恵まれて、抜擢されること。「相逢夏秋交」は、夏の間か秋の間、或いは夏秋の変わり目のこと。その時期に貴人の助力が得られ、艱難険阻の心配がなくなる。この籤が出たら、人を待って行動したり、人を選んで協力しあえば吉である。

〔補足〕蜀の劉備（玄徳は字）の甘夫人が亡くなると、呉では孫権の腹違いの妹の孫仁をめあわせることを提案した。これは周瑜の策略で、結婚を口実に劉備を呉に呼び出して幽閉し、劉備が占領していた荊州奪還の人質にしようとしたものだった。それを見抜いた孔明が、だまされたふりをして応じることにした。縁談は順調に進み、二人は結ばれた。孔明が時機を見て二人を帰国させることに成功して、呉の策略は失敗に終わった。（『三国志演義』第五十四・五十五回）

第五十四籤　己丁　中平

〔籤題〕蘇秦《そしん》が秦王に十たびに進言したが（蘇秦十上書）

〔籤詩〕**万人中で英才誇り、すぐにも出世を期待する。だがまだ時が来ていない、しばらく学に精を出せ。**

（万人叢裏逞英豪、便欲飛騰霄漢高。争奈承流風未便、青灯黄巻且勤労。）

〔聖意〕財貨はまだ得られない、名はまだ挙がらない。訴訟はよくない、病気はまだ消えない。婚姻は信用できない、旅人は遙か。時の到るのを待てば、万事よし。

〔東坡解〕望みが高すぎ、まだ時期でない。時が来ぬのに、騒ぐのは無駄。分を守って、善行を積め。運が開けるとき待てば、万事が全てうまくいく。

〔碧仙註〕無理な望みと気が付かぬ、自分の微力のためなのに。いま狂風と逆流と、険阻と難儀の中にいる。

〔解曰〕この籤は、科挙の試験はまだ沈滞し、運がまだ到っていないことをを指摘している。自分では英雄を気取り、出世を志しても、舟が主流に乗れず、鳥が順風に遇わなければ、時を待たねばならぬのと同じだ。ひたすら書斎で勉学に励まねばならぬ。天は努力する人を裏切らないから、やがて出世する日が来る。焦るな、怠けるな。時さえ到れば、機会は自然に恵まれる。万事得意は難儀の末に来る。

〔釈義〕「英豪」は、奇才傑物で、万人の上に立ち、突出した人物のこと。「飛騰雲漢」は、たやすく出世できると自負すること。だが事の成り行きには、順序や遅速があるものだ。「承流風未便」

は、時勢がまだよくないこと。魚に水がなく、鳥に風がなければ、思い通りにはならない。「黄巻青灯」は、知識人の本務は常に学問に励むこと。時が来てこそ満足が得られる。今はまだ旧習を守り、分に甘んじるがよく、身勝手なことをしてはならぬ。

〔補足〕蘇秦は戦国時代の外交家。鬼谷《きこく》先生に学び、秦の恵王に天下平定策を繰り返し十回も進言したが採用されなかった。落ちぶれて帰宅すると、妻や兄嫁や父母からも冷たくあしらわれた。その後、勉学に励み、眠気に襲われると、きりで股を刺して、睡魔を追い払った。やがて趙の国王から迎えられて高官に就き、六か国連合を実現して、宰相になった。かつて冷たかった人たちは、手のひらを返したように擦り寄って来た。（『戦国策』巻三秦一）

第五十五籤　己戊　中平

〔籤題〕包拯《ほうじょう》が農業に従事することを勧めた（包龍図勧農）

〔籤詩〕**農耕に精出し無駄に日を過ごすな、衣食はいつも分に甘んじよ。**
商家は利益が二倍でも、毎年米倉満ちる農家がよい。
（勤耕力作莫蹉跎、衣食随時安分過。縦使経商収倍利、不如逐歳廩米多。）

〔聖意〕功名は問うな、財貨は貪るな。訴訟は和解するがよい、病気は無難。婚姻はまとまる、旅人は帰る。出納に気を付ければ、おのずと福が来る。

＊A・B・D本による。

〔東坡解〕衣食は足りる、欲を出したら損をする。帰郷して、農耕を本とせよ。商売いくら上手でも、長くは続かぬ。分に甘んじ現状守れば、栄達は遅くない。

〔碧仙註〕良心守り気配りしたら、天が見ていて助けてくれる。
分に甘んじ変更せずに、身に災害が及ぶを恐れよ。

〔解曰〕この籤は、事業を生計とする者を戒めたもの。衣食は縁に従い、欲張ったり、分を越えたりするな。商売に努めると、暴利をむさぼり、心がすさみ、残酷な搾取に慣れてしまうが、財利は結局は長続きしない。農家が勤勉倹約で、自分が作った物を食べ、米倉が充満しているのに及ばない。これが子孫繁栄の優れた生計ではないか。万事に旧習を守れ。士人が商人になるのはいけない。必ず損をする。商人が士人になるのは吉である。〝村学の教師は倉の米を食う。任官した役人は扶持米を食う〟*というものだ。

*この成語の意味不明。

〔釈義〕「勤耕力作」は農家の本務。「莫蹉跎」は歳月を無駄に過ごすなとの戒め。「随時安分」は、欲張ると思いがけない災難に遭うとの戒め。「経商倍利」は、些末を逐う者のすること。結局は頼りにならない。「廩米多《りんまい》」は、農家は田畑で働き、豊作だと米倉が満ち、商人より安全である。概して、静がよくて動がよくない、勤がよくて惰がよくない、倹がよくて奢がよくない、約がよくて貪がよくない。この籤が出たらよく考えよ。

〔補足〕北宋の包拯は仁宗皇帝に仕えた高官。天章閣待制や龍図閣直学士などに任命されたので、包待制とか包龍図と呼ばれた。剛毅・清廉な人柄で知られた。戯曲・小説・伝説の中で、大衆のヒーローとして絶大な人気があった。多くの作品が伝えられているが、籤題の「農業に従事することを勧めた」とあるのは、具体的に何を指すのか分からない。

明清の文学、とくに白話小説では庶民的要素が濃厚とされるが、それでも農民が登場したり、農民生活が描かれたりすることは少ない。それに対して『関帝霊籤』では、農民や農民生活が描かれることがまま指摘できる点は興味深い。ただこの農民や農民世界も、ごく一部だった自作農ないし地主階層が想定されている場合が多い。明・馮夢龍『掛枝児』巻四「送別」（二）の自注に、「また送商の一篇にいう、勧乖親、休要在江湖上恋、縦経営千倍利、不如家裏安閒。…」（いとしいお方、浮き世の暮しに溺れるなかれ。商売もうけが千倍あっても、家で平和に暮らすがなにより。…）。

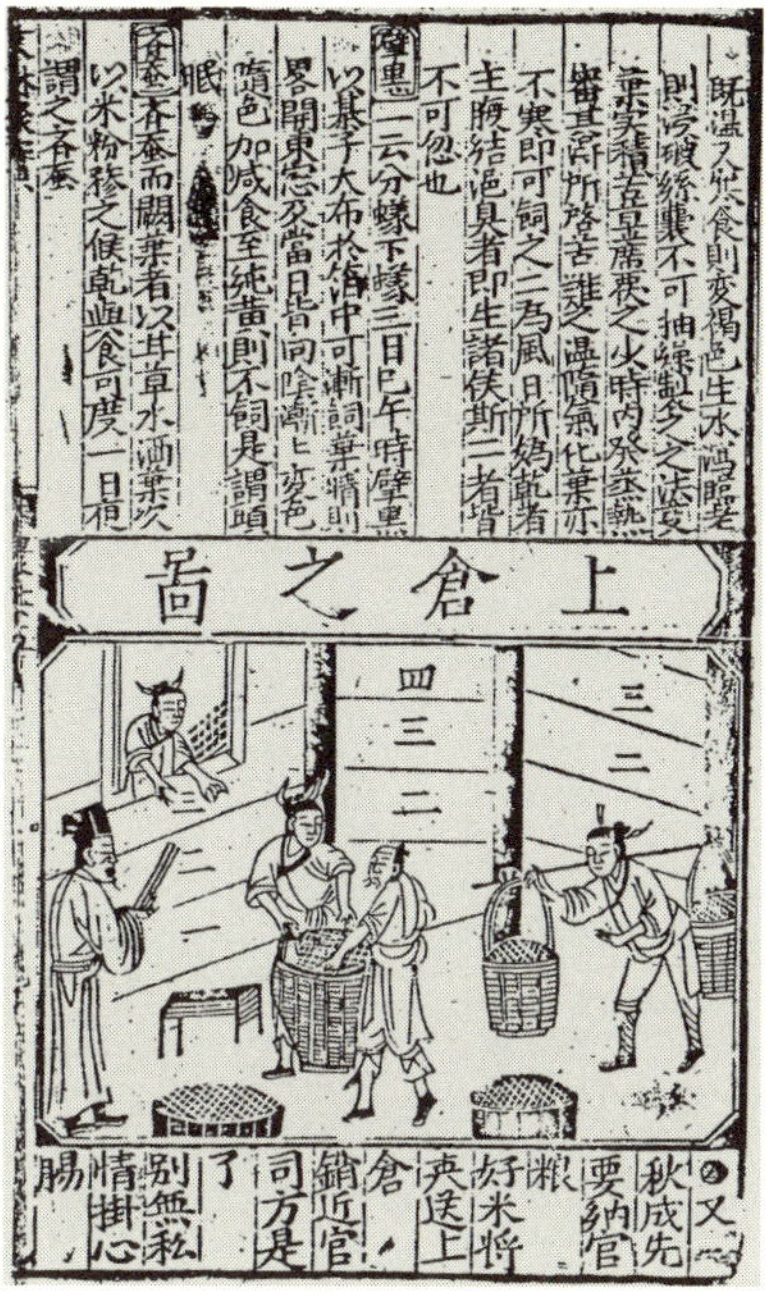

〔図 19〕

明・楊慎（一四八八―一五六八）『升庵集』巻二十八「勧農詩」に、「仕宦之身、南州北県。商賈之人、天涯海岸。争如農夫、六親対面。門無官府、身即強健。夏絹新衣、秋米白飯。不知金貴、惟聞粟賤。鵞鴨成郡、猪羊満圏。官税早了、逍遙散誕。安眠穏睡直千万。此詩詞旨平易、足以諭俗。余按、此乃謝艮斎「勧農詩」也。『鶴林玉露』亦載之、而欠数句、今拠其集録之。艮斎、新喩人、与朱子友、所著有『古

今孝子伝』。」（役人は全国巡る南へ北へ、商人は行く天の果てまで海辺まで。農夫は家族と毎日一緒。役人来ないし、身は健康。夏に新絹、秋には新米。金の相場は知らないが、穀物安いと聞いている。鵞も鴨も群をなし、羊も豚もおりに満つ。お上の納税とうに済み、今はゆったりのんびりだ。安眠快眠、千万金に値する。此の詩は人々の教訓になる。これは宋・謝艮《こん》斎の「勧農詩」で、宋・羅大経の『鶴林玉露』巻十六にも載っているが、数句欠けている。補っておいた。艮斎は新喩〈今の江西省新余市〉の人で、朱子の友人であった。『古今孝子伝』の著がある）。（『明詩話全編』第三冊「楊慎詩話」巻四―一二七によった）。〔図19〕は日用類書『文林聚宝』巻五農桑門の農務之図によったもので、農家の米穀取り入れの図である。

第五十六籤　己己　下下

〔籤題〕張綱が車輪を埋めた（張綱埋輪）

〔籤詩〕**道理を曲げて強弁《ごうべん》偽証《ぎしょう》、役所をだまして邪径踏む。**
悪事があばかれ処罰されたら、後悔しても間に合わぬ。
（心頭理曲強詞遮、直欲欺官行路斜。一旦醜形臨月鏡、身投憲網莫咨嗟。）

〔聖意〕訴訟を起こすな、財貨を求めるな。病気には祟りがある、旅人は帰る。縁談は慎重に、仲人は信用できぬ。行いが正直なら、災難を免れる。

〔東坡解〕心ねじけて理がなくて、嘘を並べて役所をだます。だが見破られて、悲惨な結末。心を改め、正直になれ。その禍を免れて、身の安全が保たれる。

〔碧仙註〕訴訟の苦労は自己のせい、悩みわずらいこもごも到る。
　　悪心改め安静求め、名香焚いて仏に供えよ。

〔解曰〕この籤は、良心を欺くことをすると、役所では口先の災難ではすまないことになるということ。最初は嘘偽りで僥倖を得ても、事が露見し、悪事がばれると、刑罰の禍に遭う。自業自得で、当然の結果だが、その時になって嘆いても、もう遅い。悪事悪心は早く悔い改めて、禍を免れよ。

〔釈義〕「理曲詞遮《（ママ）》」は、嘘をつきごまかすことで、自分を欺くものである。その上に、「欲欺官行邪《（ママ）》」は、訴訟を好み謀略を行うもので、人をあざむくことである。要するにみな天を欺くもので、天の目を逃れることが出来ず、醜悪ぶりが露見する。「臨月鏡」は、月光のように澄んだ明鏡に映されたら、その悪事を隠すことは出来ない。その結果、法律に許されず、自ら罪罰に陥ることになる。人を害すれば、自分を害することになり、後悔しても間に合わない。くれぐれもこの罪障に陥ることのないよう、慎重にせよ。

〔補足〕張綱は後漢の順帝の高官だった。そのころ外戚と宦官がばっこして、政治が腐敗していた。朝廷では漢安元年（一四二）に、人民に風紀遵守を説くための使者を各地に派遣することにし、張綱もその一員に選ばれた。だが張綱は洛陽の宿駅で、馬車の車輪を埋めて、「悪人どもが政治を乱しているときに、人民に道を守れと言えるものか」と、出行を拒否した。（『後漢書』巻八十六張綱列伝、『蒙求』張綱埋輪）

第五十七籤　己庚　中平

〔籤題〕商山の四皓《しこう》が太子を守った（四皓定儲《ちょ》）

〔籤詩〕**事業がもめて迷ったら、人を頼らず自主を貫け。**
決め手の妙手を思い出せ、とっさの判断成功のもと。
（事端百出慮難長、莫聴人言自主張。一着仙機君記取、紛紛鬧裏更思量。）

〔聖意〕訴訟は急ぎ和解せよ、病気は早くお祓いせよ。手紙はすぐ来る、財貨はいつも通り。胎児は男子、神に祈れば健康。万事に、自主性をもて。

〔東坡解〕事業はもめて、紛糾やまず。熟慮の上で実行すれば、万事片づく。人の言葉を信用せずに、常に自分の胸に聞け。先手を取れば、全てが解決。

〔碧仙註〕争い事は誰にも起きる、ひたすら自分の心で裁け。
先手を取れば優位に立てる、一歩の遅れが禍となる。

〔解曰〕この籤は、どんな難題でも、みな自主的に対応し、人に頼るなということ。将棋を指すときに妙手があるように、必須の手があることを知れ。これが的中したら、労せずして収まり、戦わずして勝つ。それなのに人に頼るばかりで、是非をわきまえず、対応が決められないようでは、何もできない。

〔釈義〕「事端百出」は、事態が入り乱れた様子。「慮難長」は、あれこれ考えて、深慮が定まらないこと。「莫聴人言」は、〔人の言いなりになったら〕対策が立てられないということ。「自作主《ママ》張」（自主を貫け）とは、確固たる決断が必要ということ。将棋には常に妙手があり、これを「仙機」というが、紛糾時にも〔そのような〕妙手が大事なことを常に心得よ。「紛紛鬧裏」（紛糾時）には、ぐずぐず「思量」（考え込む）暇がなく、とっさの判断が必要なことを忘れるな。何事にも決断と先手がよい。それが成功と解決の鍵だ。

〔補足〕漢の高祖（劉邦）が晩年に、呂皇后が生んだ長男の劉盈《えい》から太子の地位を奪い、戚夫人が生んだ次男の劉如意に与えようとした。それを恐れた呂皇后が張良に相談すると、張良は商山の四皓と呼ばれた四人の賢者―東園公・角里《ろくり》先生・綺里季《きりき》・夏黄公―の見識と力量の借用を思いつき、その協力を得て、高祖の計画を思い止まらせることに成功した。劉盈は後に恵帝となった。（『史記』巻二五留侯世家）

第四十籤にも「新しくやりかた変えて、人を頼らず自分で進め」（新来換得好規模、何用随他歩与趨）という。明・余象斗『三台万用正宗』（『中国日用類書集成』4所収）巻二十一商旅門の「客商規鑑論」にも「買売雖与議論、主意実由自心」、明・程春宇『士商類要』（尊経閣文庫蔵）巻二「経営説」にも「買売雖投於経紀、主意実出乎自心」。

第五十八籤　己辛　上吉

〔籤題〕蘇秦が張王に進言した（蘇秦説趙王）

〔籤詩〕**舌先三寸弁舌だけで、蘇秦《そしん》は富貴と功名を得た。***

陰徳積んで修養したら、もっと大きな運が開ける。

（蘇秦三寸足平生、富貴功名在此行。更好修為陰騭事、前程万里有通亨。）

＊戦国時代の蘇秦は弁舌にすぐれ、合従《がっしょう》（秦国を除く六か国同盟）を実現し、その大臣になった。『史記』巻六十九蘇秦列伝、『戦国策』巻三秦一に見える。第五十四籤補足参照。

〔聖意〕病気はすぐよくなる、訴訟は必ず勝つ。旅人は帰る、婚姻は決めるがよい。胎児は男子、暮しはよくなる。陰徳を積めば、福が来る。

〔東坡解〕事業はすべて、遠方が吉。財貨は必ず豊か、名声は必ず得られる。さらに善行で、陰徳を増せ。富貴と栄華が、今日から始まる。

〔碧仙註〕胎児は男子で財貨は得られ、功名さえも期待が出来る。
　事業の成功有望で、だれもがノーハウ聞きに来る。

〔解曰〕この籤は、進取がよくて、保守がよくない。遠方がよくて、近辺がよくない。弁舌の才があれば、好機に恵まれ、名利ともに成就する。だが陰徳に欠けるところがあって、天の配慮を遅滞させる恐れがある。天意に適うよう、一層積善に努めよ。そうすれば前途はおのずと高遠になる。世人に悪を捨て善に従い、趨吉避凶（福を求め凶を避けること）を強く戒めたものだ。

〔釈義〕「三寸」は舌をいう。蘇秦は弁舌で六か国同盟の長になり、白玉を百対、黄金を二百万両を得たので、「足平生」（一生十分）というわけである。同様に三寸の弁舌によって「富貴」「功名」が得られたので、「在此行」（この行為のおかげ）といったもの。「修為陰隲《いんしつ》」は徳を積み天に祈れとのお告げ。「前程」「通亨」は人の運と天の時が一緒にやって来ること。大船が大波に乗り、大鳥が風に羽ばたき、「万里」の彼方まで到るように、どんなに大きな吉も得られること。だが陰徳を積まなければ得られない。

〔補足〕（第五十四籤補足を見よ）
陰徳を積むことが趨吉避凶になるというのは、『太上感応篇』や『関聖帝君覚世真経』など善書の教えである。弁舌の才に優れたものが、傲慢になりやすい通弊を戒めたもので、おみくじの人間観察の有りようが見られる。

第五十九籤　己壬　中平

〔籤題〕鄧伯道に子なからしむ（鄧伯道無児）

〔籤詩〕**家が衰え孤独に苦しみ、お祈りしても効き目がない。先祖に陰徳あったので、養子のお陰で家続く。**

（門衰戸冷苦伶仃、可嘆祈求不一霊。幸有祖宗陰隲在、香煙未断続螟蛉。）

〔聖意〕功名は困難、財貨は図れない。訴訟は不利、病気は心配ない。婚姻はまとまる、手紙は来ない。善事を行い、修養に努めよ。

〔東坡解〕家が衰え、お祈りむなし。先祖の陰徳、家を保てり。異性の養子が、跡を継ぐ。善事が増えたら、いい報いがある。

〔碧仙註〕寂しさの後に栄華が訪れて、福が生じて富貴になる。

万事前世の縁に合致して、家ごと戸ごと栄華が誇れる。
＊この四句は、B・C・D本によった。
〔解曰〕この籤は、家が衰え、跡継ぎがなく、いくら神に祈っても、効き目がないのは、陰徳が少な

くて天を感動させられないからである。だが先祖の恩恵が残っていたので、養子を立て、先祖の祭りが出来るのは、不幸中の幸いである。万事望みが叶えられないときには、次善を求めよ。あれが駄目なら、これを取れ。善行を積んでこそ、願望が叶えられるものだ。

〔釈義〕「門衰戸落」は家がひどく落ちぶれること。併せて「苦伶仃」（独りぼっちに苦しむ）は、児女の難儀がひどいこと。神に祈っても効き目がないのは、お願いをするだけで徳を積むことをわきまえないからである。「祖宗陰隲」は、本来頼りがいがあるもの。善いことを長く続け、少しも怠ることなく行ったら、一筋の挽回の道が授けられて、子孫・養子・継子が断絶しない。「香煙未断」は、家がなお継続すること。だからいよいよ積善に心がけ、先祖の徳を継続することをわきまえよ。

〔補足〕晋の鄧攸《とうゆう》（伯道は字）は、石勒《せきろく》の乱（三一一年）を避けて、妻子と亡弟の子・綏《すい》を連れて逃げた。途中で車は壊れ、牛馬は奪われて、二人の幼児のうち、一人しか連れて行けなくなった。〝自分の子はまた授かるかも知れないが、亡弟の跡取りは綏しかいない〟と妻を説得して、追いすがる実の子を木に縛って置き去りにした。しかしその後に子を授かることがなかったので妾を迎えたが、それが鄧攸のめいに当たる女だったので、解約し、二度と妾を迎えなかった。人々は〝天は無慈悲だ。伯道に子を授けないなんて〟と言って同情した。後に綏が鄧攸の家を継いだ。

（『晋書』巻九十良吏列伝）

先祖の徳が子孫に及ぶというのも、第二十九籤と同じく『易経』上経の坤《こん》の卦に付載される文言伝の「積善の家には余慶あり」に基づいた『太上感応篇』や『関聖帝君覚世真経』などの善書で強調される教えである。

第六十籤　己癸　上上

〔籤題〕宋郊・宋祁《き》の兄弟が同時に科挙に合格した（郊祁同科）

〔籤詩〕**兄弟二人は名声高く、ひたすら謙虚で慢心がない。**
槐《えんじゅ》の散るころ科挙の発表、二人ともども上位で合格。
（羨君兄弟好名声、一意謙撝莫自矜。丹詔槐黄消息近、巍巍科甲両同登。）

〔聖意〕出納に良好、事業によい。訴訟はすぐ解決する、財貨も旺盛。胎児は男子、病気は心配ない。帰郷の知らせがある、優れた人相がある*。

＊原文は「有神相」。科挙合格有望の意か。

〔東坡解〕兄弟二人は優秀で、名声おのずと知れ渡る。万事謙虚に、才能発揮。前途は遠大、吉報まぢか。二人上位で、一緒に合格。

〔碧仙解〕兄弟二人ともに合格、運が向いたら先んじてやれ。
事業はすべて意のままで、福禄栄華みな確か。

〔解曰〕この籤は、才能人品抜群で、兄弟仲よし。慎み深く謙虚に努め、傲慢になり罪を犯すな。すぐに試験に合格し、吉報来るのは遠くない。兄弟共に合格の兆し、どんな事でも、二人が一緒。

〔釈義〕「兄弟」は血の通った仲の意。「好名声」は兄弟ともに優れていること。「一意謙撝《けんき》」は『易経』上経の謙の卦の語で吉。「莫自矜」は才を自慢するな、権勢に頼るな、満ち足りておごり高ぶるなの意。「丹詔」は天から恩沢を授かること。「槐黄」は四月（旧暦）に科挙合格の詔書が来ること。「科甲巍巍《ママ》」は最上位で合格し、やがて共に大臣・宰相になるであろうこと。これこそ最高の吉。日々満ち足りておごることなく、謙虚であることに努めたら、有終の美があるだろう。

〔補足〕「謙撝《けんき》」は「謙遜する」意、『易経』上経の「謙」の卦の「撝謙」に同じ。明・袁了凡『了凡四訓』の「謙徳之効」で、『易経』の謙の卦を引用して、「天は盈満を憎み謙虚を好む」というように、善書では傲慢を戒め謙虚を勧める。

北宋の宋庠《しょう》（郊は最初の名、後に庠に改めた）と宋祁の兄弟は、学問に秀でて、科挙の試験に同時に合格した。試験の成績は祁の方が上だったが、兄弟の順により、庠が第一位、祁が第十位合格とされた。議論文の作成では祁が上だったが、清廉・荘重な人柄では郊が上だった。人々は大宋、小宋と呼んで区別した。（『宋史』巻二八四宋庠宋祁列伝）

第六十一籤　庚甲　中吉

〔籤題〕征虜将軍祭遵《じゅん》が『詩経』を歌い投壷に興じた（祭征虜雅歌投壷）

〔籤詩〕**悪党むらがる山中も、善良の士は無事安全。**
呵々《かか》大笑して出発し、武器使わずに盗賊退散。
（嘯聚山林凶悪儔、善良無事苦煎憂。主人大笑出門去、不用干戈盗賊休。）

〔聖意〕財貨は並、病気は次第に薬が効く。訴訟は自然に解消するから、むきになるな。旅人は帰る、婚姻も順調。危険があっても、やがて安泰。

〔東坡解〕不良が武器とり、善人おどかす。脅迫だけで、何もできない。善人は楽々と、戦わずして勝つ。神がご加護で、災難除く。

〔碧仙註〕恐れ謹む心があれば、どんな危険も乗り越えられる。
　川渡るとき波がおさまり、一家再会喜びにわく。

〔解曰〕この籤は、旅路には悪人がはびこって危険だが、善良な人は危険に遭遇しても大丈夫だ。もし盗賊に襲われても、琴を弾いて囲みを解き、香を焚いて追い払うことが出来る。談笑しているうちに、盗賊が自分から退散してしまう。〝善人には天の加護がある〟というものだ。どんな災難でも吉があるのは、神のおかげだから、いっそう精進せよ。

〔釈義〕「嘯聚山林」は、盗賊が悪事を働いて通行を妨害すること。「凶悪」は文字通りの意味。「善良」は道理に従い本分を守る人。「無事煎憂《（ママ）》」はひそかに神仏の庇護があること。「大笑出門」は、何事もないかのように平然としていること。「不用干戈」は、武闘はしないが、はなはだ勇敢なこと。「盗賊休」は、災難が自然に消滅すること。徳を修めると災害がこのように退けられ、どんな災害も、修養反省で免れることが出来るものだ。

〔補足〕後漢の祭遵は、将軍として光武帝に仕えて、功績が多かった。建武二年（二十六）に征虜将軍に任命され、山賊張満の討伐に赴くと、敵の挑発に乗らず、守りを固めて敵の糧道を断ち、兵糧攻めにして降伏させた。人柄は清廉で細心、賞与は兵士に分け与えて、私生活は質素だった。身は将軍の職にあつて、酒席では『詩経』の詩を歌い、投壷のゲームに興じるなど、儒教文化を実践した。（『後漢書』巻二十祭遵列伝）

明清時代の旅行には危険が多かった。自然災害の他に、河川・山林の盗賊や旅館の悪徳主人などによるものなども、大きな問題になっていた。当時、遠隔地商取引に携わった商人向けの指南書が種々刊行されていたが、しばしばその関連の情報が見出される。明末の余象斗『商賈指南』下巻に収められた「福建から北京までの水路案内」だけでも、危険箇所が数多く記され、注意を喚起している。本書前編の第六章の「旅行の危険」に指摘した。

『玄天上帝感応霊籤』（『続道蔵』所収）第三十六籤にも、「〔官事〕笑聚山林凶悪稠、良善何必苦煎憂、主人大笑出門去、不用干戈盗賊休」。

第六十二籤　庚乙　中吉

〔籤題〕李愬《そ》が雨雪の夜に蔡州を平定した（李愬雪夜入蔡州）

〔籤詩〕**世間には人面獣心ばかりだが、汝には頼もしい武器がある。手柄立て戻って来るのは老年になるが、虎頭城にてよき出会いがあろう。**

（百千人面虎狼心、頼汝干戈用力深。得勝回時秋漸老、虎頭城裏喜相尋。）

〔聖意〕訴訟は必ず勝つ。財貨は必ず手に入る。病気には祟りがある、遠方から手紙が来る。結婚はまとまる、名声は挙がる。秋になったら、万事順調。

〔東坡解〕妨害者が多いが、撃退できる。心配事があっても、自然に消える。凱旋するのは、秋ごろになる。西に向かって進めば、万事吉。

〔碧仙註〕戦術巧みに奇襲して、手柄を立てて名を挙げる。

だがその栄華が届くのは、秋風吹いて落ち葉舞うころ。

〔解曰〕この籤の趣旨は、始めは阻害されるが、あとで運が開ける。万事に遅滞があるから、後難に備えよ。秋（晩年）になったら、万事が吉。

＊この籤の底本は解曰・釈義ともに難解で、B・C・D・E本を適宜使用した。

〔釈義〕「百千虎狼」とは害悪をなす人のこと。「干戈用力」とは偶然出会って助けてくれる人のこと、「得勝而《（ママ）》回」は論功行賞を受けること。「秋光《（ママ）》漸老」は若い時は長くないこと。武器とは貴人の援助のこと。多くの人が人面獣心（人の顔したけだもの）で、善人に危害を加えようとするが、頼もしい武器が守ってくれるから、心配事があっても、恐れることはない。自然に消えてしまう。始めに危険があっても、後で運が開ける。虎頭城とは贛《かん》州（今の江西省贛州市）のことで、もと処州といった。趙清献公が知事のときの詩に「虎頭城にて面会を喜ぶ」の句がある。偶然の出会いのことだ。この籤が出たら、寅の時に福が来る。

＊この籤の底本は解曰・釈義ともに難解で、B・C・D・E本を適宜使用した。

〔補足〕唐王朝は安史の乱（七五四年—七五五年）以後になると衰退し、各地の節度使（地方長官）が権威に服従しなくなった。蔡州（今の河南至要汝陽県）の呉元済もその一人だった。憲宗は平定を試みたが敗退続きだった。それを見た李愬が自薦してその任に当たった。劣勢の政府軍をかかえた李愬は、まず自軍の立て直しと敵情の収集に努め、かつ敵軍の有能な将軍の引き抜きに腐心して成功した。同時に時間をかけることで、敵軍の油断と侮りを醸成した。かくして元和十一年（八一六）十月、激しい雨雪の暗い夜を選んで猛攻撃をかけて大勝した。李愬は策略にたけ、将兵

の心の掌握に優れていたと史書に記される。（『旧唐書』巻一三三李愬列伝、『新唐書』巻一五四李愬列伝）

第六十三籤　庚丙　中吉

〔籤題〕廉頗将軍が趙国でもう一働きしようとした（廉頗用趙）

〔籤詩〕**その昔北や南で活躍し、今老いたるももう一花。**
この世の君の運勢は、前三三と後三三。
（曩時征北且図南、筋力雖衰尚一堪。欲識生前君大数、前三三与後三三。）

〔聖意〕病気は治る、訴訟は最後に収まる。財貨は普通、手紙は確実。名声は挙がろうとしている、縁談は承諾せよ。無理強いはするな、分に従え。

〔東坡解〕事業は、みな成功する。晩年の商取引は、もう一花咲かせられる。福分に定めがあるから、欠けず満ちずの程度にせよ。欲を出したら、くたびれもうけだ。

〔碧仙註〕事業は共に老成を図れ、遅滞を疑うならば道は開けぬ。
晩年老境に願望かなう、これぞ天帝のお導き。
＊この項はテキストごとに文字の異同があって難解。訳文は正確でない。

〔解曰〕この籤は、初めは運勢が順調だが、途中で挫折を免れず、今では極度の疲弊にあるものの、もう一度栄光が訪れるから、絶望するな。これもまた天の定めた運勢である。きっと普段の心がけと行いが天のお眼鏡にかなったからで、無為に埋もれて終わることはない。三三とは運勢が具体的に現れた形のことである。万事にわたり、失敗の中に成功があり、難中に安楽があって、晩年には栄華が訪れる。

〔釈義〕「征北図《（ママ）》南」は、かつて事業に成功したことで、将軍が各地に遠征して勝利を得ることに喩えた。「筋力雖衰」は、一度は倒れて絶望的だったが、これは〝成功が失敗を招き、失敗が成功を招く〟ということ。「尚一堪」は、まだ大事業ができるということ。「大数」とはこのように、生前から運勢が定められているということ。「前三三後《（ママ）》三三」は、運勢の現れ方のことで、その形が三とか六とか九とかであり、その都度個別に判断しなければならず、一律に扱ってはならない。

〔補足〕戦国時代のこと、廉頗《れんぱ》は趙の国の恵文王・孝成王・悼襄王に仕えて、多くの功績を挙げ、良将として有名を馳せた。晩年には魏の国にいたが、秦軍の侵攻に苦しんだ趙の悼襄王が、廉頗の起用を思いつき、使者を派遣して様子を探らせた。廉頗は王の期待に応えようと、使者の前で米飯一斗、肉を十斤平らげ、よろいを着て馬を乗り回し、元気なところをアピールした。使者は帰国すると、〝廉頗将軍どのは、老いてもなお健啖でした。ですが同席中に三度トイレに立たれました〟と報告した。王は、廉頗も老いたと、起用を断念した。この使者は廉頗の仇敵の郭開から、たっぷり金をもらっていた。（『史記』巻八十一廉頗列伝）

「前三三与後三三」は、この籤の〔占験〕所収の霊験譚*について見ると、試験の成績が六十六番というだけのこと。易などの神秘的な数概念を想像させるが、たわいもない意味合いのものが多い。

＊〔占験〕一士人が年老いてからのこと。友人に勧められて科挙の試験を受ける気になり、『関帝霊籤』を引いたらこの籤が出た。そこで勉強をし直して受験したら、第六十六番で合格した。籤詩の第四句「前三三与後三三」の数に対応していた。間もなく辰州（今の湖南省内）の節推（地方長官配下の刑獄担当官）に任命されたが、一期（三年）で退職になった。これも第二句「筋力雖衰尚一堪」の「一堪」に対応していた。

第六十四籤　庚丁　上上

〔籤題〕魯仲連が困難紛糾の解決に尽力した（魯仲連排難解紛）

〔籤詩〕**善人は貴人と出会って運勢開け、そのうえ貴人が仕切ってくれる。**

お陰で労せず心が通い、談笑中に業績倍増。

（吉人相遇本和同、況有持謀天水翁。人力不労公論協、事成功倍笑談中。）

〔聖意〕貴人の趙氏に出会う、訴訟はすぐ終わる。功名も成る、病気は治せる。財貨は余る、婚姻も良好。旅人の手紙は、すぐ来る。

〔東坡解〕共同事業はまとまる。お上の貴人に会えるのだから。手を差伸べて下さり、万事にかなう。苦労もせずに、たやすく成就。出納良好、なにもかも吉。

〔碧仙註〕事業は以前とすっかり違い、貴人が全て仕切ってくれる。

順風帆に受け東に向かう、仙人世界も遠からじ。

〔解曰〕この籤は、事業で合意が得られ、貴人と提携し、万事が意のままで、労せずして成就するということ。その貴人は人々に尊敬信用され、事業は衆人に歓迎される。その上に機縁も熟し、提唱すると全て同意が得られ、すぐに成功する。これぞ天意と人為が一致して、時を見計らって動くというものだ。

〔釈義〕「吉人」は善人のこと。「本和同」は、吉人に天与の容姿があって、貴人と出会えばおのずと通じ合う。「持謀」は主謀（世話する）の意。「天水翁」は、出会うであろう貴人のこと。天水の趙姓の意とも、郡か県の地名とも思われる。＊「公論協」は事が人心に合致すること。人に喜ばれるので、苦労しなくてすむ。水到って渠成るの類いだ。「笑談《（ママ）》成功」は、〝言わずして信じられ、為さずして成る〟こと。上吉は疑いなし。

＊「天水」は山西の地名で、趙姓の発生地とされ、その趙姓は『百家姓』で最も高貴な姓とされる。

〔補足〕戦国時代の末期のこと。斉の魯仲連（魯連ともいう）は、秦の猛攻に苦労する趙や燕などの諸国を巡り歩いて、対応策を進言し、事態の打開に尽力した。その功績で、要職や大金を提供されたが、〝富貴でも人に使役されるよりは、貧賤でも自由に生きたい〟と言い、いずれも辞退して、海浜に隠遁した。（『史記』巻八十三魯仲連列伝）

第六十五籤　庚戌　上上

〔籤題〕馬周が政策を献上した（馬周献策）

〔籤詩〕**北風びゅーびゅー冬の末、家中に瑞気が満ちてくる。**
春の人事の時節になれば、貴人の支援の便りが届く。

（朔風凜凜正窮冬、漸覚門庭喜気濃。更入新春人事後、衷言方得信先容。）

〔聖意〕財貨は多く得られる、科挙（功名）は上位合格。縁談は進めよ、訴訟も順調。病気はすぐ治る、旅人は移動中。禍は消える、福が大きいから。

〔東坡解〕季節は冬に極まって、やがて抜け出す。冬の末には、喜気が続々。新春到れば、和気が充満。貴人に出会って、万事順調。*

＊「万事順調」はA本の「百事皆通」による。

〔碧仙註〕失意が得意に変化して、家に戻れば好機の兆し。
　過去の災難みな鎮まって、万事仲良く争い治まる。

〔解曰〕この籤は、沈滞が続いて苦労した末に、開運の兆しが生まれること。冬の寒さが極まると、間もなく春が始まり、安泰へと移行し、万物が生まれ、美景が多くなる。この籤が出たら冬の末に喜びが生じ、春になれば人事で希望が叶えられる。吉報が届く日は、もうすぐだ。

〔釈義〕「朔風凜凜」は季節が極限に至ること。「門庭喜気」は生気が満ち満ちてくること。「更入新春」は正月が来て、光景がにぎやかになること。「衷言」は心中に秘めた計画のこと。「信先容」はこのときに情報が通じること。きっと貴人に接見されて認められ、心中を明かすことができるであろう。その吉報が間もなく届く。霊験は速く現れ、事業は成功する。

〔補足〕唐の馬周は家が貧乏だったが学問に励み、長安に出ると常何将軍の家に身を寄せた。そのころ唐の太宗が、政治の得失について、臣下に意見を求めた。常何が馬周から仕入れた意見を述べたところ、太宗の心を捕らえた。それが馬周によるものだと知った太宗は、馬周を召し出し、常何にも仲介の賞を与えた。それ以後、馬周は常に建言を求められ、尽く採用され、〝馬周からは一時たりとも離れられぬ〟と言わしめた。次々と重職高官を歴任し、宰相に至った。（『旧唐書』巻七十四馬周列伝、『新唐書』巻九十八馬周列伝）

第六十六籤　庚己　上上

〔籤題〕諸葛孔明は南陽に隠棲していた（諸葛隠南陽）

〔籤詩〕**他郷に利益を求めるよりも、故郷で耕耘するがよい。**
今年は運気が良好で、門に瑞気が満ちている。
（耕耘只可在郷邦、何用求謀向外方。只見今年新運好、門闌喜気事双双。）

〔聖意〕病気はすぐ治まる、訴訟はすぐ解決する。財貨は次第に豊か、科挙（功名）は上位合格。旅人は帰る、婚姻は結べ。外に求めるな、福はみな得られる。

〔東坡解〕外に求めるな、家にいて栄達できる。時運が開け、財禄も得られる。いい事続きで、家が栄える。遠くに仕事を求めたら、〝策を弄して損をする〟。

〔碧仙註〕分に安んじ人に頼らず、する事なす事みな自由。
今うららかな春が来て、自然の暮らしが楽しめる。

〔解曰〕この籤は、他郷へ行かずに、旧習を守るがよい。故郷におのずと栄華があり、耕耘の中から出世できる。ましてや新運が開けようとして、家に瑞気が漂っているときなのだから、享受して悠々と暮らせ。目前の確かな現実を捨てて、当てにならない遠くの運を求めたら、悔いを残す。

「君子は平安なところで天命を待つ」（『中庸』第十四章）というぞ。

〔釈義〕「耕耘」は農家の作業で、「郷邦」（田舎）で一番大事な仕事。「外方」は農村以外の土地。近くを捨てて遠くに求めて利益があるのか。「新運好」は福気が来ようとしていること。「喜気双《マ》双《マ》」は幸運が続々訪れることで、家庭内におのずと至福の気が満ちること。つまり遠方出行を止めよとの意味だ。家運は財貨と家族が増え大吉の年になる。

〔補足〕諸葛孔明は、劉備に「三顧の礼」で迎えられて世に出たが、それまでは南陽（今の河南省南陽）の郊外に隠棲し、農耕生活をしていた。「前出師の表」に「布衣を着て自ら南陽に耕し、……名声を諸侯に求めず」という（『三国志』巻三十五蜀書五諸葛亮伝）。この籤は農耕生活の勧めなのに、A本の「聖意」には天候など農業関連のお告げがない。（「籤詩」には第七十籤のようにあるけれども。）おみくじが農民をも対象にしていたのなら、不可解なことだが、この籤の対象者は農地の所有者ではあっても、農民労働者ではなく、科挙や遠隔地取引に従事する商人を志す地主階層が念頭にあったのだろう。それにしても、農業に従う限り、天候の影響は逃れなかっただろうから、疑問は残る。ちなみに『観音仏祖天上聖母聖籤註解』（台湾竹林書局刊）の「解曰」には、『関羽のおみくじ』に収める聖意のほかに十七～八項目を掲げ、その最後に「求雨」があり、「近日中に降る」とか、「まだしばらく降らない」とかという。

第六十七籤　庚庚　中平

〔籤題〕蘇瓊《そけい》が涙ながらに説得した（蘇瓊下涙）

〔籤詩〕**心の動きはすぐ神が知る、迷いを我に問うなかれ。**
父母に孝行兄弟仲よくしたら、きっと家庭に福が来る。
（纔発君心天已知、何須問我決狐疑。願子改図従孝悌、不愁家室不相宜。）

〔聖意〕訴訟は和がよい、病気は医師を代えよ。財貨は待て、婚姻は晩い。旅人は、まだ帰らない。過失を改めたら、万事よくなる。

〔東坡解〕悪い事して、なぜ祈るのか。道理に従い、改心をせよ。孝行友悌、忠君なれば、和気が福生み、暮らしがよくなる。

〔碧仙註〕心の中を神はすぐ知る、善事をなすよう努力せよ。
善事に努め道を守れば、きっと家内に瑞気が満ちる。

〔解曰〕この籤の趣旨は、善を好めば善報があり、悪をなしたら悪報があることを、知らせて気付かせることである。悪いことをすれば、すぐ神に見透かされて、してはいけないことが明らかであるから、神に問うまでもない。ひたすら過失を改め、親に孝行兄弟仲よくすれば、おのずと家庭内が平和になる。吉も凶も、自分の行いによって決まることを心得よ。

〔釈義〕「纔発君心」は、少しでも心を動かせば、天の神がすぐ気付くから、人はだませても、神はだますことができない、という意味である。「何須問」は、このように善悪がすぐに明らかになれば、自分自身で判断できるから、神の判断を待つ必要はないことになる。「改図」は不善を捨てて、善に就けということ。「従孝悌」（父や兄を敬い、弟をいたわる）と、天の神が福運を下し、「家室」（家庭）の和睦が実現する。「改図」（悪を改めれ）ば吉、悪を頼り続けたら凶である。

〔補足〕蘇瓊は北魏・北周・隋の三王朝に仕えた高官。清廉聡明をもって知られた。地方長官在任中に裁いた庶人がらみの案件が何件か伝えられていて、人柄を示している。北魏時代の事らしい兄弟の遺産争いの裁きもそのひとつである。庶人の乙普明兄弟が田地を巡って争い、互いに証人を百人も立てたが決着がつかなかった。蘇瓊が〝兄弟は得がたく、田地は得やすい。田地さえ得られたら、兄弟の心が失われてもよいのか〟と、涙ながらに諭したら、居並ぶ証人たちも涙を流し、分家して十年になる兄弟も同居することになった。（『北史』巻八十六循吏列伝）

この籤は、関羽のおみくじの中でも、とりわけ善書の教えが濃厚な例である。『太上感応篇図説』では、「いい心が起きると、まだいい事をしないうちに善神が現れる」〔図20〕、「悪心が起きると、まだ悪い事をしないうちに邪神が現れる」〔図21〕といい、『関聖帝君覚世真経』では、「いい事をすると、人には気付かれなくても、神は察知する」という。『太上感応篇』の冒頭には、「幸福も不幸も、特別の方法があるのではなくて、自分自身で築き上げるものだ」とある。

『玄天上帝感応霊籤』（『続道蔵』収）第四十一籤に「〔官事〕暗室虧心天地知。何須臨時告神祇。有理未成宜退歩、恐遭刑憲悔来遅」。

第六十八籤　庚辛　中吉

〔籤題〕呂不韋《りよふい》が子楚を利用して大もうけの末に身を滅ぼした（呂不韋居奇）

〔籤詩〕**真珠や塩を各地で売って、数年間でたっぷりもうけた。**
商売止めて田舎にもどれ、欲を出したらきりがない。

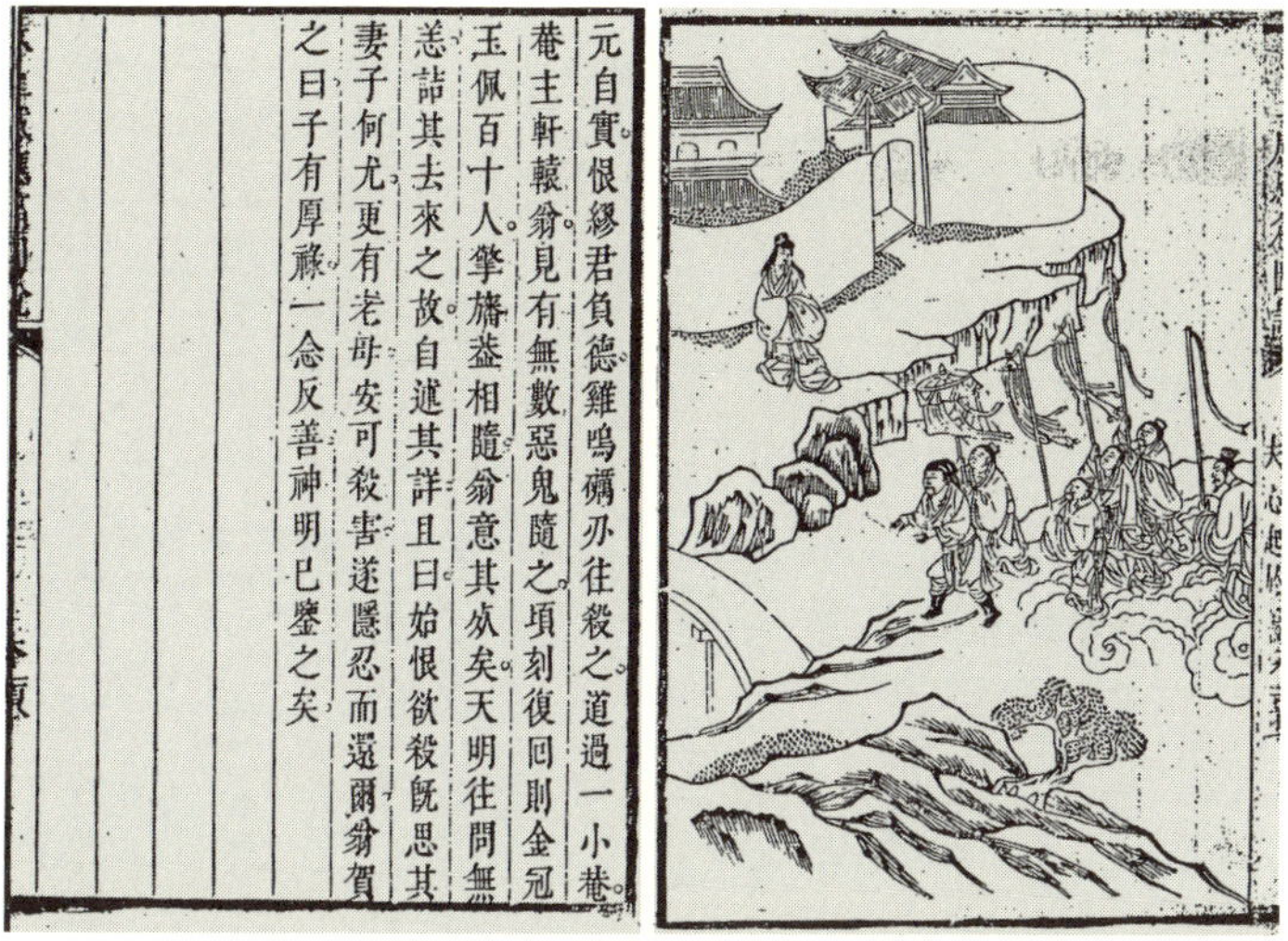

元自實恨繆君負德雞鳴礪刃往殺之道過一小巷。
菴主軒轅翁。見有無數惡鬼隨之。頃刻復回則金冠
玉佩百十人。擎旛葢相隨。翁意其死矣。天明往問無
恙。詰其去來之故。自述其詳。且曰。始恨欲殺。既思其
妻子何尤。更有老母。安可殺害。遂隱忍而還。爾翁賀
之曰。子有厚祿。一念反善。神明已鑒之矣

〔図 20〕

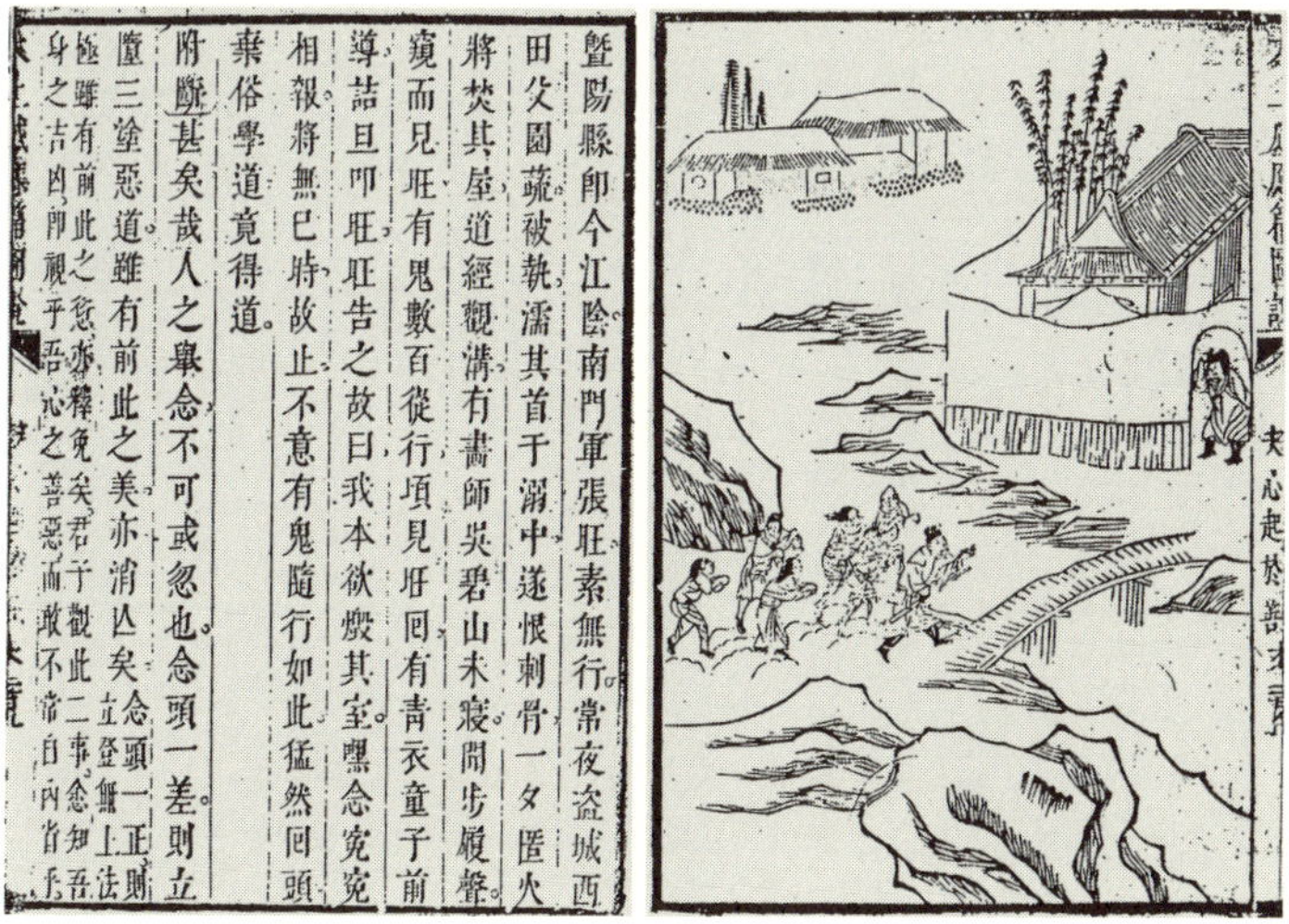

暨陽縣即今江陰。南門軍張旺素無行。常夜盜城西
田父園蔬。被執。濡其首于溺中。遂恨刺骨。一夕匿火
將焚其屋。道經觀溝。有書師吳碧山未寢。聞步履聲。
窺而見旺有鬼數百從行。頃見旺回。有青衣童子前
導。詰旦叩旺。旺告之故。曰我本欲燬其室。嘿念冤冤
相報。將無已時。故止。不意有鬼隨行如此。猛然回頭
棄俗學道。竟得道。
附斷。甚矣哉。人之舉念不可忒忽也。念頭一差。則立
墮三途惡道。雖有前此之美亦消亾矣。念頭一正。則
立登無上法
極。雖有前此之愆。亦釋免矣。君子觀此二事。念知吾
身之吉凶。即視乎吾心之善惡。而敢不常自內省乎

〔図 21〕

（南販珍珠北販塩、年来幾倍貨財添。勧君止此求田舎、心欲多時何日厭。）

〔聖意〕訴訟は勝ちだ、再戦するな。名声は得られた、その上望むな。婚姻は決めよ、病気は自然に治る。旅人は帰る、しばらくは分に安んじよ。

〔東坡解〕事業は成功、利益も二倍。貪欲止まずば、後悔するぞ。足るを知ったら恥辱なく、生活悠々楽しめる。いま万事意のまま、止められるときやめなさい。

〔碧仙註〕苦労は同じで違いがないから、休めるときにゆっくり休め。

富貴を求めて足るを知らぬと、災禍がかならず降りかかる。

＊この項は底本が読みにくいので、A本以外の諸本によった。

〔解曰〕この籤は、足るを知れば辱められず、止まるを知れば恥を受けないことを勧めるもの。前の事業が達成できたら、現状にも満足せよ。足るを知りて満を戒め、静かに暮らそうとするなら、田舎暮しを求めよ。自ずと現状満足の楽が得られる。貪り続けて止まないと、厭きることができなくなって、煩わしい上に、おのずと不慮の事態を招く。進退行止の時期は、自分で決定せよ。

〔釈義〕「販珠」「販塩」は、これまでに多くの事業に携わった意。「貨財倍添《ママ》」したら、少し休息できるということ。「求田舎」は引退者の行為。「勧君止此」は、引退の計を取れば災難を免れるだろうの意。「心欲多」は欲張り根性が止まないこと。「厭」は満足すること。欲張り者は、いくらあっても足りなくて、止まることを知らない。転覆の災難に至るまで止まることができない。だから深く戒めるのである。これをわきまえて静かに暮らせば、安泰＊である。

＊原文は「亨貞」で、『易経』上経の「屯」の卦のことば。

〔補足〕戦国時代の末期のこと。呂不韋は大商人で遠隔地取引に従事し、巨大な富を築いた。たまたま趙の国に人質として滞在していた秦の王子の子華に出会い、将来の利用価値を見込んで、「奇貨可居―奇貨おくべし」（いい商品は値上がりを待て）と、金品・美女を贈るなど多大な援助をした。やがて子華が秦の荘襄王になると、総理大臣に任命され、十万戸の領地を与えられた。三年後に荘襄王が亡くなると、太子の政が王位に就いたが、これが秦の始皇帝である。呂不韋はまた総理大臣になり、仲父（父親に準ずる尊称）と称された。だが、呂不韋はかつて子華（荘襄王）に贈った美女（後の荘襄王の夫人）と、秘められた関係があり、始皇帝の実の父でもあった。二人の関係はこのころも続いていたが、やがて事が露見して、呂不韋は服毒して果てた。（『史記』巻八十五呂不韋列伝）

第六十九籤　庚壬　中平

〔籤題〕蕭育《しょういく》と朱博は後で不和になった（蕭朱隙末）

〔籤詩〕**水路は止めて陸路がよろし、富家の息子と仲良くなるな。**
酒の席では兄と弟、一夜明ければ仇敵《あだかたき》。
（捨舟遵路総相宜、慎勿嬉遊逐貴児。一夜樽前兄与弟、明朝仇敵又相随。）

〔聖意〕功名と利益は、無理に求めるな。医師は慎重に選べ、婚姻は難航する。旅人は帰る、訴訟はやめよ。出入には、交遊に注意せよ。*

*原文は「凡出入、謹交遊」で、各本ともこのように作るが、難解。訳文は仮のもの。

〔東坡解〕水路はやめて陸路を選び、確かな道を行きなさい。富家の息子と、酒宴はするな。とつぜん腹立て、争い起きる。よく気を付けて、戒めとなせ。

＊この項はA本によった。

〔碧仙註〕得意の時が失意に終わる。遊び人とは仲間になるな。

人の心はころころ変わる、本心めったに明かしてならぬ。

〔解曰〕この籤の趣旨は、なにごとも確かな道を歩むがよい。交遊はいっそう選択を慎重にして、悪人を防ぐようにせよ。たかり・争い・酒色・財気・仲違いなどは、とくに気を付ければ、取り込まれないですむ。これが災難から身を守る道である。万事が吉に向かい、凶を避けられる。悪を改め善に従い、身を誤ることのないように。

〔釈義〕「捨舟遵陸」は、風波の危険よりは、陸路の安全を選べ。危険なかけより、確実な徐行を選べの意。だから「総相宜」という。「貴児」は、富貴な家の若者で、見た目は頼りになりそうだが、見かけだけで内実が乏しく、邪が多くて正が少なく、偽りが多くて忠信が少なく、悪が多くて善が少ない。だから仲良くなるな、と戒めるのである。「樽前兄弟」《ママ》（酒飲み仲間）は、一時的には忌憚ない仲になっても、翌朝には仇敵になってしまう。食事や利益のことで友情が失われ、不和になってしまうのだ。けちなやつの裏切りは避けようがない。この籤が出たら、身持ちを慎めば吉、戒めを忘れたら凶。

〔補足〕漢末・新の王丹の息子が、父を亡くした学友のために、弔問に行こうとした。それを知った王旦が怒って鞭打ち、絹織物を届けるだけにさせた。いぶかって訳を尋ねた人に、〝友情を全うするのは容易ではない。管仲・鮑叔や王吉・貢禹のような変わらぬ友情もあるが、張耳・陳余や蕭育・朱博のような友情の後の不和になるのもある。友情を全うすることの難しさが分かるではないか〟と言ったので、みな感服した。(『後漢書』巻二七王丹列伝)

第七十籤　庚癸　中吉

〔籤題〕戴平仲が天に祈って感動させた（戴平仲禱祈格天）

〔籤詩〕**雷雨風雲みな神がいて、心をこめて祈れば叶う。**
慈雨を祈れば約束されて、猛暑盛夏に雨が降る。

（雷雨風雲各有司、至誠禱告莫生疑。与君定約為霖日、正是蘊隆中伏時。）

〔聖意〕訴訟と病気は、だんだんよくなる。功名と利益は、しばらく待て。結婚は晩い方がよい。旅人から手紙はないが、神に祈れば、三日で霊験がある。

〔東坡解〕吉凶・憂慮*に、みな神がいる。もしも成就を問うならば、中伏のころにせよ。雨を望めば、雨が得られる。願いは万事、その時を待て。

＊『易経』繫辞上伝に「吉凶とは失得の象、悔吝《かいりん》とは憂慮の象なり」とある。

〔碧仙註〕貧富功名みな時があり、婚姻も晩い早いに時がある。
中伏の日に消息さぐれ、晩夏のころには明らかになる。

〔解曰〕この籤の趣旨は、この世のすべての事に、目には見えないが、主宰者がいるから、その時が至るのを待てば、機縁は自然に熟す。雨を希望するなら、至誠でその主宰者を感動させた上に、天命も奉じよ。そうすれば風伯（風の神）や雨師（雨の神）が応じてくれる。後半の二句は降雨の時期が中伏のころと言うが、万事このように〔タイムリーな対応があると〕類推せよ。

〔釈義〕「雷雨風雲」は天候の形態である。「各有司」は、それぞれに権限の所有者がいて、勝手に動かすことが出来るものではない。人の運命もこれと同様である。「至誠禱告」は、神が祈願者の真心を見極めること。「霖」は慈雨のこと。『左伝』隠公九年に「三日以上降る雨を霖という」。（以下原文十三字難解、訳文省略）「蘊隆《うんりゅう》」は大干ばつ。「中伏」は大暑後の二旬目の庚の日。このころに雨が降るということ。ここでは雨を祈願することで論じているが、これ以外の願望もみなこれに準じて、時の来るのを待つことが大事である。

〔補足〕後漢の戴封（平仲は字）が西華県（今の河南省西華県の南）の長官に赴任したとき、各地でイナゴの災害が発生したが、西華県だけは無事だった。その年は干ばつもひどく、戴封が雨乞いをしても効き目がなかった。そこで、薪を積み重ね、自分がその上に座って火を放つと、にわかに雨が激しく降り出した。人々はみな感嘆の声を上げた。（『後漢書』巻八十一独行列伝）

第七十一籤　辛甲　中吉

〔籤題〕蘇武が漢に帰還した（蘇武還漢）

〔籤詩〕**軒先でかささぎ鳴いていい知らせ、千里かなたの帰心が分かる。**
とばりの陰で夫婦《めおと》の帯を結ぶのは、木の葉が枯れる年の末ごろ。

（喜雀簷前報好音、知君千里欲帰心。繡幃重結鴛鴦帯、葉落霜凋暮色侵。）

＊「夫婦の帯」はおしどりを刺繍した帯。
〔聖意〕訴訟は和解がよい、名声は次第に挙がる。結婚は二度する、＊病気は凶。求財は、その時でない。願い事は、みな秋冬になる。
＊底本は「婚再和」、その他は「婚再合」に作る、訳文は当て推量。
〔東坡解〕うれしい便りが届けられ、遠い旅からようやく戻る。冬になるころ、夫婦が団円。万事吉だが、時が来るまでしばらく待て。成就するから、疑いもつな。

〔碧仙註〕事をなすには企画が必要、事業は時の来るを待て。

むかし悲しく別れたけれど、暮には一緒になること出来る。

〔解曰〕この籤の大意は、離別の後に再会、出かけた後で戻ってくる、とのお告げ。万事に兆候があると、すぐに吉報が届くものだ。旅人が戻る前には、通知があり、間もなく団円し、夫婦和諧の楽しみが生まれる。だがそれは年末に霜が降り、木の葉が落ちるころ。恐らく人生の晩年か、老衰のころかも知れない。

〔釈義〕「喜雀」（かささぎ）は、喜びを予告する能力のある鳥で、旅人に帰郷の念が起きると、千里隔てた遠くでも、察知して予告してくれる。杜甫の「羌村《きようそん》」三首の一「柴門烏雀噪、帰客千里至」（柴の戸口にかささぎ鳴いて、千里かなたの旅人帰る）はその証拠。「鴛鴦」「重結」は、久別の後に、突然の吉報を得たときの心情だ。「葉落霜凋」は、再会が秋か冬の頃になるだろうということ。だが何度も苦難をなめて、ようやく今日になって吉報を得たのでは、あまりにも遅すぎる。だから「暮色侵」（たそがれが迫る）といったもの。この籤が出たら祈願は叶えられるだろうが、早期の実現はむずかしいだろう。「重」の字があるから、ひょっとすると再婚を暗示するかも知れない。別の事柄で、再度の意味に判断すべきかも知れない。

〔補足〕漢の蘇武は武帝の天漢元年（前一〇〇）に匈奴に使節として派遣され、匈奴国内の内紛のために帰国できなくなった。その後も、匈奴への投降を拒否し続け、地下倉庫に幽閉されて雪や氷をかじり、僻地で羊の飼育をさせらて野ねずみや草の実を食べた。帰国が実現したのは十九年後、昭帝の始元元年（前八一）だった。屈強だった蘇武も、ひげや髪はすっかり白くなっていた。

（『漢書』巻五十四蘇武伝）

『玄天上帝感応霊籤』（『続道蔵』所収）第二籤に、「〔行人〕雁杳魚沈信息稀、空労望絶白雲迷。相逢若遇寅辰日、鵲噪簷前人馬帰」（情報たより希になり、お帰りを待つ望みも絶えた。再会するのは寅・辰の日で、かささぎ鳴いて人馬が帰る）。

澤田瑞穂博士『芭蕉扇』（平河出版社）喜雀の章「喜雀の歌―釈超空在北京―」に、「…この鳥は河北や朝鮮半島に生息する羽の色が白と黒の鳥で、中国語で喜鵲《しいちゆえ》とよぶ。鵲といってもカササギではなく、むしろ鴉に近い。いわゆる烏鵲である。ただ、この鳥が早朝に鳴くと吉事が近いという俗信があって、それで喜鵲と呼ばれるのである」。という。〔図22〕

明代の歌にも、「北風強く、雪雲垂れて。軒先でかささぎ鳴いていい知らせ。今宵再会手に手を取ってとばりの陰へ。と思いきや鶏の鳴く音《ね》に、ちっちっくわっくわっ、夢が破れた。（朔風緊、凍雲垂。霊鵲児簷間喳喳的来報喜。不承望今夜画堂裏剛剛的重完会、双双共入羅緯裏。歓娯無奈被害這暁啼、咭咭聒聒好夢驚回。〈『全明散曲』第四冊五〇〇〇頁南北南呂合套・四時思慕・東欧令〉）

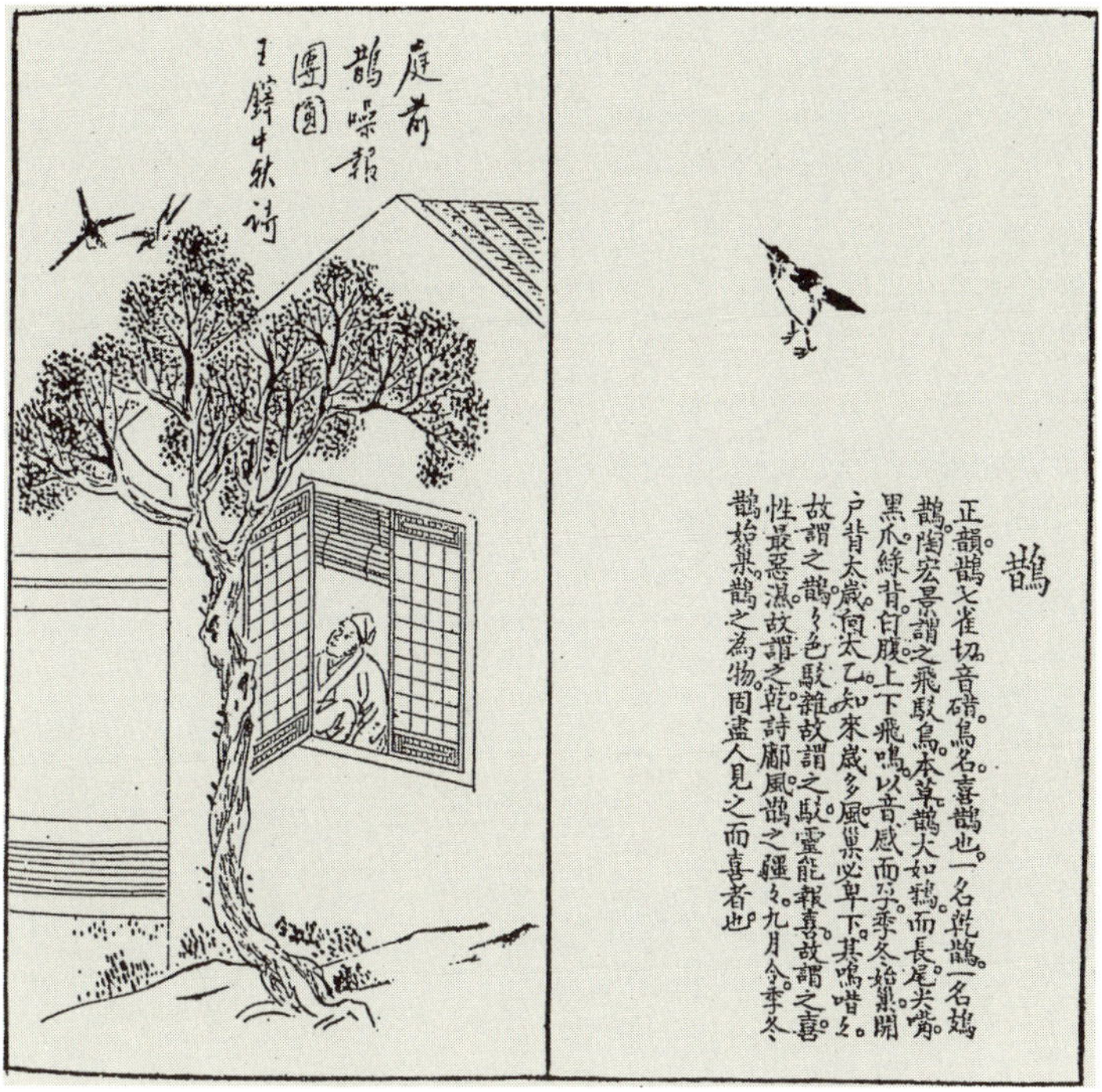

〔図 22〕（環球社『図画日報』第三百九十三号第四頁）

第七十二籤　辛乙　中平

〔籤題〕荀卿は五十歳になって遊学した（荀卿五十遊学）

〔籤詩〕**河川道路に危険があって、遠路に日暮れの嘆きあり。たとい栄華の良き時あるも、申酉《さるとり》過ぎて戌《いぬ》の年待て。**

（河渠傍路有高低、可嘆長途日已西。縦有栄華好時節、直須猴犬換金鶏。）

〔聖意〕財貨は遅い、病気は危険。功名は成りがたい、手紙はまだ遠い。訴訟は凶で終わる、婚姻は晩い。

懐妊には驚きがある、田畑は不作。

〔東坡解〕遠路に危険あり、晩年になったらなおさらだ。事業は多難で、ただ嘆くだけ。申酉戌の、年月日時になったら、この時ならば、少しは願いが叶えられる。

〔碧仙註〕挑戦しても成果がなくて、平地に突然暴風起こる。

目先の栄華が夢のよう、いつ覚めるかと恐ろしい。

〔解曰〕この籤は、危険が多くつまずくから、転落しないよう防ぐようにとの教えだ。まして川沿いの難所や、日暮れ方、暗闇が迫るころならなおさらのこと。万事無理に前進することは大凶だ。立ち止まって中止したら、災難を免れることが出来るだろう。たとえよき晩景が予想されても、申酉戌の年月日時になるまで待て。あるいは成功するかもしれない。

〔釈義〕「路有高低」は道路が険阻なこと。まして河川ぞいにあるのだから、なおさら危険である。「長途可嘆《ママ》」は難儀なこと。まして日が傾いて暗闇が迫るころに、危険を越えようとは無謀。「猴」は申、「犬」は戌、「鶏」は酉のこと。「縦有栄華」は、申酉戌の年月日時まで待てば、はじめて反応があるだろう。今は巡り合わせがひどく凶だから、じっと堪え忍ぶがよい。

〔補足〕荀卿は戦国時代末期の儒家、荀子ともいわれた。五十歳になって初めて斉の国に遊学した（『史記』巻七十四孟子荀卿列伝）。

籤詩第四句は、原文は作詩上の関係で「直須猴犬換金鶏」としたもので、意味は「直須猴金鶏換犬」、つまり「申酉の年が戌年に変わるまで待て」だろうが、なぜ申酉戌の年まで待てばよいというのか理解出来ない。

第七十三籤　辛丙　下下

〔籤題〕斉の桓侯《かんこう》が蔡国を攻めて滅ぼした（斉侯興師伐蔡）

〔籤詩〕**かんざし分けて誓いあったが、今ではぷっつり音信絶えた。**
永久《とわ》の夫婦《めおと》を望むは愚か、叶わぬ事と知れたるものを。
（憶昔蘭房分半釵、而今忽把信音乖。痴心指望成連理、到底誰知事不諧。）

〔聖意〕功名・利益は遥か、訴訟は凶に終わる。結婚は二度する、懐妊は失敗する。病気は危険、運は開けない。事業は軌道に乗らず、成功は望めない。

〔東坡解〕離散が多く、再起は困難。迷いが解けず、目がさめない。無理にまとめて、破綻する。すべての事に、手順を変えよ。

〔碧仙註〕結婚は問うな。財利は失敗。
家族はわめき、心中は憂鬱。

〔解曰〕この籤は、人を簡単に信じるなと戒めたもの。なにごとにも、約束して最初は仲がよくても、結局あだ花に過ぎず、実がない。結婚で失敗するのがそれだ。早めに見抜いて、いざこざを免れたら、別の道があるかも知れない。だがもてあそばれたら、無益を通り越して、被害が大きい。人の心はこんなものだ、よくわきまえよ。

〔釈義〕「蘭房」は女性の居室。「分半釵」は釵を二本に分け、男女が一本ずつ所持して愛情の誓いとすること。人情は最初は、こんなにも細やかなものだ。「信音乖」は、心がころころ変わるのが常だということ、そうであればこの結婚がまとまらないことがあきらか。「連理」は夫婦のちぎりが固いこと。「痴心指望」は、情痴に迷わされて目が覚めず、見込みのない縁談をまとめようとし、当てのない事を成し遂げようとすることで、無駄なことだ。傍観者は早く気付くが、当事者は気付かない。この籤が出たら、出直す事をわきまえよ。

〔補足〕斉の桓公が夫人の蔡姫と船遊びをしたときに、蔡姫がふざけて舟を揺らしたのを怒り、実家の蔡国に送り返したところ、父親の蔡侯は無断で蔡姫を別人に再嫁させた。桓侯は金槌で泳ぎが出来ず怖くて怒っただけで、もともと離婚する気はなかったから、蔡侯をひどく憎み、出兵して蔡国を滅ぼしてしまった。思いがけないことから、夫婦関係が壊れた。（『左伝』巻十二僖公四年、『史記』巻十二「諸侯年表」桓侯三十年）

第七十四籤　辛丁　上吉

〔籤題〕竇禹鈞《とううきん》の五子が科挙に合格（竇禹鈞折桂）

〔籤詩〕**険阻な道が続いても、平地のように行ったり来たり。**
その身は悟り心は澄んで、富貴の道に春が来る。
（崔巍崔巍又崔巍、履険如夷去復来。身似菩提心似鏡、長安一道放春回。）

〔聖意〕病気と訴訟は、危険だが心は穏やか。功名と利益は、滞るが得られる。婚姻はもめた後で、まとまる。旅人は帰る、福は自然に生じる。

〔東坡解〕道は険阻でも、心は安らか。凶が転じて吉となり、やがて心配なくなる。更に続けて正道守り、決して変えることなかれ。やがては道が平らになって、望みの福が訪れる。

〔碧仙註〕何度も危険に出会ったが、天の助けで怖さが消えた。

　これから平らな出世街道、天子の元へひた走る。

〔解曰〕この籤は、危険と困難が横たわっているが、神明が助けてくれるから、危険の中でも、大道を行くように安全だ。日頃の善行が、天の心を感動させ、心中の知恵が、悟りをもたらし、危険を脱して、平坦な大道が開けたのだ。出世街道は、春爛漫、無限の好景が開けようぞ。この籤が出たら、心身ともに慎み、ますます善行を積み、天の庇護と善果を得るように努めよ。

〔釈義〕「巍巍」は高くて険しい土地のこと。繰り返して警告するのは、危険を強調するため。「夷」は平地。「去復来」は、危険な土地でも自由に往来できて、害にならないこと。「菩提」は悟りの境地、「鏡」は透明なこと。身は悟り、心は透明になったので、天に助けられ、吉にして万事に利があること。「長安《（マヽ）》道」は、功名・富貴への道。「放春回」とは、功名・富貴が訪れて、春景色のように繁栄に向かうこと。占いも心身も、ともに吉であるのは、霊験がある確証だ。

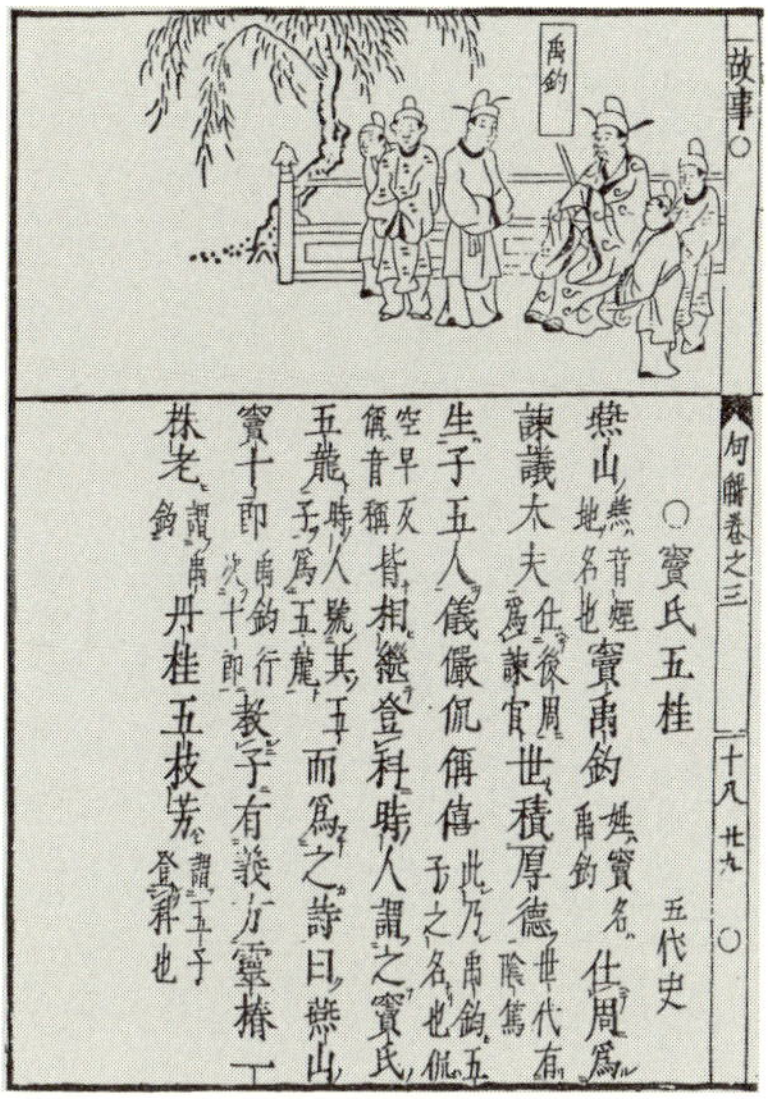

〔図 23〕

〔補足〕五代・宋初の竇禹鈞は、儀・儼・侃《かん》・偁《しょう》・僖の五人の息子があったが、全員が科挙の試験に合格し、宰相などの高官になった。人々から「竇氏の五龍」とか「竇氏の五桂」と称えられた（『宋史』巻二六三竇儀列伝）。竇禹鈞は明清時代の善書では、二〜三〇両の金銀を拾得して、落とし主を探し出し返還した陰徳によって、長寿と五子の栄達を授かったとする話が多い（『日記故事大全』巻五得金還主など）。〔図23〕は『君臣故事』（汲古書院刊『和刻本類書集成』3）巻三人事門「竇氏五桂」によった。

「富貴の道」の原文「長安一道」は、「長安道中」という成語を利用したもの。「長安」はもと唐の都で、首都の意味にも使われる。そこへ行くとは、出世すること。

第七十五籤　辛戊　中吉

〔籤題〕梁鴻が孟光を従えた（梁鴻配孟光）

〔籤詩〕**前世で結んだ良縁で、出会ったばかりで情《こころ》が通う。**

人物つりあい差がなくて、意にかなったら貧富を問うな。

（生前結得好縁因、一笑相逢情自親。相当人物無高下、得意休論富与貧。）

〔聖意〕財物は集まる、病気はすぐ治る。訴訟を問うなら、必ず支援者が現れる。婚姻は叶う、良友が集まる。旅人は帰る、諸事順調。

〔東坡解〕前世で結んだ縁があり、一度の出会いで知人のよう。企画・方針みな合致、事業は多く目途が立つ。出会ったときから、隔てはいらぬ。話は通じみな順調、仕事の上で齟齬がない。

〔碧仙註〕二人の情が通じ合い、前世のご縁あったのだ。

身分の高下にこだわるな、順風に乗り大空進むがごとし。

＊この項は底本以外の諸本によった。

〔解曰〕この籤は、前世の縁があるから、苦労せずに、万事自然うまくいく。相手は俗塵を脱しているし、こちらも凡俗を越えている。だから出会ってすぐに、互いに強く心がひかれるのだ。世情貧富にこだわらずに、結ばれて相和し、貴人と良好になり、出世する。事業はみな思い通りになる。

〔釈義〕「好姻縁」は、姻縁がとてもいいこと。だがそれは前世で積んだ善行のおかげで、単なる偶然の結果ではない。麻を植えれば麻が取れ、豆を植えれば豆が取れる。これは自然のなせる技である。「一笑」「情親《ママ》」は、もっと早く会いたかったの意。「人物」「相当」は、才能・地位に差がないこと。前世の姻縁がある上に、連れ添うのがふさわしいのだから、金持ちだと誇ったり、貧乏だと卑しんだりするな。これを見たら才能と徳行積んだ人は喜ぶべきであろう。（最後の一句は訳文に自信がない。）

〔補足〕後漢の梁鴻《りょうこう》は貧乏だったが、学問・人格に優れていた。名門良家から縁談が多かったが応じなかった。同じ県内の孟家に、太っていて色が黒く、石臼を持ち上げるほど力持ちの娘がいた。三十歳になっても嫁がなかった。父母が訳を聴くと、梁鴻のような立派な人ならよい、とのことだった。縁談がまとまり、二人は結ばれたが、孟氏が着飾って化粧して仕えても、梁鴻は七日間口もきかなかった。質素な衣服に改め化粧も止めて仕えたら、梁鴻が〝これこそわが妻である〟と喜び、孟光と名付け、徳曜と字《あざな》した。（『後漢書』巻八十三逸民列伝）

第七十六籤　辛己　中平

〔籤題〕申屠嘉《しんとか》が鄧通を呼びつけて叱責した（申屠嘉檄召鄧通）

〔籤詩〕**刑書には罪条三千文字八千あるが、判決は事前に知らされぬ。**
善でも悪でも身から出るもの、禍福の本はみなここにある。
（三千法律八千文、此事如何説与君。善悪両途君自作、一生禍福此中分。）

〔聖意〕訴訟の行くへは、道理の有無による。財禄を求めるなら、自分の心に問え。病気は早くお祓いせよ、権勢を振り回すな。婚姻はもっと調べてこそ、吉利がある。

〔東坡解〕吉凶は多様で、複雑だ。言葉で説明しきれない、自分の心で推量れ。福は積善により、禍は積悪に生まれる。対処の仕方は、自分で気付け。

〔碧仙註〕法廷は危険な所みだりに行くな、やましくなければ心配いらぬ。
禍福は一定不変でなくて、善と悪との行為で決まる。

〔解曰〕この籤は、悪事をしても、神は警告しない。法律は役所で執り行なわれるから、事前には教えられない。ただ〝禍福には門がなく〟（『太上感応篇』の語）行為の善悪で判断され、善行には福、悪行には悪が与えられる。禍福の契機は、自分の心に問えば分かること。福を求めて禍を避けたいならば、悪を捨て去り善に従え。

〔釈義〕「律」「文」は刑書のこと。「三千」は罪条について言い、「八千」は字数について言ったもの。生死の判決権は刑吏にあるから、部外者は聞くことが出来ない。だから「如何説与君」（君らに知らされぬ）と言うのだ。だが聞くことが出来なくても知ることが出来るのは、生死が「善悪両途」（善・悪の二種の行為）によって決められるからである。「善悪」がその人自身の為すものであれば、「禍福」もまたその人自身が求めるものだということになる。何事も、善に努めて悪を捨て去るべし。聖人の心が深遠・適切、顕著・明白であることを忘れてはならぬ。

〔補足〕漢の宰相・申屠嘉は清廉剛直な人だった。時の天子・文帝は官僚の鄧通の家に飲みに行くほどの仲だった。鄧通はその寵愛を笠に着て、朝廷でも申屠嘉に無礼の態度があったが、天子は注意しなかった。申屠嘉が、〝陛下が臣下を寵愛なさるなら、富貴を与えればよろしい。礼儀無視は粛正しなければなりません〟と、鄧通を呼び出して処刑しようとした。驚いた天子が平謝りに謝って処刑は免れた。鄧通は泣きながら天子に、〝宰相に殺されるところでございました〟と伝えた。（『史記』巻九十六張丞相列伝、『漢書』巻四十二申屠伝）

籤詩の「善悪両途君自作、一生禍福此中分」は『関聖帝君覚世真経』にも「善悪両途、禍福攸分」とある。禍福はその人の行為の善悪によって決められる―別な言い方をすれば、自分の運命は自分が決める―、というのは善書の最も基本的な運命観で、『太上感応篇』では冒頭に「禍福には特定の門はなく、人が自分で招き寄せるものである」という。

『聖母霊籤』（酒井忠夫等編『中国の霊籤・薬籤集成』収）第七十六籤に、「法度三千八百語、此節未必通於君。善悪両条均在律、一生禍福此中分」。古くから「五刑之属三千」（『孝経』五刑章）といわれてきた。

第七十七籤　辛庚　中平

〔籤題〕伯州犁《れい》が事実を曲げて判決を下した（伯州犁上下其手）

〔籤詩〕**木には根があり水に源《もと》あり、人の禍福も源を極めよ。**
うわさ話は妄信するな、訴訟が凶とは名言だ。

（木有根荄水有源、君当自此究其原。莫随道路人間話、訟則終凶是至言。）

〔聖意〕訴訟は戒めよ、病気は祈るがよい。功名は不利、結婚は破綻する、口喧嘩は防げ、旅人は帰る。万事に謹み深く、軽はずみなことはするな。

〔東坡解〕禍は悪事の積み重ねによるから、その本を究明せよ。とりわけ善に志すのがよくて、病気も心配いらなくなる。行動は慎重にして、人の言葉は妄信するな。もしも曲がった道行けば、すぐ禍が寄って来る。

〔碧仙註〕口は禍の出入り口、言葉に本心が現れる。
決して訴訟はしてならぬ＊、身を慎めば福が来る。

＊原文は「公庭無一字」で、「役所には一字でも訴状を出すな」の意。成語「一字入公門、九牛抜不出」（一旦訴状を提出したら、絶対に取り下げられない。苦労が続く）を踏まえている。他のテキストでは全て、「訟則終不利」に作っていて、わかりやすいが、底本の表現に面白味がある。

〔解曰〕この籤は、慎み深くせよとの戒め。何事も情と理に従い、根本的な原因を探れば、対処の仕方が明らかになる。身近な人の言葉を信じて、やたらと訴訟を起こしてはいけない。訴訟を起こせば、必ず災難不幸が寄って来る。そのとき後悔しても間に合わない。慎重を優先する事が得策だ。万事に止まるがよくて進むがよくない。静がよくて動がよくない。解くがよくて結ぶがよくない。この籤が出たら気を付けよ。

〔釈義〕「木有根」（木には根があって）繁茂し、「水有源」（水には水源があって）遠くまで流れる。これが物の道理である。人も同じで、善行が幸福の源で、思いやりが長寿の源というわけである。読書の蓄積が功名・利益の源で、その源さえあれば、何事にも通じる。人がとりわけ極めるべきことである。うわさ話は常にでたらめで信用できない。信じ込んで、訴訟のきっかけになったら、追い詰められて、計略に引っかかる。これは結局、凶に終わる道である。始めに慎重であれということだ。

〔補足〕春秋時代の半ばころ、紀元前五四一年のこと。楚国が鄭国を攻め、楚の県知事だった穿封戌《せんふうじゅ》が鄭の大夫皇頡《こうけつ》を捕虜にした。だが楚の王子の囲が、自分が捕らえたと主張して争いになり、二人が伯州犁に判定を求めた。伯州犁は晋の国の人で、楚に滞在中だった。伯州犁は二人の前に皇頡を呼び出し、囲に向かって手を挙げ〝こちらは楚の国王の弟君である〟と言い、手を下げて〝こちらは地方の県知事である〟、〝ところでそなたを捕らえられたのは、どちらであるか〟と尋ねた。皇頡はその意図を察したので、〝王子様に捕らえられました〟と答えた（『春秋左伝』襄公二十六年五月、宋・胡継宗『書言故事大全』巻五身体説類）。「手を上下する」は後に、事を曲げて裁きをつけることの成語となった。お上の裁きはこんなもので、訴訟はするものでないということ。

第七十八籤　辛辛　下下

〔籤題〕石崇が錦織りの歩障を設置した（石崇錦糸歩障）

〔籤詩〕**豊になって衣食が満ちたら、心の中にも見識をもて。**

財が多いとなぜ狙われるのか、福にも禍にも由来があるぞ。

（家道豊腴自飽温、也須肚裏立乾坤。財多害己君当省、福有胚胎禍有門。）

〔聖意〕財貨を貪るな、身を損なう。訴訟は止めて、止まるを知れ。病気は神に祈れ。胎児は男子。結婚は良家を選べ、旅人はまだ帰らぬ。

〔東坡解〕暮しがよくなっても、慎み深くせよ。自力を貫き、ご加護を祈れ。財より道理を重視してこそ、家の繁栄長く久しい。善と悪とをよくわきまえて、自己の行為に責めを負え。

〔碧仙註〕自分の心は自分で決めて、人の言葉に惑わされるな。

福を施し安静願えば、災いも転じて福となる。

〔解曰〕この籤は、暮しが豊でも、身を慎み、弱い者をいじめをするな。争いもめ事が起きるだろう。それでも欲張り続けて止めないと、後で禍が起きるだろう。禍福は全て自分に由来するから、慎重にせよ。

〔釈義〕衣食が「温飽《ママ》」（満ち足りている）人は、世間知らずが多い。「肚裏乾坤《ママ》」は自己の見識をもてということ。ことの可否は自分で決めろ。うかつに人の言うのを聞いたら、後で悩む。「財多害己」は欲張り過ぎによる禍いである。「福有胚胎」は善因のことをいい、「禍有門」は悪因のことをいう。善悪の二途を理解すれば、禍福は自分で選ぶことができる。この籤は趨吉避凶（吉に

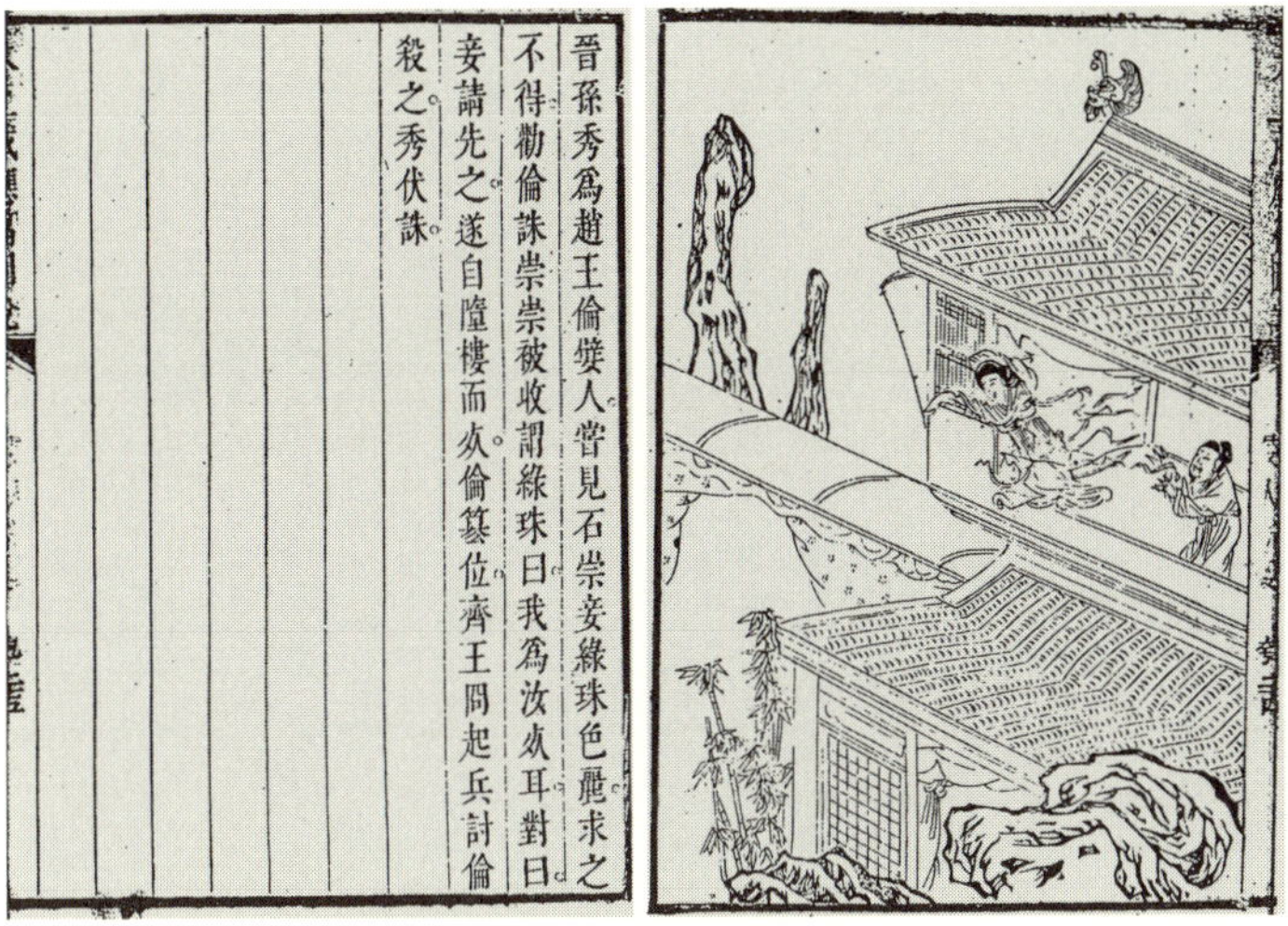
晉孫秀爲趙王倫嬖人嘗見石崇妾緑珠色麗求之不得勸倫誅崇崇被收謂緑珠曰我爲汝死耳對曰妾請先之遂自墮樓而死倫簒位齊王冏起兵討倫殺之秀伏誅

〔図24〕

向かい凶を避ける）の方法を示したものである。

〔補足〕西晋の石崇は、頭の回転がよく、勇敢で謀略にたけていた。任侠を好み無軌道でもあった。巨大な富を築き、大邸宅を建て、数百人の婢妾を置いて、贅沢三昧の暮らしをした。薪の代わりにローソクで飯を炊いたり、山椒入りの壁を塗ったり、錦織の歩障（貴人が外出時に道路に設置する幔幕）を二十五キロメートルも設置するなど、異常な金の使い方をした。王室の趙王倫が専横を極めたとき、その配下の孫秀に、愛妾の緑珠を横取りされそうになって拒否し、緑珠は自殺し、石崇は処刑された。処刑前に〝財貨は災難のもとなのに、なぜいつまでも抱えていたのか〟と問われて、答えられなかった（『晋書』巻三三石苞列伝、南朝宋・劉義慶『世説新語』巻六汰《た》侈《し》）。

〔図24〕は『太上感応篇図説』第五冊の「侵人所愛」（人の愛するものを奪い取る）ことを戒

めた箇所の図説で、右が石崇、左が緑珠。

る。

第七十九籤　（底本には第七十九籤が欠けているので、A本によった。体裁・内容が異なる。）

〔籤題〕**西北の地は来龍*を子細に調べよ、正北の地は南向きなら安心だ。東北ならば陰と陽とが逆になり、家は落ぶれ暮らしに苦しむ。**

（乾亥来龍仔細看、坎居午向自当安。若移丑艮陰陽逆、門戸凋零家道難。）

＊「来龍」は風水術（地相術）の用語で、山の特殊な起伏の地形をいう。めでたい地形として尊重される。

〔解曰〕家を建て墓作るなら、その方角をよく調査せよ。龍穴*吉でも、方角ずれれば凶となる。事業は全て、南がよい。ひとつでも違えば、願いは叶わない。

＊「龍穴」も風水術の用語で、山の特殊な起伏の地形をいう。墓地に最適として尊重される。

〔聖意〕功名と利益は、道理に従って求めよ。婚姻と訴訟は、みだり求めるな。病気には医師を選べば、不安がない。旅人は帰るから、憂慮するな*。

＊「憂慮するな」は、A本以外の諸本によった。

〔補足〕底本には、第七十九・八十の両籤が欠けているので、A本によった。A本では、底本の籤序の漢数字・籤詩・東坡解（A本では解曰とする）・聖意に相当する部分だけで、籤序の十干・断語・籤題・碧仙註・解曰・釈義・占験に相当する部分がない。

第八十籤 （底本には第八十籤が欠けているので、A本によった。体裁・内容が異なる。）

〔籤詩〕**ある日とつぜん役所沙汰、これも家の衰微と墓の不備のため。**
風水変えれば禍福も移る、つまらぬ事だと軽視せぬよう。
（一朝無事忽遭官、也是門衰墳未安。改換陰陽移禍福、勧君莫作等閑看。）

〔解曰〕風水は不利。家は衰える。なにかの祟りでこの禍が起きる。いそぎ改め、悪を避け善に向かうがよい。心を戒めれば、心配がなくなる。*　*この句はB本によった。

〔聖意〕功名と利益は、求め方を改めよ。訴訟は和解したら、心配がなくなる。病気は医師を代えよ、旅人はやがて帰る。結婚は別に進めよ、軽々しくせぬように。

〔補足〕底本には、第七十九・八十の両籤が欠けているので、A本によった。A本では、底本の籤序の漢数字・籤詩・東坡解（A本では解曰とする）・聖意に相当する部分だけで、籤序の十干・断語・籤題・碧仙註・解曰・釈義・占験に相当する部分がない。

第八十一籤　壬甲　中吉

〔籤題〕寇準《こうじゅん》が雷陽に赴任した（寇公任雷陽）

〔籤詩〕**物を借りても返さずに、偽り通す奴がいる。**
だが幸いに聡明・公正な役人が、依頼に応えて悪計あばく。
（仮君財物自当還、謀頼欺他人自奸。幸有高台名月鏡、請来照対破機関。）

〔聖意〕訴訟では偽らず、本分によれ。病気は名医に出会う、功名は問うな。婚姻は慎重に進めよ、事業は詳細に論じよ。懐妊は安全。旅人は遅い。

〔東坡解〕財物借りて、人を欺き言い逃れする。だがあの世に鬼神、この世に清官。一度の裁きで、罪逃げられぬ。万事良心に従えば、不都合はなきものを。

〔碧仙註〕分に従い公平なれば、天地の神の心にかなう。
もしも良心欠いたなら、神も仏も共に見放す。

〔解曰く〕この籤は、人にだまされても、しばらく耐えれば、自然に恨みがはらされる。誰かが借りて返さず、あれこれ言い逃れしても、罪は向う側にあるのだから、恐れるな。清廉な役人が、易々と見破ってくれるから、悪人は失敗する。何事も本分に従い、人をだましてはならぬ。本分に従えば、万事に順調。人を騙せば、自分を害するだけだ。

＊末尾の六句は原文が難解で、訳文は大意。

〔釈義〕物を借りたら「当還」―返すのが道理の常態。「謀頼欺心」―人をだまして我が身を欺くのは、道理の変態だ。騙されるのは弱いからだが、騙した者は天からとがめられる。「高台明鏡《マヽ》」は聡明・公正な役人のこと。明鏡は小さな事も写しだし、明智は隠れた悪もあばき出し、悪計はすべて破られる。悪人は早く悟るべし。この籤が出たら、秋か満月の後か、とくに満月の時に、霊験があるだろう。

〔補足〕寇準は北宋の太宗・真宗に仕えて多大な功績があった。晩年には雷陽（雷州の別称で、今の広東海康県）の知事の属官に左遷されてその地で没した。霊柩が都へ送られるとき、県民は路傍に竹竿を差して紙銭（死者に供える紙製の銭）を奉じて徳をしのんだ。翌月にはそこに竹の子が生えたので、廟を建立して、毎年祭祀を行なった（『宋史』巻二八一寇準列伝）。寇準は聡明・公正な役人の見本ということであろうか。

第八十二籤　壬乙　上吉

〔籤題〕陶侃《とうかん》の母が頭髪を売って賓客を接待した（陶母截髪留賓）

〔籤詩〕**仲間の中に賢者がいたら、とりわけ世話をしてやるがよい。その日の二人の交歓が、のちに貴人との仲を取り持つ。**

（彼亦儔中一輩賢、勧君特達与周旋。此時賓主歓相会、他日王侯卻並肩。）

〔聖意〕財貨は必ず得られる、功名は推薦を受ける。訴訟に理が得られる、病気はまだ願ほどきをしていない。*婚姻はまとまる、旅人は現れる。福財が得られるのは、積善のおかげ。

＊C・D・E本の解曰の「病有願未還」を参考にした。

〔東坡解〕物事には関連性があるから、お世話が大切。世話してやれば、報恩がある。事業は貴人と、出会って成就。神のご加護で、福が来る。

〔碧仙註〕何事も成就するには訳があり、付合いは浅い仲から深くなる。

貴人の支援で事業は楽々、神のご加護があればこそ。

〔解曰〕この籤は、何事も因縁の種をまけば、後に自ずと大きな利益が生まれるということ。交際仲間に賢者がいたら、とくに仲良くして深い交際をせよ。後にこの人が成功し、出世して王侯になったとき、旧友として同等の付き合いをしてもらえる。その威光のおかげで驥尾に付して、事業は楽々と進む。出会ったばかりで接近しても、そうはいかない。何事も、種をまいて芽が出るということを、わきまえよ。

〔釈義〕「一輩賢」は、抜群の品格の人をいう。その人がまだ不遇のときには、だれも気付かず注目しない。「特達」「周旋」は、衆人の中でとくに眼をかけてやること。「賓主」「相会」は、過日の交際時の情のこと。「王侯並肩」は、後にその人が出世して、仲間として扱ってもらえること。これは無心の行為のおかげであるが、なかには利己目的でするものも多い。深い洞察力を備えた人でなければ、当てはまらない話である。友人は不可欠だが、その選択を誤ってはならぬ。

〔補足〕晋の陶侃は早く父を失い母と暮らしていた。県の下級職員をしていたとき、同じ郡の有名人の范逵《はんき》の訪問を受けた。突然のことで接待費用がなく、母が頭髪を切り取って売り、その代金で盛大な宴席を設けて交流した。翌日、范逵が帰途に廬江《ろこう》（今の安徽省舒城県）の長官張夔《ちょうき》を訪ねたときに、陶侃の人物を称賛したことから、張夔に呼び出されて、督郵（行政の監督官）に任命された。後には大将軍に出世し、四十一年間在任した。（『晋書』巻六十六陶侃列伝、宋・劉義慶『世説新語』巻五賢媛第十九）

『関帝霊籤』に限らず中国の霊籤には、貴人との出会いを強調することがとりわけ目に付く。これは官吏や商人などの、厳しい競争社会における人間関係の重要性に由来するものであろう。

第八十三籤　壬丙　下下

〔籤題〕厳君平は百銭かせいだら閉店した（厳君平卜肆垂簾）

〔籤詩〕**分に従い清福守り、富貴栄達を妄想するな。**

人の暮しは困難だけど、百年生きても安楽は一時《ひととき》。

（随分堂前赴粥饘、何須妄想苦憂煎。主張門戸誠難事、百歳安閒得幾年。）

〔聖意〕功名と利益は、貪るな。訴訟は和解がよい、旅人はまだ帰らぬ。病気は回復が遅い、婚姻のことは議論するな。旧習を守れば、家に必ず利益がある。

〔東坡解〕好事は縁次第だから、競うな貪るな。旧習守れば、家は安泰。欲を出したら、悩みが増える。一歩退き反省し、悠々と暮らせ。

〔碧仙註〕貧賤に安んじることを知る人は少ない、天の時人の事には機密がある。

　今後も過去の生き方守れ、人の無駄口信用するな。

〔解曰〕この籤は、与えられた分を守り、安静を得たら、その暮しを楽しめ。目先のことを貪って、異常な欲を出したら、無益な上に、悩みが増えるだけだ。家計が困難でも、心安らかな境地は、なかなか得られるものでない。その状況に甘んじることを幸せとせよ。万事に安静なれば吉、妄動したら凶である。

〔釈義〕「随分粥饘」は、一杯の粥も飯も、与えられたら幸福というもの、ありがたく頂戴せよという意味である。「妄想」は、富貴栄華を希望するのは、与えられた本分にないことだの意。「苦憂煎」は、自分から進んで苦悩を求めること。妄想を戒めとし、そうならないようにせよ、ということ。「主張門戸」は暮しを立てること。「誠難事」は、暮しをたてることが困難なのはわかるが、しかし人生百年のうち安らかなのは一時だけ、その一時を妄想し苦悩してどうするのするのか。

この籤が出たら、妄想は止めよ。

〔補足〕漢の厳君平（名は遵《じゅん》、君平は字）は、成都で易占いの店を開いていた。占い師が賤しい職業であることは自覚していて、客には忠義孝悌を勧め、一日に数人占って見料が百銭に達すると、暖簾をはずして閉店した。その日の生活費が得られたら、それでよかった。読書に努め博覧強記、老子や荘子の教えに従って、十余万言の書を著した。地位や財貨に心を動かされることなく、九十余歳の生涯を易占い一筋で通した。（『漢書』巻七十二王貢両龔鮑伝）

第八十四籤　壬丁　中平

〔籤題〕繆彤《ぼくゆう》が部屋に閉じこもり自分のほほを叩いた（繆彤閉戸自撾）

〔籤詩〕**汝の家は一層もめる、その局面で先手を打て。おしゃべり女は信用するな、礼儀に従い信念貫け。**

（君家事緒更紛然、当局須知一著先。長舌婦人休酷聴、力行礼義要心堅。）

〔聖意〕訴訟は和解するがよい、讒言は信じるな。財貨はゆっくり求めよ、功名は欲張るな。胎児は女子、旅人は帰る。婚姻はよく調査して、高望みするな。

〔東坡解〕万事に道理は一つ、みな先見をもて。人の言葉は信用するな、事態が悪化する。理に従えば、禍《わざわい》は自然に免れる。汝の決意を固くして、一歩たりとも退くなかれ。

〔碧仙註〕もめごと処理には機先を制し、讒言悪口取り合うな。ままよ風波があろうとも、磯辺でのんびり魚釣れ。

〔解曰〕この籤は、要所先制の道を示したものである。もめ事の始まりは厄介でも同意しておいて、後で批判し要所を誘導し、妙手を発揮して先手を取れ。恐らく悪人が裏で挑発しているに違いないから、その言葉には乗るな。万事に自主的に運営し、道理によって行うようにせよ。そのやり方を続けて変えなかったら、もめ事は収まり、事業はまとまる。何事も、ふらついて自主性を欠くのがよくない。身を正しくして変えなければ吉。家を治めるものは、くれぐれも婦女の言葉を信用してはならぬ。

〔釈義〕「事緒紛然」は、いま危難の中にあるということ。「一著当先《ママ》」は、難局を乗切る手は、囲碁・将棋の勝負と同じだ。一手で力を得たら、全局面でみな勝てる。定見を持ち、人の言葉に迷わされるな。「婦人長舌《ママ》」（女のおしゃべり）は特に警戒せよ。だから「休酷聴」（深く信用するな）という訳である。「義」で事を制御し、「礼」で心を制御せよ。先手はまさにここにある。「要心堅」は、長く強くこの心を保ち続け、三日坊主になるなということ。公明な言葉を理解し、浮言（根拠のない言葉）に惑わされなければよいのだ。

〔補足〕後漢の繆肜は早く父を失い、兄弟四人で同居していた。やがてそれぞれ妻を迎えると、妻たちから家産の分割を求められたり、争いを起こされたりするようになった。肜は部屋に閉じこもり、ほほを叩きながら、〝繆肜よ、おまえは聖人の教えを学び、世の風俗を正すべき立場にいるのに、自分の家すら治められないのか〟と言って嘆いた。それを聞いて、弟夫婦はそろって詫び、仲良くするようになった。（『後漢書』巻八十一独行列伝）

旧中国では大家族制が尊重され、その制度下では、男兄弟が同居して、家産が家長一人に集中し、個人資産は認められなかった。そのため往々にして長男以外の妻から夫に不満が寄せられ、分家による資産の平等分割が求められた。これは当時理想とされた大家族制の存続を危険にした。女の言葉を聴くなとは、そのような背景の中から生まれた。『太上感応篇』に「妻妾の言葉を聞き入れて、父母の教えに背いてはいけない」というのも、これにかかわるものである。清の銭徳蒼『解人頤《い》』懿《い》行集の正己歌に、『度量放寛洪、見識休局促。莫聴婦人言、兄弟傷骨肉』とある。『東嶽霊籤』（酒井忠夫等編『中国の霊籤・薬籤集成』収）第二十三籤に、「莫憑婦女小人言、利口猶来惹禍愆。若欲追尋逃遯苦、但詢念念得因縁」。

第八十五籤　壬戊　中平

〔籤題〕宋の農夫が鹿を得て夢となす（宋田父夢蕉鹿）

〔籤詩〕**春の雨風激しい中を、千里も遠く旅に出た。ひたすら利益を求めたが、帰路のわびしさいかにせん。**

（一春風雨正瀟瀟、千里行人去路遙。移寡就多君得計、如何帰路転無聊。）

〔聖意〕しばらくは分に従え、財貨を貪るな。訴訟は止めるがよい、外からの災難を防げ。結婚は不利、旅人は帰る。神の加護を祈れば、福が来る。

〔東坡解〕時まだ至らず、苦難が続く。うまい手あっても、役に立たない。しばらく旧習に従って、欲張るなかれ。現状が維持でき、禍が散り福が集まる。

〔碧仙註〕貪るばかりで道義を知らずに、財が多いと禍が宿る。

分に従う事ができれば、暮らしはおのずと楽になる。

＊この項目はB・C・D本によった。

〔解曰〕この籤は、本分を守り、運命に従い、欲張ることのないようにとの教え。風雨激しい春に、天候の回復も待たず、あわてて遠い旅に出かけたら、幾多の危険を乗り越えても、願いが叶えられずに、無駄な苦労をするだけだ。これは欲張りとせっかちのための被害である。物事の機運をわきまえなければならぬ。

〔釈義〕「風雨瀟瀟」はひどい泥道を表したもの。「千里」「路遙」「行人」は、一層困難が加わることを述べたもの。まだ運が開けず、いくら働いても阻害・渋滞が多いことの形容である。「移寡就多」は、〔利益の少ない方を捨てて多い方を選ぶことだが、〕このような人は、分を守り時を待つことを知らずに、策略だけを妄想して「得計」（名案）だと思いこんでしまう。道理の上で決まっていることは、如何ともしがたいのが理解出来ないのだ。貪り求めて出かけたが、「無聊而（マヽ）帰」（わびしい思いで帰る）だけだ。これでは出かけた甲斐がない。進むことだけでなく、退くことも知らねばならぬ。

〔補足〕「蕉鹿《しょうろく》」「蕉鹿夢《しょうろくのゆめ》」は、人生における得失が夢のようにはかなくて、不確かなことに喩える。『列子』巻三周穆《ぼく》王第三にある話——鄭の国の男が鹿を手に入れ、芭蕉の葉をかぶせて隠して置いたが、あとでその場所がわからなくなり、あれは夢だった言ってあきらめた。それを耳にした別の男に、その鹿を取られてしまった。だがその話では、「鄭の国の薪取りの男」の話となっているが、この籤題では「宋田父」（宋の農夫）となっている。

第八十六籤　壬己　上吉

〔籤題〕陶朱《とうしゅ》・猗頓《いとん》の暮らし（陶猗治生）

〔籤詩〕**同じ品でも売れ行き好いと、薄利多売で利益が増える。**
客の身になり接してやれば、やがて今よりきっと良くなる。
（一般行貨好招邀、積少成多自富饒。常把他人比自己、管須日後勝今朝。）

〔聖意〕財と禄は富む、訴訟は理が得られる。婚姻はまとまる、病気はだんだん止む。旅人は、帰郷はまだ。人を害するな、人イコール我だ*。

＊B・C・D本の「問行人、帰未期」によった。

〔東坡解〕共同経営したら、みな家もちたい。人に対して、自慢をするな。自然に神の加護があり、福と禄とが恵まれる。その上仲間を世話してやれば、神のご加護が更にある。

〔碧仙註〕人をだまさぬだけでなく、世話してやったら互いに助かる。
自分の事業もきっと進展、独りぼっちじゃ支援が得られぬ。

＊この項はB・C・D・E本によった。

〔解曰〕この籤は、何事も緩やかに進め、急速を求めるな、良心に背くな、ということ。商人の場合なら、売り時でも、客にも配慮し、双方に公平になるようにしてやれば、自然に商売がよくなる。自分の利益だけ追求すると、必ず人を損ない、天の加護が得られなくなる。

〔釈義〕「行貨」は仲買人が取り扱う商品。「好招邀」は、価格が適正であれば、客を呼びやすい。だが利益は度が過ぎてはならぬ。「積少成多」（塵も積れば山となる）は自然に富が集まること。「比人猶己《（ママ）》」は、自分の心で人の心を推し量ってやり、意図的な搾取をするな。やがて今よりよくなるぞ。運命と道理には従え。道理にはずれて富を求める者は、戒めとせよ。

〔補足〕春秋時代の陶朱（范蠡《はんれい》が改めた姓名）と猗頓は、交易治生の成功者で、巨万の富を築いた。「陶猗」「陶猗之富」は富豪の意に用いられる。（『史記』巻一二九貨殖列伝）

第八十七籤　壬庚　中平

〔籤題〕諸葛孔明が魯粛と船中会談をした（武侯与子敬同舟）

〔籤詩〕**神仏が汝らを見ていぶかって、仲間同士でなぜ敵意をもつのか。**
垣根を払えば争い消える、同じ天与の才能惜しめ。
（陰裏詳看怪爾曹、舟中敵国笑中刀。藩籬剖破渾無事、一種天生惜鳳毛。）

〔聖意〕功名と利益はない、病気に祟りがある。訴訟は起こさず、和を貴しとなせ。財貨は貪るな、結婚は不利。懐妊に心配はない、旅人はまだ帰らない。

〔東坡解〕身内が争い、武器持ち進入。顔に春風、心にいばら。人と我との、隔てを止めよ。*和合できれば、凶が変じて吉となる。

*E本の「何不思維、人己則一」によった。

〔碧仙註〕心きれいな大の男が、なんで猜疑し暗闘するのか。
誠意を持って助け合ったら、共同事業はともに成功。

〔解曰〕この籤は、公明正直にして、だましあいをするなということ。心中の垣根を取り払ったら、天下の人はみな家族となる。どこに行っても気心が通じ、不都合なことは何もない。それなのに互いに争っていたら、結局共倒れになって、幸せな最期を迎えられない。

〔釈義〕「陰裡詳看」は密かに詳しく観察していること。「怪爾曹」は、こいつらは何をしているのかと、ひどく驚くこと。「舟中敵国」は一緒にいる味方から狙われること。「笑中刀」は笑顔の裏に敵意を秘めていること。だから神仏が「怪」（いぶかる・とがめる）のだ。「藩籬」はお互いを隔てている物。だから「剖破」（取り払）えば、「藩籬」（垣根）がなくなり、心が通じ合って、「無事」（争いがなくなる）。「借鳳毛」は、鳳凰の美しい羽が、互いに美しさを助長して愛惜しあっているように、人もこれを見習え。これが分かる人とは、交際、協力しあうことができる。

〔補足〕武侯は蜀の諸葛亮（孔明は字）のこと、子敬は呉の魯粛のことで、三国時代の名将。劉備が長坂坡《ちょうはんは》（今の湖北省当陽県西）で曹操軍の攻撃を受けたとき、糜《び》夫人は井戸に身を投じて死んだ。その直後、劉備のもとに呉の魯粛が弔問に訪れた。弔問は表向きのことで、本音は劉備軍との同盟の交渉だった。そのころ呉の国も、曹操の攻撃に苦慮していた。孔明と魯粛の船中会談が実現したが、表向きは弔問だが、目的は相互支援のための外交交渉で、本音が自国防衛にあった事はいうまでもなかった。（『三国志演義』第四十二回・四十三回）

第八十八籤　壬辛　上吉

〔籤題〕後周の宗廟に欹器《きき》を見る（周廟観欹器）

〔籤詩〕**今まではなすこと全て徒労だったが、新春来たら運気が亨《とお》る。**

どんな事業もみなうまくいく、分を守って慢心するな。

（従前作事総徒労、纔見新春喜気遭。百計営求都得意、更須守己莫心高。）

〔聖意〕功名と利益は、しばらく縁に従え。訴訟は解決する、病気は安全。婚姻はまとまる、旅人は帰る。事業の望みは、新年にある。

〔東坡解〕これまでは苦労続きで、失敗ばかり。これからは運が開いて、望みがかなう。今まで以上に本分守り、欲張るな。縁に従い楽しんで、座して安栄享受せよ。

〔碧仙註〕得失は無常なれども訳がある、残冬耐えれば春に喜び。
縁に従い障害消え去り、泰平の世が楽しめる。

〔解曰〕この籤は、今は運が訪れる直前で、事業は必ず成功する。すぐに春が過ぎれば、万物が生まれ出で、人事にも喜びが得られる。困難が容易へと変わり、閉塞が開通へと変わる。だから願望はみな速やかに十分達成できる。『易経』でいえば、「剝」（はぎとる）から「復」（もどる）へ進み、次いで「復」から「否」（ふさがる）に至る過程である。この時には、満足と安泰の境地の過ごし＊方を心得ねばならない。それでこそ、この境地を全うすることができる。君子が身を慎むのはそのためだ。

＊過分の欲望にとらわれないこと。

〔釈義〕「従前徒労」は過去に困難が続いたこと。「新春喜気」は今後は運が開くこと。「営求得意」は万事成功すること。「莫更《（ママ）》心高」は止まることを知れば安全だの意。此の籤が出たら、春の訪れと共によき出会いがある。ただ栄枯盛衰には、人ごとに定められた分がある。過分に求めるな。

欲張り者は、とくに気をつけよ。

〔補足〕欹器はもともと水汲みに使う焼物の罐（つるべ）で、縄を取付ける耳が最上部より下部にあるために、重心が低く、水が空のときには傾き、半分ほどのときには垂直に立ち、満杯のときには覆る構造になっている。孔子が、〝空だと傾き、半分で中正、満杯で覆る〟（『荀子』巻二十宥坐《ゆうざ》篇）と言ったことから、分をわきまえ、欲望の飽満を戒める座右の置物として用いられるようになった。後周（北周）の庾信《ゆしん》の詩「周祀宗廟歌」皇夏に、〝欹器は満を防ぎ、金人（周の宗廟に設置されていたと言われる口に三重の封をした金属製の人物像）は言を戒める〟とある。

第八十九籤　壬壬　中吉

〔籤題〕甯戚《ねいせき》が歌をうたって牛の世話（甯戚飯牛）

〔籤詩〕**不遇の時には酒飲み歌え、時到らざるを如何《いか》にせん。**
白馬で渡江は晩年なれど、虎頭城にて大快挙。

（樽前無事且高歌、時未来兮奈若何。白馬渡江雖日暮、虎頭城裏看巍峨。）

〔聖意〕功名はまだ得られない、財貨はまだ先。病気は徐々によくなる、旅人は近づいている。訴訟は解決できる、懐妊に危険はない。婚姻は和合する、急がぬ方がよい。

＊二句とも底本以外の諸本によった。

〔東坡解〕運がまだ来ぬ、くよくよするな。午《うま》の年月に、福が来る。晩年なれど、大快挙。人も驚く、穀物財貨。

〔碧仙註〕酒を飲んだら歌うべし、心を広く身を守れ。
運の開ける日が来たら、万里のかなたへ羽ばたくぞ。

〔解曰〕この籤は、堪え忍んで時を待ち、才能を秘めて任用を待て、いうこと。急ぐな、急げば転倒する。腹を立てるな、腹を立てれば失敗する。焦るな、焦れば落し穴に落ちる。だから君子が困難に対処するには、道が二つある。悩みながら精勤する正道と、飲食に宴楽する仮りの道だ。ぜひとも前者に従い、後者は避けよ。急にはゆるやかで受け、不法にはやわらかに受け流せ。これが危難を抜け出す道である。やがて駿馬に鞭打ち竜虎に変じたら、誰にも識別出来ない。このお告げは危難から助け出す妙薬である。よく心得よ。

＊この項には難解の箇所が多くて、訳文は正確でない。

〔釈義〕「樽前高歌」は気晴らしに努めよと勧めたもの。行き詰まったときや、運が開けないときには、身を屈して耐えるか、強がって作り笑いをして、なんとかして少しずつ脱却を図るしかない。いらついたり腹を立てたりしたら、落し穴や、いばらだらけの道になり、どうしようもなくなる。「白馬渡江」は、後日ここで開運の時を得る兆候。「虎頭城裏」は後日ここが出会いの地となること。「日暮」は〔人生の〕晩景にたとえたもの。「巍峨」は高大なこと。栄達が開運の後にあり、龍が飛翔する前に身を伏せ、尺取り虫が伸びる前に身を屈するようにすればよいと諭したもの。

＊この項には難解の箇所が多くて、訳文は正確でない。

〔補足〕春秋時代に、衛の国の甯戚が貧乏だったとき、雇われて牛の世話をしていた。たまたま斉の桓侯が来客を迎えに出ると、甯戚が牛の角を叩きながら歌をうたっていた。〝終南山に石白く、美しく輝くも、堯舜の良き御代はいま遠し。粗末な衣服で、牛の世話して夜半まで、朝の来るのが遅いこと〟。桓侯が会って話を聞き、その人物を高く評価して、高官として迎えた。（『史記』巻八十三鄒陽列伝集解）

この籤詩の大意は、不遇の時にはくよくよするな。晩年にはなるが、科挙の試験に合格できる。第三句は受験に出かけること、第四句は虎頭の町で科挙の試験に上位で合格した通知を受けること。虎頭城は今の江西省の贛州《かんしゅう》市の別名。なぜここで「虎頭城」というのか分らない。故事のあるのを知らない。

第九十籤　壬癸　中平

〔籤題〕辺境の要塞近くに住む老人が、馬に逃げられて得をした（塞翁失馬為福）

〔籤詩〕**城内は治安がひどく乱れても、汝の家はまれに無事。**
ご加護の祈禱はもう十分、祈り過ぎれば禍となる。
（崆峒城裏事如麻、無事如君有幾家。勧汝不須勤致禱、徒営生事苦咨嗟。）

〔聖意〕訴訟は和解が吉、財貨を求めても得られない。結婚はまだまとまらない、病気は心配ない。手紙はまだ来ないが、他に求めるな。祈禱はせずに、安居せよ。

〔東坡解〕世が乱れても、君だけ安静。神にご加護を、求めすぎるな。いさかい招き、禍い起こす。静かに過ごして、平安保て。

〔碧仙註〕凡人どもは安静いやがり、あれやこれやと妄想し、余計な事件を引き起こす。安静こそが得がたきものを。

〔解曰〕この籤は、居住地が平安なら、そのまま安住して、泰平の世の幸福を享受せよ。格段の富貴栄華を得たならば、積善累徳のたまもので、貪り求めるものでない。ひたすら自己修養に努め神仏を冒瀆することなきよう。汚れたことをしたら、今の安静が得られなくなり、愁嘆に変じるだろう。この道理に気付いて、欲張りの念願を、積善の計画に改めたら、幸福になれる。

〔釈義〕「崆峒《こうどう》城裏」は広く居住地の意に用いている。「事如麻」は、人々があくせく苦労すること。「無事如君」は、汝だけが安静の楽を得ていること。「有幾家」は、他人には想像も出来ないの意。「勧致禱」は、神のご加護を貪り欲すること。「勧汝不可須」は、そうするなと戒めて、止めさせようとしたもの。「徒労《（ママ）》生事」は、必要がないのに余計なことをすれば、必ず苦労すること。「苦咨嗟」は、長く苦労することで、そうなってから後悔しても遅い。もっと早く気付くことがなにより得策であるの意。

〔補足〕辺境の要塞の近くに住む老人が、大事な馬に逃げられた。だが後に、その馬が名馬を伴って戻ってきた。そしてその後、名馬を愛用していた息子が落ちて脚を折った。またその後、北方民族の侵攻があり、若者たちは動員されて戦死したが、その息子だけは、脚の怪我のために動員されることがなく無事だった。人の世の得失・禍福は予知しがたい。（『淮南子《えなんじ》』巻十八人間訓《じんかんくん》）

「崆峒」は「空同」にも作る。『荘子』外篇の在宥に出てくる伝説上の地名。各地にこの名を冠した町があるが、この籤では辺境の町の意味に用いている。

第九十一籤　癸甲　中吉

〔籤題〕朱衣の人が合格判定に同意する（朱衣暗点頭）

〔籤詩〕**仏の教えに〝砂金は砂をすいて取る〟、君子は苦労で身を立てる。功名栄華は学問不可欠、詩書の深奥よく学べ。**

（仏説淘沙始見金、只縁君子苦労心。栄華総得詩書効、妙裏功夫仔細尋。）

〔聖意〕功名と利益は、勤苦で得られる。訴訟は苦労して、無罪になれる。婚姻を問うなら、良友を選べ。尋ね人は、いつも続けよ。

〔東坡解〕砂金を取るには、苦労が不可欠。富貴栄華は、読書のたまもの。努力してこそ、利益が得られる。怠惰であれば、何も得られぬ。

〔碧仙註〕何事も精勤でこそ、利益が得られる。
刻苦勉学してこそ、立身出世も遠からじ。

〔解曰〕この籤は、人の願望はみな実現できるものだ。だがそれは、苦労の末に始めて可能になる。砂金掘りはその喩え話だ。砂金掘りが容易でないように、人生の刻苦勉学も同様だ。富貴栄華も学問の中から得られる。君子は学問を重視し貧富を重視するな。ひたすら努力周到に努めれば、効果が得られる。だが終始継続しなかったら効果がない。ただ座り込んでいて、砂金が取れるのを待つようなもので、望みはない。

〔釈義〕「淘沙見金」は、艱難の中から得られること。「君子」とは学問をする人のこと。その苦労も砂金掘りと相違がないから、喩えたもの。「栄華」は、功名（科挙に合格すること）富貴をいう。

「詩書効」は学問に志してこそ可能になるの意。*「妙裡工夫」は、詩書の奥深い所のこと。「仔細尋」は、刻苦勉励すれば、功名富貴は確実に得られること。学問についてだけ述べているが、何事にも類推して効果を得ることも出来る。あるいはその効果は庚申《かのえさる》・辛酉《かのととり》の年月日時に現れると判断することが出来る。

*この句の原文は「言心詩書、然後可也」で、訳文は望文生義。

〔補足〕北宋の欧陽脩が科挙の試験官だったときのこと、審査中の答案で合格相当と判定したときに、決まって背後に誰か居るような気がして振り向くと、朱色の衣服の人がいて、うなづいていた。その人物が秘書かと再度振り返ったときには、誰もいなかった。そのような時の受験生は、決まって合格した。このことを同僚に語って、互いに驚きあった（明・祝穆『古今事文類聚』前集巻二十五仕進部「朱衣点頭」〈引『侯鯖録』〉）。合格者にはそれなりの必然性があるものだ。

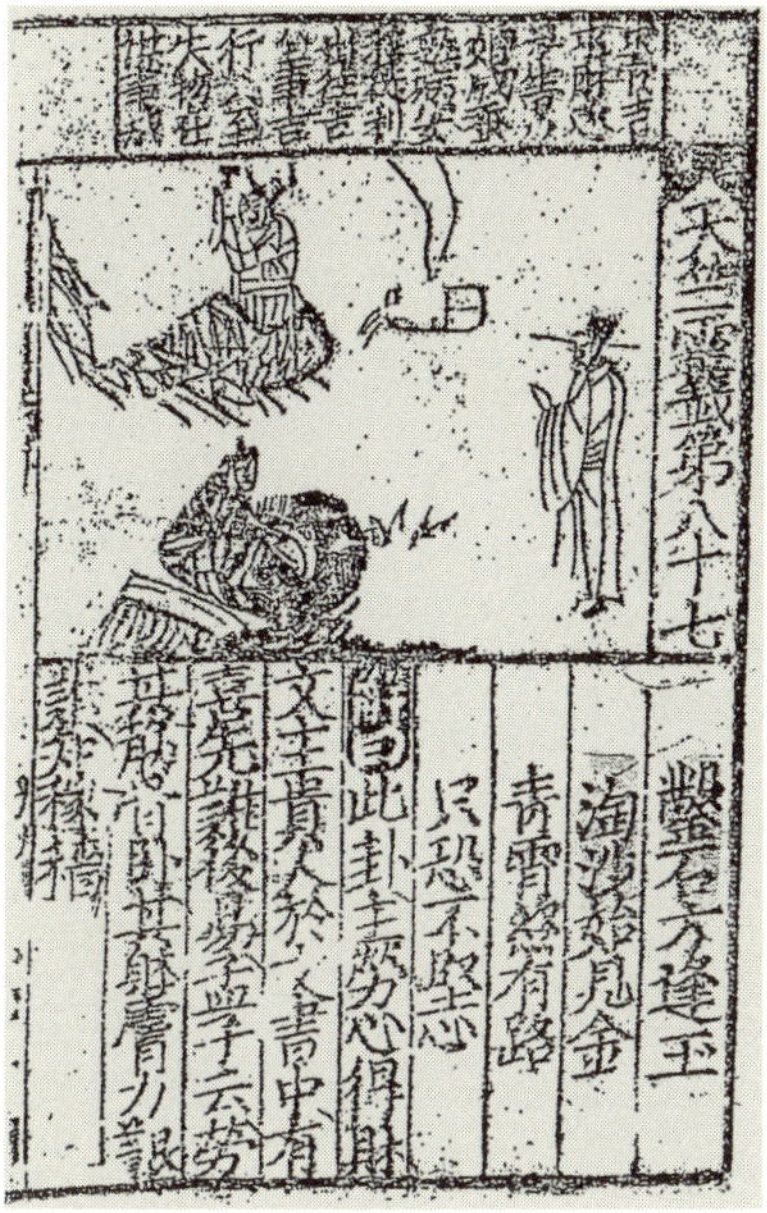

〔図 25〕

『天竺霊籤』（鄭振鐸編『中国古代版画叢刊』1収）第八十七籤」に、「鑿石方逢玉、淘沙始見金。青霄終有路、只恐不堅心」（石を穿って

玉を取り、砂を浚って金を得る。空にも昇る道あるが、堅い決意が必要だ）。〔図25〕
『四聖真君霊籤』（『正統道蔵』正乙部収）第四十九籤に『石中有玉誰能別、沙裏蔵金不易淘。窮達在時須有得、何須懐抱只徒労』（石中の玉は見つけにくく、砂中の金は取り出しにくい。事の成否に時がある、決意があれば無駄に終わらぬ）。

第九十二籤　癸乙　中下

〔籤題〕富鄭公が難民を救った（富鄭公活流民）

〔籤詩〕**今年は米が不作のために、百年来の物価高。**

災害・疫病流行多く、春が来てからやっと好くなる。

（今年禾穀不如前、物価喧騰倍百年。災数流行多疫癘、一陽復後始安全。）

〔聖意〕訴訟はもつれ、後で自然に片づく。病気は多いが、害はない。財禄は困難だから、しばらく時を待て。胎児は男子。福はついには得られる。*

*底本以外の諸本によった。

〔東坡解〕今の事業の環境は、以前に比べてかなわない。もめ事続いて、病気がやたら多い。時運はまだで、今でも不吉。冬至が過ぎたら、やっとよくなる。

〔碧仙註〕災害つぎつぎ重ねて現れ、もめ事いさかい降りかかる。

病気は多く長引いて、訴訟はいつも最初が凶。

〔解曰〕この籤は、年運が吉に欠け、万事に不利。農耕は凶作に備え、在庫は元手の損失を防げ。もめ事が毎日起き、病気が長引く。冬至が過ぎたら、ようやく安静の兆しが得られる。万事に凶が多く吉が少なく、禍が先に来て福が後から来るから、とりわけ慎重にするがよい。

〔釈義〕「禾穀」は農家の期待を指す。「不如前」は、水害・干害・虫害の恐れがあること。「物価喧騰」はみな凶作のため。「倍百年」は百年来未曾有の災害の意。「疫癘」は流行病で、うめき苦しんで死ぬ禍。「一陽復」は陰暦十一月の冬至の節気のこと。あるいは〝七日で来復する〟（『易経』上経、復）と解釈してもよい。易では七を「安全」な数とする。この時になってやっと運が開通し、禍が去って福が来る。この籤が出たら、危険・艱難を乗り越えられてこそ、大豊作が得られる。乗り越えられなかったら、望みはない。

〔補足〕富弼《ふひつ》（鄭国公は封号）は北宋の政治家。青州（今の河北省青県）の知事をしていた時に、河北の一帯が洪水のため飢饉に襲われた。富弼は難民のために、食料や住居を公私にわたり調達斡旋して支援した。救われた難民の数は五十万人を越えた。翌年は大豊作になった。（『宋史』巻三一三富弼列伝）

第九十三籤　癸丙　中吉

〔籤題〕殷《いん》の高宗が傅説《ふえつ》を探し出した（高宗得傅説）

〔籤詩〕**春には雨が降り続き、夏は日照りでまた不順。**
季節が猛暑に至るころ、うれしや田畑に雨たっぷり。
（春来雨水太連綿、入夏晴乾雨復愆。節気直交三伏始、喜逢滂沛足田園。）

〔聖意〕財貨は集散する、病気は反復する。安泰は、三伏*を待て。事業は一進一退、徳を積め。婚姻はまとまるが、交際は慎重に進めよ。

＊釈義を参照。

〔東坡解〕満ち欠け増減は、天道の常。春は願いが思いのままで、夏はその逆ままならぬ。三伏のとき、運が初めて盛んになる。財貨が沢山集まって、何もかもみな平安。

〔碧仙解〕晴と雨とが繰り返し、吉と凶とて同じこと。

今は苦難の盛りだが、天の機縁がすぐに来る。

〔解曰〕この籤は、事業が最初と中間では、渋滞を免れないが、後に順調になるというお告げ。これは、春には雨が多すぎても困り、夏には日照りがひどくても困るが、いったん恵みの雨が降り注いだら、すぐに万物が蘇生し、望外の喜びとなる。この現象は、人間社会の困難の後に幸運が来るのとよく似ている。『易経』下経の「豊」の卦に「天地の栄枯盛衰は、時に従って生成消滅する」というのと同じだ。吉凶禍福は巡り合わせに支配されるものだ。

〔釈義〕「春雨連綿《（ママ）》」は一二三月は平穏ということ。「入夏晴乾」は、四五月の期間は不順だということ。「三伏」は、夏至後の三回目の庚《かのえ》の日を初伏、その次の庚の日を中伏、立秋後の最初の庚の日を末伏というのによる。「喜逢滂沱《ぼうだ》」は、雨を待ち望んでいたものに、慈雨が「滂沱」（たっぷり）降ること。このとき事業者に機縁が訪れて望みが叶えられる。庚の日か六月〜七月の交代期になる。ずれる場合も多いが、必ず実現する。

〔補足〕殷の武帝（死後に高宗の位を贈られた）は、即位すると国の復興を図ったが、補佐が得られなかった。三年後に聖人の夢を見たが、その名は傅説だった。部下に広く探させて、ようやく道路工事の囚人の中から、夢中の聖人を見つけ出し、宰相に取り上げて、国の復興を成し遂げた。

（『史記』巻三殷本紀）

第九十四籤　癸丁　中吉

〔籤題〕天随子《てんずいし》が左拾遺《さしゅうい》に任命された（天随子召拝拾遺）

〔籤詩〕**同じ道具で違いはないが、大工の腕は人には負けぬ。**

それでも縁と分に従え、秋冬ころに顧客に出会う。

（一般器用与人同、巧斲輪輿梓匠工*。凡事随縁且随分、秋冬方遇主人翁。）


〔聖意〕貴人に出会える、訴訟には理が得られる。功名はなお晩い、病気はまだ治らない。婚姻はまだまとまらない、手紙はまだ渋滞している。秋冬のころに、やっと出会える。

*底本以外の諸本によった。


〔東坡解〕企業事業は、人のなす事同じでも、縁と分とに従えば、心で天と通じ合う。秋冬ころに運が来て、客人に出会う。その客人の支援によって、万事みな道が開ける。


〔碧仙註〕人よりも頭がいいと言うけれど、万事は天の命による。

時が来てこそ事業が成就、開運望まば吉日を待て。

*この項はA本以外の諸本によった。


〔解曰〕この籤は、技術があっても、時運の到るのを待てというもの。大工が物を作っても、急いで売ろうとしてはならぬ。必ずその時期を見計らえ。分を守って時を待て。やがてチャンスがあるはずだ、ということ。しばらくは客観条件を観察し、まだその時になっていないのに、焦って猛進するするのはよくない。

〔釈義〕「器用」「所同《ママ》」は人の世ではみな同じの意。「梓匠輪輿《ママ》」は器物製作の職人、大工。「巧斲《たく》」は大工の腕がいいこと。「随縁」は時運に従うこと。「随分」は分を守って欲張らないこと。「主人翁」は器物製作を職人に求める人。「秋冬方遇」は、人との出会いには、誰しもその時があって、その時が来れば成就するの意。この籤が出たら、早ければ「秋冬」ころに、遅ければ晩年に実現する。だから何事も「随縁」（縁に従う）「随分」（分に従う）ことを上計とせよ。

〔補足〕唐末の陸亀蒙《きもう》（天随子はその号）は学問・詩文に優れていたが、科挙の試験には合格しなかった。広い田地と多くの家屋をもっていたが、水害・飢饉に苦労し、自ら農作業に従事して汗を流した。茶を好み、茶畑を営んで生産した。俗物との交流を嫌い、来訪されても面会せず、読書や船遊び魚釣りを楽しんだ。朝廷から人格高潔として招聘されたが応じなかった。後に、李蔚《うつ》・盧攜《けい》に出会って交友を結び、その縁で左拾遺（天子の補佐官）に任命された。だが辞令が届いたのは、亡くなった後だった。（『新唐書』巻一九六隠逸列伝）

第九十五籤　癸戊　中吉

〔籤題〕文帝が張釈之を高く評価した。（文帝奇釈之）

〔籤詩〕**君には優れた才能あるが、時まだ来ないしばし待て。**

頭髪白くなるけれど、そのころ貴人の扶助がある。

（知君袖裏有驪珠、生不逢辰亦強図。可嘆頭顱已如許、而今方得貴人扶。）

〔聖意〕財貨をなすのは遅い、訴訟は挫折。功名は晩成、婚姻は決まらない。遠方からの手紙が、今月中に来る。貴人と出会って、災難が消える。

〔東坡解〕才能秘して時を待て、策を弄せば損をする。晩年に、貴人に出会って扶助がある。事業にはみな、それぞれの時がある。その時来れば、福禄増えて、繁栄する。

〔碧仙註〕福禄財は得られるが、時まだ来ないしばし待て。
　一旦援助の手で出たら、事業は万事心に叶う。
　＊この項はA本以外の諸本によった。

〔解曰〕この籤は、功名と利益は晩成で、得られるのがみな晩いということ。優れた才能があって高い評価が得られそうだが、機縁がまだ到らないので、無理をしても役に立たない。頭が白くなった晩年になって、＊ようやく貴人の扶助が得られ、願望が遂げられる。運の開否・遅速は、天の司るところで、僥倖は望めない。
　＊この句の訳文は望文生義。

〔釈義〕「驪《り》珠」は、驪龍のあごの下にある玉のことで、袖にこれがあるとは奇才の持ち主の意である。「不逢辰」は運の開ける時がまだ来ないということ。「勉強貪《（ママ）》図」はやり方が誤っていること。「頭顱如許」は頭髪が白い様子。「貴人扶」は、老衰した晩年に、勢力のある人が、推薦してくれて、功名利益がやっと遂げられること。ひたすら天命に従ってこの時を待て。

〔補足〕張釈之は漢の文帝の身近に仕えて信用が厚かった。宮中の門衛の責任者だったときに、文帝の王子兄弟が、司馬門を車に乗ったまま入ろうとしたので、規則違反として押止め、中に入れず、文帝に報告した。文帝は王子への教育が不十分だったことを詫び、釈之を奇偉な人物であると評価し、中大夫という高官に抜擢した。(『史記』巻一〇二張釈之列伝、『漢書』巻五十張釈之列伝)

第九十六籤 癸己 上吉

〔籤題〕于公が村の門を大きくした(于公高大門閭)

〔籤詩〕**結婚・子息が晩いと恨むな、心を込めて神仏頼れ。**
四十年前の積善で、功成り行満ち令息授かる。
(婚姻子息莫嫌遅、但把精神杖仏持。四十年前須報応、功円行満有馨児。)

〔聖意〕功名・利益・訴訟とも、吉が来るのは遅い。病気は次第に治る、婚婚はまとまる。* 中年以降に、子息を得る。旅人は、まだ帰らない。

*A本によった。

〔東坡解〕事業は晩くなるが、成就する。福神の加護で、家が助けられる。中年に運が向く、事業は攻めに出よ。万事に順調で、心配はない。

〔碧仙註〕開運が速い遅いを言うなかれ、天の定めは明らかだから時を待て。
積徳したら善報があり、功名が得られ万事順調になる。

〔解曰〕この籤は、万事に遅滞があったら、神仏のご加護を求めよということ。遅れには多くの訳があるのだから、急ぎ神仏を感動せしめよ。積善が完了したら、優れた子息を授かり、家が発展する。やや遅れても必ず報いがある。陰徳を積むことに努めよ。この籤が出たら、わが教えに合致するものは吉、異なるものは急ぎ修養反省すればよい。

〔釈義〕「婚姻子息」は、人生の大事は遅かれ早かれ、最後に叶えられるということ。ひたすら「仗神仏《ママ》扶持」（神仏のご加護に頼）れば、凶も吉と化し、無も有となる。「四十年前」は過去の善行の総計を指す。「須報応」は、吉報を期待することができるということ。人を助け支援してやるのを「功」といい、我が身を反省し徳を積むことを「行」という。「円」になれば功が広大になり、「満」になれば「行」が遍く到ること。「馨児」は幼少時から優秀な子をいう。神仏のたまものは積徳の報いである。人の行為は、このように天を動かすのだから、修身積善に努力せよ。

〔補足〕于公は漢の于定国の父のこと、県や郡の裁判を担当して公平だったので、在世中に于公祠を建てられ尊敬された。村の入り口の門が壊れて改修するときに、やがて自分が行った公平な裁判による善行で、子孫の中から出世するものが出現して、高大な馬車に乗るから、その通行に支障がないようにと、大きな門を作らせた。宣帝のときになって息子の定国が宰相になり、予言が的中した。（『漢書』巻七十一于定国伝）

第九十七籤　癸庚　上上

〔籤題〕公孫宏は庶民から宰相に昇った（公孫宏白衣三公）

〔籤詩〕**五十になって功名心が失せたのに、思いがけなく富貴を授かる。**

更にいっそう心を大事に善行積めば、寿命は長く地位も高まる。

（五十功名心已灰、那知富貴逼人来。更行好事存方寸、寿比岡陵位鼎台。）

〔聖意〕訴訟はすぐ解決する、功名は得られる。財貨はだんだん集まる、病気はしばらく安泰。胎児は男子、婚姻はよい。＊旅人は帰る、諸事心に叶う。

＊A本によった。

〔東坡解〕功名心は失せたのに、ある日突然出世する。富貴を得たのは、みな善行のため。更に善行続けたら、富みと貴とを授けられ、長寿と高位に輝いて、以前と大きく様変わり。

〔碧仙註〕万事が天の意思なので、若白髪《わかしらが》など嘆くでない。

陰徳だけが天意を変えて、合格・出世・長寿が続々。

＊何事も天の意志によるものだが、陰徳を積むことだけが、唯一その天の意志を翻させることができる道であるの意。善書の思想である。明の凌濛初『二刻拍案驚奇』巻十五「韓侍郎婢作夫人、顧提控掾居郎署」（韓副大臣の側室が正室に直され、顧芳が主事に昇進したこと）の冒頭にも、「陰徳が天意も変えると言われるが、その効能は古来歴然。…」などとある。

〔解曰〕この籤は、功名は晩成で、五十歳以後であろう。少壮のときに志が遂げられず、年老いてから思いがけず叶えられるのも、天の定めである。だが、これで満足してはならず、更に多く修養に励み、積徳に心がけねばならぬ。昔から言われたことだが、目前の福は灯火の油のように次第に減るけれど、毎日積む福は油を追加したように次第に増加して、だんだんに盛んになる。その結果福禄寿は増加して衰えることなく、晩年にも若かったころ以上になる。聖賢の語は虚妄でない。信じて宝とせよ。

〔釈義〕「五十」とは年齢・体力が衰えかけたこと。「心灰」は進取の気力が失せたこと。「富貴逼人」は人生の好時節が訪れたこと。「更行好事」は徳を積めということ。「存方心」は修養に努めよということ。「寿比岡陵」は寿命が延びること。「鼎《ママ》」は鼎鉉台の三台（太尉・司徒・司空）を指し、宰相などの三高官のこと。いずれも積善でしか得られない。

〔補足〕漢の公孫弘（籤題の宏は弘の誤り）は、家が貧乏で豚を飼って暮らしていた。四十歳を過ぎてから春秋学を学び、やがて武帝に召されて仕えたが、すでに六十歳であった。匈奴に派遣され戻って報告したとき、武帝の意に沿わず、怒りを買ったが、再度召し出され、八十歳で亡くなるまで高官を歴任し、宰相にまで至った。（『後漢書』巻五十八公孫弘伝）

第九十八籤　癸辛　中吉

〔籤題〕張騫《けん》がいかだで天の川に浮かんだ（張騫泛斗牛）

〔籤詩〕**事業に精出し苦労して、奔走したが運が開けず。**
兎の時になり願いが叶い、春に枯れ木に花が咲く。
（経営百出費精神、南北奔馳運未新。玉兎交時当得意、恰如枯木再逢春。）

〔聖意〕功名と利益は得られるが、晩い。訴訟と病気は、治まるが時間がかかる。胎児は男子。旅人は難渋する。卯年には、万事に運が開ける。

〔東坡解〕事業に苦労し、時運も開けぬ。奔走しても、失敗ばかり。卯の年月日には、やっと緒に就く。衰退変じて繁栄し、ぐんぐん生気が現れる。

〔碧仙註〕失敗続きでため息ばかり、あくせく苦労し夢と化す。

だが春来れば天意ほのめき、卯年にとりわけ運が向く。

〔解曰〕この籤は、先凶後吉（後でよくなる）で、万事春になって遂げられる。卯の年・月・日になると、だんだん生気が現れるから、あせって欲張り求めるな。心身を浪費して無駄である。精神を養い、〝水到って渠《きょ》成る〟（条件が整えば成就する）の妙を待ったら、〝時の来るのを待って行動したら、万事成功する〟というものだ。

〔釈義〕初めは「費精神」（精神を消耗）し、つまずいてばかりいて、誤った道を選び、奔走して徒労に終わる。その後は改めようと望み、卯の年月日に「得意」（運が開）け、慈雨春風が枯れ木に花を咲かすように、万物が育つ。晩年は伸びやかに、往事が癒やされる。時が来ないと出世の道はないが、時が来たからには順風に満帆だ。しばらくは、のんびりゆったり、悠々自適して時を待て。

〔補足〕張騫は漢の武帝の時の外交使者・探検家。武帝の対匈奴政策に従い、西域各地を巡り長年苦労した。後に衛青将軍を補佐して匈奴侵攻で活躍した。其の後にも西域に赴いて、東西交通の道を開くなど、多大な貢献をした。後世に伝説化され、「張騫泛浮槎」など、張騫が筏《いかだ》に乗って天の川に行ったという戯曲も作られた（散逸）。籤題の斗牛は北斗星・牽牛星のこと。（『漢書』巻六十一張騫伝、『中国劇目辞典』張騫泛浮槎）

第九十九籤　癸壬　上上

〔籤題〕百里奚が秦に迎えられた（百里奚投秦）

〔籤詩〕**貴人に水雲郷で遭遇し、上辺は淡泊なれど滋味がある。**
貴人が組閣し招聘するとき、名馬を走らせ都へ上る。
（貴人遭遇水雲郷、冷淡交情滋味長。黄閣開時延故客、驊騮応得驟康荘。）

〔聖意〕功名と財貨は、得られる。暮らしは安楽、婚姻に吉利がある。病気はすぐ安全になる、*1 胎児は貴子。訴訟は伸、*2 旅人は帰る。

＊1　底本以外の「病即安」によった。＊2　原文は「訟即伸」で「伸」は恨みを晴らす意か。

〔東坡解〕思えばかつて、貴人に出会った。その引き立てで、運が開けた。事業は内外、万事順調。官民ともにこの籤引いたら、前途は広大だ。

〔碧仙註〕交友は黄金よりも道義が貴重、黄金は至人の心に劣る。王陽と貢禹はその昔、* 出処進退を共にした。

＊王吉と貢禹は漢の元帝の時の高官で、友人同士。貢禹は王吉の進退に同調したと称せられた（『漢書』巻七十二王貢伝）。

〔解曰〕この籤は、交友について述べたもの、疎遠から親密へ、淡泊から濃厚への形象である。最初は貧賤の交際で、行跡は淡泊である。だが一旦その友人が出世し、宰相になると、組閣招聘する慶事がある。その時には旧時の友好があり、* 修養に努めてきたのだから、名馬に乗って上京することになる。万事が始めは平凡後で奇異、始めが名目ばかりで後で実益があり、始め困難で後で順調だ。これには、貴人の力が大である。

＊原文では、この前に「□笠」の二字があるが、不鮮明なので訳出不可能。

〔釈義〕「水雲郷」は貴人と出会う場所。「貴人」は後に出世する人。この時点ではまだ貴人になるとは決まっていない。だから貧賤同士の交際で、「冷淡」（淡泊）というわけ。だが気が合うから、味わい深いものがある、権勢利欲の中でころころ心が変わる者とは異質だ。「黄閣」は宰相の役所。漢の公孫弘（原文は宏に誤る）に「開閣延賓」の故事があり、それを借用して、友人が出世したときの行為に喩えたもの。友人の引き立てで、名馬を駆って都への大道を馳せ参じること。「驊騮《かりゅう》」は、午《うま》の年月日や、午の方角、午の命宮として、霊験を想定してもよい。

＊最後の句は原文は「徴験亦可」で、訳文は当て推量。

〔補足〕戦国時代の虞《ぐ》の高官だった百里奚は、虞が晋に滅ぼされると、晋の繆《ぼく》公の夫人の付き添いにさせられたが、逃亡して楚の国にいた。繆公がその賢明なることを知ると、黒羊の皮五枚を楚の国の主人に与えて買い求めた。このとき百里奚は年齢すでに七十余歳だった。（『史記』巻五秦本紀）

この話は、『三国志演義』第六十七回の毛宗崗の夾批に用いられた—曹操が趙魯の部下の龐徳の武勇を気に入り、策略を講じて、趙魯に龐徳が曹操に内通していると思い込ませて、龐徳の呼び寄せに成功した。その手口は、趙魯の謀士の楊松に金のよろいを贈って買収し、趙魯に讒言させて、龐と趙の離間にもちこんだものだった。その場面の夾批に「秦は羊の皮五枚で百里奚を手に入れ、曹操は金のよろいで龐徳を手に入れた」とある。

釈義の公孫弘は、漢の武帝の時に宰相に任命されると、旧交のあった多くの賢人を、自費で招聘して賓客として待遇した。そのために家計には余裕がなかった。(『漢書』巻五十八公孫弘伝及びその注)

第一百籤　癸癸　上上

〔籤題〕趙閲道《ちょうえつどう》は香を焚いて天に報告した(趙閲道焚香告天)

〔籤詩〕**我はもともと雷雨の神で、吉凶禍福は先に知る。**
至誠で祈ればみな霊験がある。この籤出たら万事吉。
(我本天仙雷雨師、吉凶禍福我先知。至誠禱告皆霊験、抽得終籤百事宜。)

〔聖意〕籤詩百首は、これで終了。我が知る限り、凶兆はなし。神の助けを祈るなら、陰徳を積め。危険な場所も安全で、損の中から益が出る。

〔東坡解〕吉凶禍福は、神がまず知る。いっそう陰徳修めたら、神が必ず助けてくれる。事業はすべて、前進だけで停止はない。数はここで終わりだが、元に戻ってまた始まる。

〔碧仙註〕吉凶禍福は天が定める、見通し確かでどこでも通じる。
忠誠尽して善道を尊べば、慈恩と支援は限りない。

〔解曰〕この籤はここで完了した。これまでの籤の終点であり、今後の籤の出発点である。前籤の終点ということでは豊富で盛大、後籤の出発点ということでは無尽の解釈を持つといえる。だから「百事皆宜」(万事に吉)というのだ。確かで豊かな、永久《とわ》に不滅のお告げである。だが必ずや

「至誠」にして無偽積善で天を感動せしめてこそ、速やかに天命が得られる感応（霊験）がある。ひたすら福を呼ぶ積善に努めよ。

＊この項は、底本では印刷不鮮明の箇所があるなどで難解。底本以外のテキストにも、参考に利用出来る内容がないので、訳文には望文生義の箇所がある。

〔釈義〕「天仙」は天上界の仙人で、仙人のトップに立つ。「雷雨師」は雷雨を司る神で、関帝が天上界の神であることを明言したもの。「吉凶禍福」は人には予測できず、神だけができる。他の神が予測できないことでも、関帝神だけは先に知ることができる。あまねく理解するのを「霊」といい、感じて通じるのを「応」という。「至誠禱告」は虚妄のない要求なら、必ず「霊験」が得られるということ。「終籤」は数の完成点で、その故に「万事宜《ママ》」（万事に吉）といったもの。聖教の信奉者は精進せよ。

〔補足〕趙閲道は趙抃《べん》の字、北宋の仁宗・神宗の時の政治家で、副宰相に至った。権勢におもねることなく、信念を貫抜く清廉重厚な性格であった。蓄財に意を用いず、身寄りの無い女子の結婚に尽力するなど、貧困者の援助にも尽力した。昼間に行ったことは、必ずその夜に衣冠を身につけ香を焚いて天に報告した。天に報告出来ないことを行うことはなかった。（『宋史』巻三一六趙抃列伝）

第二十六籤にも関帝神が「たっぷり雨を降らせてやろう」という表現がある。第七十籤の「雷雨風雲みな神がいて」というのも関連するだろう。明代には関羽が雷神であったとする民間信仰があった。二階堂善弘『道教・民間信仰における元帥神の変容』（『関西大学東西学術研究所研究叢刊』27）参照。

清・李斗『揚州画舫録』（乾隆六十年＝一七九六自序）巻十三の橋西録に、「関帝廟の殿宇は三棟で、昔の名は関神勇廟、居民は水害・旱魃《かんばつ》ともここで祈った」という。『解梁関帝志』（『関帝文献匯編』第二冊所収）巻三芸文上の元・察罕「解廟旱禱文」は、干ばつで関帝に雨を乞う文である。

なお『関帝霊籤』が名を改める前の『江頭王霊籤』の江頭王（石固神）も、洪水の防止や干ばつ時の降雨に、多大な霊験があったとされている。（本書第三章第四節参照）

主な資料・文献

『関帝文献匯編』魯愚等編、国際文化出版公司、一九九五年八月
『正統道蔵』『続道蔵』新文豊出版公司、一九一八年十二月
『道教事典』野口鉄郎・坂出祥伸・福井文雅・山田利明、平河出版社、一九九四年三月
『中国善書の研究』酒井忠夫、国書刊行会、二〇〇〇年二月
『中国日用類書集成』酒井忠夫・坂出祥伸・小川陽一、汲古書院、二〇〇四年十二月
『天意解碼』高友謙、団結出版社、二〇〇八年十月

図の主な出処

『太上感応篇図説』清・馬俊輯、勉善堂蔵版、国立公文書館内閣文庫蔵本
『和刻本類書集成』第三冊　長澤規矩也、汲古書院

あとがき

本書は平成二十二年に執筆の準備に取りかかり、二十八年の秋に完了しました。完了とはいっても、目的を達成して作業が完成したものとは程遠い、一応の締めくくりに過ぎません。日ごとに迫り来る心身の衰弱のために、残された歳月の少いことに思いを致したからであります。

開始して間もなく、二十三年三月に仙台で東日本大震災に見舞われ、散乱した書物や書類の中から探し出した資料を抱えて、あわてて郷里の新潟への避難しました。その後に心身の不調や身辺の騒動などもあって、作業は遅々として進まず、中断と再開を繰り返しました。これは不出来な仕事結果の言い訳でもあります。

そんな六年間でしたが、仕事が行き詰まったときには、『関帝霊籤』第八十九籤の「不遇の時には酒飲み歌え、時到らざるを如何《いか》にせん」のお告げに従い、酒を飲んで心身を癒しました。

かくして平成二十九年丁酉《ひのととり》の歳の一月に、あとがきを書くことが出来ました。第二十五籤の「卯や酉の月日に出会ったら、枯れ木も春に花が咲く」のお告げどおりに、一応の完了を見ることが出来て、『関帝霊籤』の霊験のあらたかなることに感じ入っております。

本書の執筆に際し、酒井忠夫・今井宇三郎・吉元昭治編『中国の霊籤・薬籤集成』(一九九二年、風響社)から、多方面にわたって裨益を賜りました。末筆ながら感謝申し上げます。

本書の内容は老生の専門とは分野違いで、研究の蓄積が乏しくて、評価の定まらない原稿でありましたが、その刊行を快諾下さった研文出版の山本實社長に、心より感謝申し上げる次第です。

平成二十九年丁酉歳一月十五日

小川 陽一（おがわ　よういち）
1934年新潟県生まれ
東北大学名誉教授
文学博士
著書『日用類書による明清小説の研究』（研文出版）、『三言二拍本事論考集成』（新典社）、『中国の肖像画文学』（研文出版）、『中国日用類書集成』（共編及解題、汲古書院）ほか

研文選書 127

明清のおみくじと社会
──関帝霊籤の全訳

2017年8月25日初版第1刷印刷
2017年9月 7 日初版第1刷発行

定価［本体２７００円＋税］

著　　者　小川　陽一
発 行 者　山本　實
発 行 所　研文出版（山本書店出版部）
東京都千代田区神田神保町2-7
〒101-0051　TEL 03-3261-9337
FAX 03-3261-6276
印　　刷　モリモト印刷
カバー印刷　ライトラボ
製　　本　大口製本

ISBN978-4-87636-425-1

日用類書による明清小説の研究　小川陽一著　8738円

中国の肖像画文学　小川陽一著　研文選書94　2200円

中国怪異譚の研究　文言小説の世界　中野　清著　6000円

洞窟の中の田園　そして二つの「桃花源記」　門脇廣文著　8500円

科挙と性理学　明代思想史新探　三浦秀一著　6500円

陽明学からのメッセージ　吉田公平著　研文選書118　2700円

「春望」の系譜　続々・杜甫詩話　後藤秋正著　研文選書126　2300円

中国詩跡事典　漢詩の歌枕　植木久行編　8000円

研文出版

＊定価はすべて本体価格です

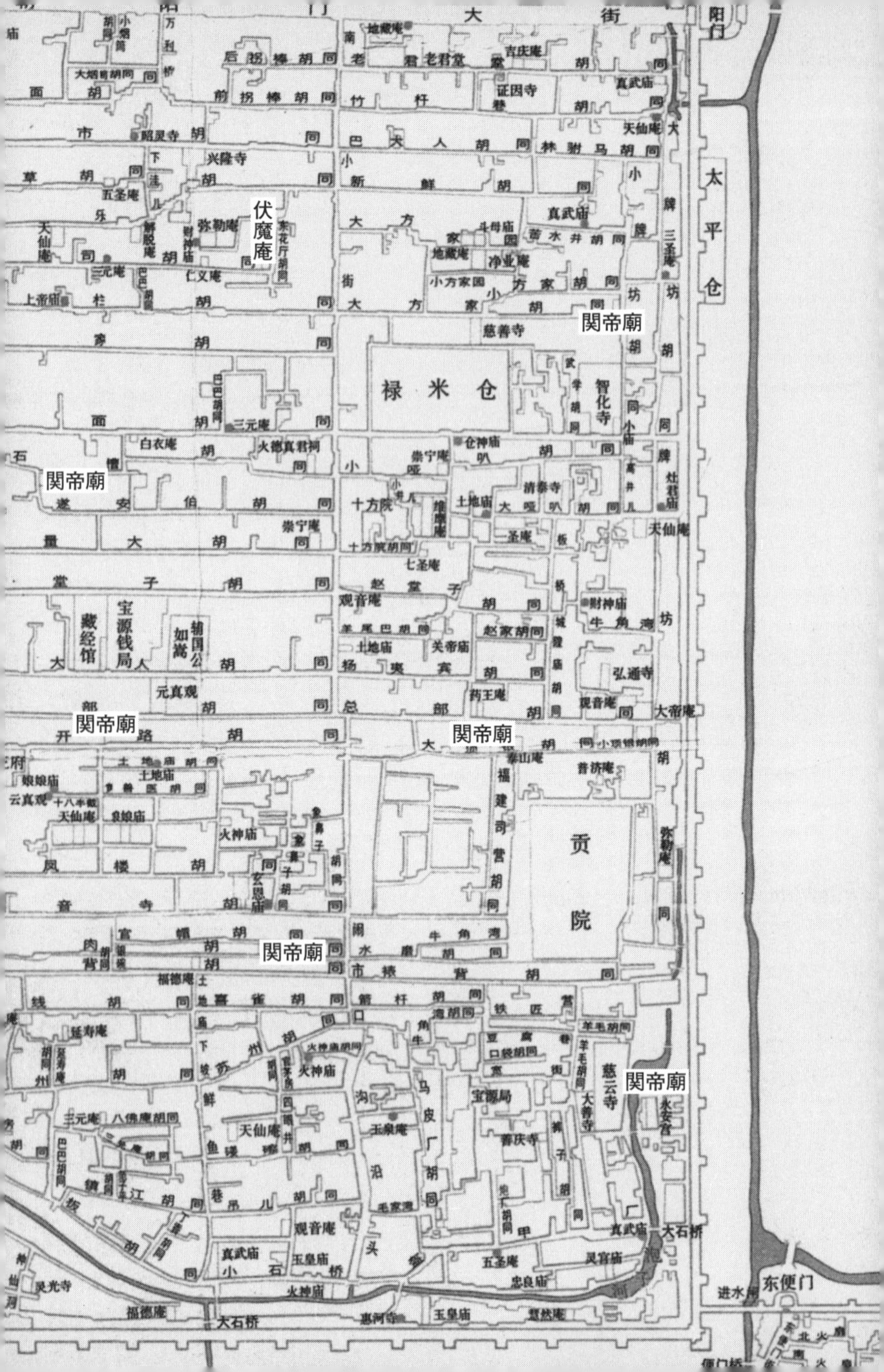

伏魔庵
関帝廟
関帝廟
関帝廟
関帝廟
関帝廟
関帝廟
太平仓
禄米仓
贡院
东便门
进水闸
大石桥
智化寺
宝源钱局
藏经馆
辅国公
元真观
弘通寺
慈云寺
大善寺
宝源局
善庆寺
兴隆寺
弥勒庵
地藏庵
净业庵
慈善寺
证因寺
真武庙
天仙庵
火神庙
玄恩庙
观音庵
玉皇庙
五圣庵
灵官庙
忠良庙
惠河寺
福德庵
灵光寺
延寿庵
三元庵
八佛庵胡同
娘娘庙
云真观
泰山庵
普济庵
福建司营胡同
牛角湾
清泰寺
土地庙
十方院
七圣庵
仓神庙
火德真君祠
白衣庵
崇宁庵
关帝庙
药王庵
财神庙
后拐棒胡同
前拐棒胡同
竹杆胡同
巴大人胡同
小新鲜胡同
大方家胡同
小方家胡同
赵堂子胡同
总部胡同
大雅宝胡同
贡院